HEYNE BÜCHER

BLAUE REIHE

Von Elmore Leonard sind als
Heyne-Taschenbücher erschienen:

Sie nannten in Stick · Band 01/6532
La Brava · Band 01/6627
Mr. Majestyk · Band 01/6791
Beute · Band 01/6866
52-Pick-up · Band 01/6919
Die Gejagten · Band 01/7621
Glitz · Band 01/7673

ELMORE LEONARD

DIE MAFIA-ERBIN

Thriller

Aus dem Amerikanischen übersetzt
von Uwe Anton

WILHELM HEYNE VERLAG
MÜNCHEN

HEYNE BLAUE REIHE
02/2360

Herausgegeben von
Bernhard Matt

3. Auflage

1. Auflage dieser Ausgabe
Titel der Originalausgabe:
GOLD COAST

Dieser Titel ist bereits in der Allgemeinen Reihe (01/7744) erschienen.

Printed in Germany 1992
Umschlagillustration: MALL Photodesign, Stuttgart
Umschlaggestaltung: Atelier Ingrid Schütz, München
Gesamtherstellung: Elsnerdruck, Berlin

ISBN 3-453-05452-0

Für Bill Leonard

1

Eines Tages dachte Karen DiCilia über einige Beobachtungen nach und kam zum Schluß, daß ihr Mann Frank sie mit einer Grundstücksmaklerin aus Boca betrog.

Karen wußte auch, wo sie miteinander schliefen: in einer der Eigentumswohnungen, die Frank gehörten, einem Apartment im Oceana-Komplex.

Jeden Freitag nachmittag und manchmal auch montags warf Frank seine Golfschläger in den Kofferraum seines Seville – angeblich wollte er im Club La Gorce in Miami Beach spielen – und verließ Fort Lauderdale in nördliche Richtung, anstatt nach Süden zu fahren.

Es gab wahrscheinlich noch andere, beiläufige Affären. Frank fuhr mindestens zweimal in der Woche nach Miami, um ›den Geschäftsmarkt zu beobachten‹ und im Club Palm Bay ein paar Runden Rommé zu spielen. Vielleicht hatte er eine Kellnerin in Hialeah oder Calder. Er ging regelmäßig zum Hunderennen und gelegentlich ins Jai-Alai-Stadion. Er traf sich mehrmals im Jahr mit ein paar alten Freunden zum Sportfischen vor der Küste oder ging in der Nähe von Islamorada in den Keys zum Hochseeangeln auf See. Frank konnte überall, von Key West bis nach West Palm, hinüber nach Bimini und wieder zurück, etwas am Laufen haben und so war es wahrscheinlich auch. Das einzige Verhältnis, das Karen ihm jedoch mit Sicherheit nachweisen konnte, war das mit der blondgefärbten, sechsunddreißigjährigen Grundstücksmaklerin aus Boca.

Franks routinemäßiges Vorgehen war berechenbar, seine Reaktionen allerdings nicht. Wenn sie ihn auf sein Verhältnis ansprach oder Andeutungen wie »Kenne ich sie?« oder »Willst du mir nicht sagen, wer sie ist?« machte, erwiderte Frank: »Über wen sprechen wir überhaupt?«

Karen sagte dann immer: »Ich weiß, daß du eine Freundin hast. Warum gibst du es nicht zu?«

Und Frank sagte dann ...

Vielleicht sagte er aber auch: »Es hat dir niemand erzählt, daß ich eine Freundin habe, und du hast mich mit keiner Frau gesehen, mit der ich etwas haben könnte. Worüber sprechen wir also?«

Karen könnte sagen: »Die Grundstücksmaklerin aus Boca!« und Indizien auf den Tisch legen, die ihn nicht überführten, aber doch zumindest in die Ecke trieben.

Vielleicht stritt er es dann geradeheraus ab. Oder er würde sagen: »Ja, ich fahre manchmal nach Boca. Nicht, daß dich das verdammt noch mal was anginge.«

Und dann? Dann konnte sie entweder eine Szene machen, schmollen oder verletzt tun.

Also sagte Karen kein Wort über die Grundstücksmaklerin. Statt dessen fuhr sie eines Freitags nachmittags in ihrem weißen Caddy Seville, der farblich auf den seinen abgestimmt war, nach Boca, zu dem großen rosaroten Komplex mit den Eigentumswohnungen, der wie ein venezianischer Palast aussah.

Sie fand Franks weißen Seville in der düsteren Tiefgarage unter dem Gebäudekomplex am Strand, setzte ihn mit Hilfe des Zweitschlüssels, den sie mitgenommen hatte, rückwärts aus der reservierten Parkbox, ließ ihn auf der Durchfahrt stehen, stieg wieder in ihren Wagen und fuhr mit ihrem weißen Seville dreimal in die Seite seines weißen Sevilles, wobei sie beide Türen und den vorderen Kotflügel von Franks Wagen eindrückte und die Kühlerlamellen und Scheinwerfer ihres Wagens beschädigte. Dann fuhr sie nach Lauderdale zurück. Als Frank nach Hause kam, betrachtete er erst ihren, dann seinen weißen Seville. Karen wartete, doch er sagte kein Wort über die Wagen. Am nächsten Tag ließ er sie abschleppen und kaufte zwei farblich aufeinander abgestimmte graue.

Als sie Wochen später im Wohnzimmer saßen, sagte sie: »Ich werde das Tennis allmählich leid.« Und zu dem Hund, der um ihre Füße herumschnüffelte: »Gretchen, laß das. Verschwinde.«

»Spiele Golf«, sagte Frank. Er schlug sich auf den Oberschenkel, und der grauweiße Schnauzer sprang auf seinen Schoß.

»Ich interessiere mich nicht für Golf.«

»Trete einem Frauenverein bei.«

»Ich war in Frauenvereinen.«

»Fang mit dem Fischen an. Ich besorge dir ein Boot.«

»Weißt du überhaupt, was ich so tue?« sagte Karen. »Ich lebe in den Tag hinein. Ich sitze in der Sonne. Ich versuche, mir Arbeit für Marta auszudenken und für den Gärtner . . .« Sie hielt einen Augenblick lang inne. »Als wir heirateten . . . ich meine, bei unserem Hochzeitsempfang . . . weißt du, was meine Mutter da zu mir sagte?«

»Was denn?«

»Sie sagte: ›Hoffentlich hast du begriffen, daß er Italiener ist.‹ Sonst wußte sie gar nichts von dir, nur deinen Namen.«

»Halb Italiener«, sagte Frank, »halb Sizilianer. Das ist ein Unterschied. Wie Gretchen hier.« Er streichelte den Hund, der auf seinem Schoß döste. »Sie ist zum Teil Schnauzer, aber da war noch eine andere Rasse beteiligt. Das ist etwas anderes.«

»Du verstehst es nicht, oder?« sagte Karen.

»Was denn? Sie kommt aus Grosse Pointe. Ich habe mal in Grosse Point gelebt. Na und? Wer im Glashaus sitzt . . .«

»Sie war nicht hochnäsig. Wenigstens nicht, als sie das sagte.«

»Na gut, was hat sie damit gemeint, ich sei italienischer Herkunft? Was war sie denn? Hill . . . vielleicht die Kurzform von Hilkowski. Bist du vielleicht polnischer Abstammung? Worüber sprechen wir überhaupt?«

»Sie hat damit gemeint«, sagte Karen, »wie du lebst, wie du dich gibst. Daß du fest in deiner Welt verankert bist. Daß du dein Männerleben lebst und ich mein Frauenleben leben muß. Und sie hatte recht, ohne auch nur eine Spur davon zu wissen, was du in Wirklichkeit getan hast oder immer noch tust. Ich weiß es nicht, denn du erzählst mir ja nichts mehr.«

»Ich bin im Ruhestand«, sagte Frank, »und du bist es leid, Tennis zu spielen und in der Sonne zu sitzen. Na gut, was hast du also vor?«

»Vielleicht tue ich es einfach und erzähle dir nichts«, sagte Karen.

»Was willst du tun?« fragte Frank.

»Dir nicht mehr sagen, was ich mache. Oder dir einfach etwas vorlügen. Ich erzähle dir, ich spiele Tennis, aber in Wirklichkeit mache ich was ganz anderes.«

»Bleib beim Tennis«, sagte Frank. Er hörte auf, Gretchen zu streicheln. »Und laß dir nicht alles aus der Nase ziehen. Du willst mir drohen, ja? Weil du dich langweilst? Willst du mir sagen, daß du jetzt herumbumsen wirst? Wenn es das ist, sag es. Kommt ein Typ zu mir und redet um den heißen Brei herum, sag ich, also hör mal, verzieh dich oder rede Klartext. Mit dir habe ich mehr Geduld, Karen. Du bist meine Frau, und ich respektiere dich. Du bist eine intelligente, gutaussehende Frau. Ich will dir was sagen, und ich weiß, du verstehst, was ich meine. Ich bin auch nicht dumm, obwohl ich als junger Bengel nicht auf die Universität von Michigan gegangen bin. Und ich will nicht dumm *dastehen*, wenn die Leute auf mich zeigen und sagen: ›Ja, das ist der Bursche, seine Frau bumst mit dem Tennislehrer, und der blöde Hund bezahlt noch die Stunden.‹ Das gibt's nicht. Nichts da – du langweilst dich und bist etwas gereizt. Okay, streng deinen Kopf an und laß dir etwas einfallen. Aber lüg mir nichts vor, ja? Und drohe mir nicht, du würdest es mir heimzahlen. Ich weiß wirklich, wie man es den Leuten heimzahlt. Ich könnte ein Buch darüber schreiben . . .«

»Meine Mutter hatte recht«, sagte Karen. »Du kannst tun, was du willst, aber ich nicht.«

»Deine Mutter . . . du bist noch ein großes Mädchen«, sagte Frank. »Du warst schon ein großes Mädchen, als wir geheiratet haben, was? Vierzig Jahre alt. Mit vierzig Jahren muß man doch wissen, was es heißt, mit einem Halbitaliener mit zahlreichen gestreuten Geschäftsbeteiligungen verheiratet zu sein, hm? Weißt du, wie es ist? Wie in der Bibel. Du hast dieses Haus, achthundert Riesen hat es gekostet, und die Touristen fahren mit den Booten der Intercoastal vorbei, betrachten es ehrfürchtig und sagen: ›Gott im Himmel, stell' dir doch mal vor, in so einem Haus zu leben.‹ Du hast eine Wohnung in Boca am Strand. Du hast Kleider, alles, was du dir kaufen willst. Diener, Autos, Clubs . . .«

»Nur zu«, sagte Karen. »Ich habe einen Hund . . .«

»Ein Grundstück auf den Keys. Freunde . . .«

»Deine Freunde.«

»Ich sage dir, es ist wie in der Bibel. Du hast alles, was du brauchst, um glücklich zu sein. Nur eins darfst du nicht, und das ist nicht einmal unvernünftig, das ist ein Naturgesetz.«

»Was denn?«

»Eine Frau ist ihrem Mann treu, ihm untertan. Es steht in der Bibel.«

»Und wenn ich dir nicht erzähle, was ich so tue, bin ich dir dann untreu?«

»Worüber streiten wir uns überhaupt? War ich nicht gut zu dir? Herrgott, sieh dich doch mal um, dieses Haus hier. Die Gemälde, die Einrichtung . . .«

»Die Antiquitäten deiner ersten Frau.«

»Ich kapiere das nicht. Fünf Jahre, und du sagst kein Wort . . .«

»Fünfeinhalb«, sagte Karen.

»Okay, ich habe hier ein paar sehr seltene, kostbare Stücke. Mir gefällt dieses Zeug eben«, sagte Frank. »Aber wenn du etwas davon nicht magst, verkaufe es. Richte das ganze Haus neu ein, wenn du willst.«

»Halte mich nur beschäftigt.«

»Was ist nur *los* mit dir?«

Zu sagen, ihr sei langweilig, und sie sei reizbar – während er loszog, um seine Freundin in Boca zu besuchen, eine Grundstücksmaklerin. Fünfeinhalb Jahre das brave Eheweib gespielt, und nun kam er ihr mit der Bibel.

Karen machte einen Fehler, doch sie war zu wütend, um es zu merken.

Sie stellte Frank ein Ultimatum. »Schluß mit dem zweierlei Maß«, sagte sie. »Wenn du mich betrügen kannst, kann ich dich betrügen. Ich will es vielleicht nicht, aber ich werde es tun, Freundchen. Schon aus Prinzip, und um zu sehen, wie es dir gefällt.«

Frank wirkte müde. Er schüttelte den Kopf. »Karen, Karen, Karen . . .« sagte er und streichelte wieder den Hund.

Später ahnte sie Böses; ihr Magen krampfte sich zusammen, wann immer sie darüber nachdachte und erkannte, daß sie ihm wirklich ins Gesicht gedroht hatte. Wenn sie da nicht wie ein dummes Mädchen gehandelt hatte, wann denn? Sie war erleichtert, daß er den Streit nie wieder zur Sprache brachte, und beruhigte sich mit Gedanken wie: Frank wußte, daß sie ihn niemals betrügen würde. Frank wußte, daß sie einfach zu dick aufgetragen hatte, um ihm klarzumachen, daß sie sich vernachlässigt fühlte.

Sie spielte die Szene in Gedanken noch einmal durch und änderte sie dabei ab, verlor nicht die Herrschaft über ihre Stimme, bewahrte Haltung. Gab sich mit versteckten Andeutungen zufrieden und verzichtete auf offene Drohungen. Deutete nur an, daß sie ihn betrügen würde, anstatt es ihm offen ins Gesicht zu sagen. Später erinnerte sie sich daran, daß der Streit am 10. Mai stattgefunden hatte. Ein Datum, das sie nicht vergessen würde.

Am 2. Dezember des gleichen Jahres wurde Frank mit einer Sauerstoffmaske auf dem Gesicht ins Holy Cross Hospital eingeliefert, während ein Rettungssanitäter seine Brust massierte. Er starb an diesem Nachmittag mit einundsechzig Jahren in der Intensivstation.

Karen konnte es nicht glauben. Vierundvierzig Jahre alt und zum zweiten Mal verwitwet; zwei Franks hatte sie überlebt, der eine Fachingenieur in der Kfz-Konstruktion, der andere »mit zahlreichen gestreuten Geschäftsbeteiligungen«. Sie war voller Selbstvertrauen und nach der Beerdigung und dem kilometerlangen Trauerzug mit Polizeieskorte zum Friedhof Memorial Gardens nur erleichtert. Wieso erleichtert? Das mußte sie noch herausfinden. Aber sie fühlte sich – zuerst fürchtete sie sich, es einzugestehen – einfach toll. Frei. Mehr noch, geradezu aufgeregt. Nach fünf Jahren keine Überlegungen mehr, ob sie nicht einen schrecklichen Fehler gemacht hatte. Endlich vom Haken befreit und voller Erwartung auf ein neues Leben.

Doch in den nächsten paar Monaten mußte sie feststellen, daß der tote Frank DiCilia sie noch genauso gut im Griff hatte wie zu Lebzeiten.

Sie schaute gelegentlich zurück. Wie bin ich soweit gekommen? Sie versuchte, ein Muster, ein Motiv zu erkennen.

Rastlos?

Karen Hill. Ein nettes Mädchen. Höflich, gehorsam, gläubige Katholikin. Dominikanerschule, dann auf der Universität von Michigan studiert, Magisterabschluß. Akzeptierte die üblichen Vorstellungen von Glück, dazu eine lange Liste mit dem, was man durfte und was nicht.

Doch hatte sie es – im Rückblick – wirklich akzeptiert?

Ja, im Prinzip schon. Einen netten Burschen mit Zukunft kennenlernen, ihn heiraten, eine Familie gründen. Der nette Bursche war Frank Stohler, Michigan '52. Jede

Menge Knutschen, aber vor der Hochzeit nicht mit ihm ins Bett gehen: Juni 1954, in der St. Paul's On-the-Lake-Kirche. Empfang im Grosse Pointe Yacht Club. Schließlich ins Bett mit dem großen, rücksichtsvollen Frank Stohler, der beim Bumsen nie ein Geräusch machte und keinen Ton sagte. Temperaturmethode, es gab noch keine Pille. Eine Tochter, Julie, geboren im September 1956.

Die Zeit mit dem ersten Frank war ein ständiges Einerlei. Ein Haus, dann ein größeres. Lochmoor beigetreten, dem Detroit Athletic Club. Einmal im Jahr von der Firma aus ein Wochenende in Greenbriar. Die Neuheitenmesse der Chrysler Corporation, die jährlichen Treffen der Fachingenieure im Automobilwesen. Rastlos. War das ihre Rolle? Tennis, Racketball, Squash, ein wenig Bridge, Streit mit Julie. Sorgen um sie. Ging jedes Wochenende ins Theater oder auf Partys. Die Weigerung, Julie auf eine Schauspielerschule nach Los Angeles zu schicken. Sie ging trotzdem, spielte nun fast täglich in *As the World Turns* mit und war gut in ihrer Rolle als junges Biest. Als was auch sonst?

Der Tod. Ihr Vater und der erste Frank innerhalb von zehn Monaten; beide kurze Zeit herzkrank und dann verstorben. Etwas über zweihunderttausend Dollar aus der Lebensversicherung und an Aktien der Chrysler Corporation. Rastlos. Die Gelegenheit, etwas anderes zu tun, ein anderer Mensch zu sein. Das Haus in Grosse Pointe verkauft und nach Lauderdale gezogen. Warum? Warum nicht? Ein Job als Maklerin. Langweilig. Gekündigt. Und Frank DiCilia im Club Palm Bay kennengelernt.

Der echte und wirkliche Frank DiCilia aus den Detroiter Zeitungsartikeln über die Prozesse vor dem Großen Geschworenengericht, die Ermittlungen des Sonderdezernats ›Organisiertes Verbrechen‹, die Anklagen wegen Meineid, die Schutzgeldererpressungen, Hoffas Verschwinden.

Die Witwe und der Witwer, beide zueinander passend,

beide aneinander interessiert, wenn auch aus unterschiedlichen Gründen.

Das bist doch überhaupt nicht du, sagte sie sich. Oder doch? Fasziniert von dem Mann und von allem, was er wissen mußte, worüber er aber niemals sprach. Ihr gefielen seine Hände, selbst der Diamant am kleinen Finger. Ihr gefiel sein Haar, noch immer dunkel und dicht, auf der rechten Seite gescheitelt. Ihr gefiel der verträumte Blick seiner Augen und die Art, wie er sie betrachtete – Frank DiCilia betrachtete *sie* – und ihr gefiel es, den Blick ruhig zu erwidern, um zu zeigen, daß sie keine Angst hatte. Sie fühlte sich nicht mehr rastlos. Sie konnte den ersten Frank mit dem strähnigen Haar nicht mit dem zweiten, dunklen Frank vergleichen. Ingenieure sagten, sie seien Ingenieure, und zogen Reißzeichnungen auf Papierservietten, um zu zeigen, wie etwas funktioniert. Frank und seine Teilhaber sagten nie, was sie waren, und schrieben auch nichts nieder. Sie fragte Frank DiCilia geradeheraus: »Was tun Sie so?«

Er sagte: »Ich habe mich zurückgezogen.«

Sie: »Wovon?«

Er: »Industrielle Wäschereien.«

Sie: »Sind Sie in der Mafia?«

Er: »So was gibt es nur in Filmen.«

Sie besuchte ihn in seinem Haus im Vorort Harbor Beach von Lauderdale – ihrer jetzigen Adresse, 1 Isla Bahía – und sagte: »Wäschereien müssen ja ganz nett was hergeben.«

Er sagte: »Ich bin auch noch ein wenig im Immobilienhandel.«

Sie betrachtete die Einrichtung, die Auktionsstücke von Sotheby und den italienischen Marmor, und sagte: »Sie könnten Eintritt verlangen.«

Er sagte: »Wenn es Ihnen nicht gefällt, verkaufe ich es.« Diesen Vorschlag machte er jedoch erst wieder in jenem Mai, fünfeinhalb Jahre später.

Sie erinnerte sich an ein anderes Mädchen namens Hill, Virginia Hill, das sie während der Ermittlungen im Fall Kefauver im Fernsehen gesehen hatte, das Mädchen mit dem breitkrempigen Hut und der Sonnenbrille, die Freundin eines Gangsters. Karen hatte fasziniert zugeschaut und sich gefragt, wie so etwas sein würde.

Sie genoß es, dies herauszufinden: Mit Frank DiCilia befreundet zu sein und es auszukosten; die Clubs, La Gorce, Palm Bay, Joe Sonken's in Hollywood, und die Blicke auf sich zu spüren. Eine Rolle zu spielen und jemand zu sein.

Julie war mit einem Stuntman verheiratet. Sie drehte gerade und konnte nicht zur Hochzeit kommen, gratulierte ihr jedoch mit einem langen, liebevollen Brief und schloß ihn mit der Bemerkung ab: »Ich wußte, daß es in dir steckt, zum Teufel! Toll! *Meine* Mom!«

Karens Mutter, die nur neun Jahre älter war als Frank, kam zur Hochzeit, trank Champagner und sagte, völlig im Ernst: »Aber er ist Italiener, nicht wahr?« Ihre Mutter fuhr wieder nach Hause, und drei Jahre später mußte Karen sie beerdigen.

Was passierte nur? Alle starben. Der erste Frank und ihr Vater, dann ihre Mutter und der zweite Frank. So vielen Menschen jahrelang nahegestanden und nun ganz allein, die einzige Überlebende. Sie verlor die Verbindung mit den alten Freunden in Detroit. Lebte ein anderes Leben. Hatte niemanden, mit dem sie sich vernünftig aussprechen konnte. War versessen darauf, Menschen kennenzulernen, wenigstens einen guten Freund zu haben. Vorzugsweise einen Mann.

Sie wurde sich immer mehr der älteren Menschen bewußt, die in Florida im Ruhestand lebten. Mehr Frauen als Männer waren auf den Promenaden an den Stränden nördlich und südlich von Lauderdale zu sehen. Frauen, die allein in viertürigen Limousinen fuhren. Frauen, die mit anderen Frauen zu Abend aßen. Karen war vierundvierzig. ›Ich sehe nicht aus wie diese Frauen‹, sagte sie sich.

Oder doch?

Nein, selbst nach all den Stunden in der Sonne, dem Tennis in der Sonne, den Mittagsschläfchen in der Sonne war sie vierundvierzig, wog genau fünfundfünfzig Kilo und sah zehn Jahre jünger aus, als sie war. Oder vielleicht wie acht- oder neununddreißig; irgendwas in dieser Richtung. Mit einer gewissen klassischen Schönheit: dunkles Haar, blaue Augen, schöne Nase; mit Falten, die keineswegs unattraktiv waren, sondern – so sagte Karen sich – von Charakter, Weisheit oder Erfahrung zeugten. Sie trug einfache, aber teure Kleider, ging seit dem letzten Jahr öfter ohne BH und sah, sonnengebräunt und schlank, selbst im verschossensten Bikini hervorragend aus. Bei Gott, nein, sie war keine dieser Witwen mit ihren buntbedruckten Kleidern und gewaltigen Ärschen.

Na gut, aber wieso saß sie dann allein zu Hause herum? Warum ließen sich die wenigen interessanten, vorzeigbaren Männer, die sie seit Franks Tod kennengelernt hatte, nur ein- oder zweimal sehen und schienen dann zu verschwinden?

2

Im Mai – sie war seit fünf Monaten verwitwet, und die Meinungsverschiedenheit über das doppelte Maß, der Streit mit Frank, das Ultimatum hatte vor genau einem Jahr stattgefunden – saß Karen in Ed Grossis Büro im neununddreißigsten Stockwerk des Biscayne Tower.

DORADO MANAGEMENT CORPORATION stand auf dem Schild auf der Doppelschwingtür des Privatbüros.

Karen konnte Ed Grossi fragen, womit sich die Dorado Management Corporation beschäftigt, und er antwortete: »Nun ja, Apartmentgebäude, Gebäudekomplexe mit Eigentumswohnungen«; soweit würde es wahrscheinlich auch zutreffen. Sie konnte ihn fragen, wer all die Menschen waren, die in der Lobby warteten, und Grossi sagte: »Nun ja, Lieferanten, Arbeitssuchende, du weißt schon.« Sein Ton war geduldig. Frag' du nur. Was willst du wissen?

Doch wenn sie nachbohrte, immer mehr Fragen stellte, wurden die Erklärungen immer komplizierter, und die Worte ergaben niemals ein klares Bild. Das wußte sie aus Erfahrung.

Sie saßen da, glänzende, schwarze Kaffeetassen auf seinem aufgeräumten Schreibtisch, und Karen hörte zu, wie Grossi sagte: »Nun, es sieht so aus, als wärest du etwa vier Millionen wert.«

»Wirklich?« sagte Karen. Keineswegs erstaunt. Sie hatte gedacht, es könne vielleicht wesentlich mehr sein.

»Wir mußten eine Steuervorauszahlung leisten, ein paar von Franks Geschäftsanteilen verkaufen . . . wenn du nicht darauf bestehst, erspare ich mir die Einzelheiten.«

Vier Millionen.

Sie hatte noch immer ihre eigenen Zweihunderttausend in Aktien und Wertbriefen, dazu die fünfunddreißigtausend in bar, die sie – in Hundertdollarscheinen – in Franks Aktenschrank gefunden hatte.

»Bekomme ich die Summe auf einmal?«

Ed Grossi wirkte auf der anderen Seite des aufgeräumten Schreibtisches, hinter einer Glasscheibe die Skyline von Miami Beach hinter sich, allein und weit entfernt. Der freundliche Ed Grossi, der jetzt ganz oben saß. Er trug eine Brille mit schwerem, schwarzem Gestell und hielt sie nun so, daß er durch den Zweistärkenfokus sehen konnte, während er auf ein einzelnes Blatt auf seinem Schreibtisch schaute.

»Wie Frank es eingerichtet hat, liegt das Geld in einem Treuhandfonds.«

»Oh«, sagte Karen und wartete auf die komplizierte Erklärung.

»In festverzinslichen Obligationen des Staates Miami, vier Millionen zu sechs Prozent, zweihundertvierzigtausend im Jahr. Wie klingt das?«

»Muß ich die Summe versteuern?«

»Nein, es sind Kommunalobligationen, die Einkünfte sind steuerfrei. Zweihundertvierzigtausend, oder, wie Frank es eingerichtet hat, zwanzigtausend im Monat, solange du lebst.«

Karen wartete. Sie war sich sicher, daß es einen Haken gab, gewisse Klauseln. »Was ist, falls ich die ganzen zweihundertvierzigtausend auf einmal haben will?«

»Und was willst du damit anfangen?«

»Keine Ahnung. Ich sage ja nur, falls. Lauten die Obligationen auf meinen Namen?«

»Nein, auf die Dorado Management. Du erinnerst dich, wie der Anwalt es erklärt hat? Frank bestimmte Dorado zum Nachlaßverwalter.«

»Ich dachte, er hätte dich bestimmt«, sagte Karen.

»Nein, die Firma. Um deine Frage zu beantworten, ja, du kannst die gesamten zweihundertvierzigtausend eines Jahres auf einmal bekommen, doch zu deinem eigenen Schutz ist dafür die Zustimmung der Dorado Management nötig.«

»Deine Zustimmung«, sagte sie beharrend.

»Karen, ich könnte über die Flagler Avenue gehen und überfahren werden. Die Firma ist dann noch immer der Verwalter von Franks Nachlaß. Kannst du mir folgen? Es wurde in deinem Interesse so eingerichtet.«

»Aber ich kann die Obligationen nicht flüssig machen und die vier Millionen nehmen, wenn ich wollte.«

»Warum solltest du das denn wollen?« Ruhig, mit einem fast müden Tonfall. »Wie willst du das Geld investieren? Vielleicht kommt irgendein Hitzkopf mit einem ganz tollen Plan daher, der schiefgeht – deshalb hat Frank es so eingerichtet. Dorado verwaltet das Kapital, füllt alle Unterlagen aus, und du mußt dir keine Sorgen darüber machen.«

»Was, wenn ich sterbe?«

»Die Zahlungen werden eingestellt. Deine Erben sind deine, nicht Franks. Aber wenn du zwischenzeitlich dieses Geld für dich arbeiten läßt, wirst du einen ganz beträchtlichen Nachlaß haben.«

»Was, wenn ich wieder heirate?«

Ed Grossi zögerte. Einen Augenblick lang hatte sie ihn unvorbereitet ertappt.

»Ich glaube, die Zahlungen werden eingestellt.«

»Du bist dir nicht sicher?«

»Ich erinnere mich nicht. Vielleicht muß das Dorado Management seine Zustimmung erteilen. So meinte ich es nicht, etwa, daß du unsere Erlaubnis haben mußt. Ich meine, wir werden dir die Zuweisungen weiterhin anweisen müssen, wenn es keine Klauseln dagegen gibt.«

»Warum sollte es solche Klauseln geben?«

»Ich sage nicht, daß es sie gibt. Ich erinnere mich nur nicht mehr an die Einzelheiten der Nachlaßbestimmungen. Warum?«

»Warum was?«

»Ich meine, spielst du mit dem Gedanken?«

»Nein. Im Augenblick nicht. Ich habe mich in letzter Zeit kaum mit Männern getroffen«, sagte Karen, nun mit ein wenig Schärfe in der Stimme. »Ich will nur wissen, welche Rechte ich habe, was ich tun darf und was nicht.«

»Es war Franks Geld, Karen.«

»Und ich habe meinen Anteil daran verdient.« Noch immer mit dieser Schärfe. »Eheliche Zugewinngemeinschaft, die ich meinerseits getreulich erfüllt habe – wenn du es unbedingt wie einen rechtsverbindlichen Vertrag klingen lassen willst.«

»He, Karen, komm' schon . . .«

Sie sagte nichts, musterte ihn aber weiterhin.

»Er ist tot, Karen. Willst du, daß er zurückkommt und sich entschuldigt? Der Mann hat dir ein Haus hinterlassen, ein paar Wohnungen, eine viertel Million pro Jahr steuerfrei . . . Was willst du?«

»Ich weiß nicht. Ich fühle mich . . . beengt. Vielleicht sollte ich ein paar Monate verreisen.«

Ed Grossi zögerte erneut, suchte nach den richtigen Worten oder einem entspannten Tonfall. »Du mußt nicht davonlaufen, oder?« sagte er. »Suche dir irgendeine Aufgabe, vielleicht in einem Wohltätigkeitsverein. Gib dein Geld aus, genieße es.«

»Du klingst genau wie Frank.«

»Das ist sehr gut möglich«, sagte Grossi. »Frank und ich waren lange befreundet. Er sagt etwas, äußert einen Wunsch, und dann ist es auch mein Wunsch. Du verstehst, was ich meine?«

Karen beobachtete ihn, war sich nicht sicher, hoffte, er würde mehr sagen und etwas über sich verraten.

»Ich muß mit Frank nicht immer völlig übereinstimmen«, sagte Grossi. »Aber wenn er mich wissen ließ, daß er etwas auf diese Art erledigt haben wollte, okay, dann wurde es so gemacht. Was ich davon hielt . . . nun, das hat nichts damit zu tun, es war sein Unternehmen.«

Karen wartete.

»Was willst du damit sagen?«

»Nichts. Ich wiederhole mich.« Er sagte dies völlig ernst und versuchte dann zu lächeln, während er einen Knopf auf seiner Gegensprechanlage drückte. »Was kann ich sonst noch für dich tun, Karen?«

Beinahe hätte er ihr etwas verraten, etwa, was er von der Regelung hielt. Aber er hatte es gemerkt und innegehalten.

Es hatte keine Unterbrechungen, keine Anrufe gegeben, bis Grossis Sekretärin nun hereinkam und fragte, ob sie noch einen Kaffee wollten. Karen lehnte dankend ab und hob ihre Handtasche auf. »Roland ist hier«, sagte die Sekretärin.

»Sagen Sie ihm, er soll warten«, entgegnete Grossi. Dann tat er etwas, was Karen überraschte. Er sagte: »Vivian, kennen Sie Mrs. DiCilia? Karen, das ist Vivian Arzola.«

Die Sekretärin gab Karen die Hand und lächelte. »Ich freue mich, Sie kennenzulernen, Mrs. DiCilia. Ich habe so viel von Ihnen gehört.«

›Was denn?‹ fragte sich Karen, noch immer überrascht; und dennoch wußte sie, daß das Mädchen es ehrlich meinte.

Eine sehr attraktive Kubanerin, etwa dreißig, gut gebaut, die Haare zu einem Knoten zurückgesteckt, eine Brille mit großen, runden Gläsern, ein beiger Hosenanzug. ›Wahrscheinlich ein Calvin Klein oder Dalby‹, dachte Karen. Vivian schien zu zögern. »Sie sind viel schöner als auf dem Bild«, sagte sie.

Schön? Karen runzelte die Stirn, um etwas Überraschung auszudrücken. »Nun, vielen Dank«, sagte sie. »Ich glaube, ich werde jetzt öfter kömmen.«

Vivian ließ sie allein, und Grossi sagte: »Was brauchst du? In jeder Hinsicht.«

Karen lehnte sich zurück. »Warum willst du nicht, daß ich verreise? Brauche ich dazu deine Erlaubnis?«

»Nein, natürlich nicht. So habe ich es nicht gemeint. Ich schlage nur vor, daß du es ruhig angehen läßt. Wohin du auch fahren könntest, überall ist es jetzt zu warm. Bleibe hier, am Ozean. Aber bleibe mit mir in Verbindung. Laß mich wissen, was du tust, und ob ich dir irgendwie helfen kann.«

»Ich will dir sagen, was ich tue«, entgegnete Karen. »Nichts. Ich treffe mich zwei- oder dreimal mit einem Mann – wie Howard Shaw, kennst du ihn? Er ist Anlagenberater, Mitglied des Palm Bay, kürzlich geschieden . . .«

Grossi schüttelte den Kopf. »Karen, du bist erst seit ... nun ja, ein paar Monate Witwe. Weshalb diese Eile?«

»Seit fast sechs Monaten«, sagte Karen, »einem halben Jahr. Ich bin ein paar Mal zum Abendessen eingeladen worden – Ed, ich springe nicht gleich mit jedem ins Bett. Ich war mit drei verschiedenen Männern aus, die mir gefallen, als Freunde, meine ich. Wir hatten Spaß, wir schienen miteinander auszukommen. Sie sagen, sie rufen mich morgen oder in ein paar Tagen wieder an, und dann nichts, kein einziges Wort.«

»Ich weiß nicht«, sagte Grossi. »Laß dir doch Zeit.«

»Wieviel Zeit?«

»Entspanne dich, mache dir deshalb keine Sorgen.«

Karen wartete, musterte ihn. »Ed, was geht da vor?«

»Was meinst du, was geht da vor? Das sind Geschäftsleute, sie haben zu tun. Vielleicht sind sie verreist.«

»Sie sind nicht verreist. Ich habe sie gesehen.«

»Na ja, dann haben es ihre Frauen eben herausgefunden. Ich weiß es nicht.«

»Sie sind nicht verheiratet.« Karen wartete erneut. »Liegt es daran, daß ich mit Frank DiCilia verheiratet war?«

»Bei einigen vielleicht«, sagte Grossi und zuckte die Achseln. »Wer weiß?«

»Ich habe auch schon daran gedacht«, sagte Karen. »Aber sie wußten es, jeder einzelne von ihnen. Ich meine, nicht, daß ich es ihnen gesagt und sie mich dann nicht mehr angerufen haben. Sie *wußten*, daß ich Mrs. Frank DiCilia war. Das ist mein Name. Es scheint sie nicht gestört zu haben.«

»Na ja, man weiß es nie«, sagte Grossi. »Vielleicht bist du an jemanden mit Minderwertigkeitskomplexen geraten. Er wird nervös, sieht immer wieder über die Schulter zurück. ›Gott im Himmel‹, denkt er, ›vielleicht ist mir die Sache über den Kopf gewachsen.‹ Verstehst du? Allein die Vorstellung, mit Mrs. Frank DiCilia auszugehen, macht ihm angst.«

Karen sagte nichts.

»Ich würde mir an deiner Stelle keine Sorgen darüber machen«, sagte Grossi. »Du hast doch alles. Wofür brauchst du denn so verklemmte Typen?«

Roland Crowe trat vom Schreibtisch der Empfangsdame rüber, um Karen die Tür aufzuhalten. »Vielen Dank«, sagte sie, und Roland entgegnete: »He, nicht der Rede wert.« Er stand breitbeinig in seinen engen Hosen und den 200-Dollar-Cowboystiefeln da und musterte ihren Hintern und die schlanken braunen Beine, als sie die Halle entlangging. Als er sich umdrehte und die Tür zufallen ließ, sahen alle Leute in der Lobby der Dorado Management ihn an. Roland sah niemanden an: ein paar kleine Scheißer, die darauf warteten, das Gras wachsen zu hören.

Er ging zum Schreibtisch zurück, um noch ein wenig mit dem kleinen Empfangsmädchen zu flirten, doch sie sagte ihm, er könne jetzt hinein. Roland blinzelte ihr zu. Für eine Kubanerin sah sie nicht schlecht aus. Diese DiCilia war auch nicht übel. Er erinnerte sich an ihr Gesicht.

In Grossis Büro sagte Roland Crowe: »War das nicht Franks Frau, die da gerade hinausging?«

Grossi schob ein Blatt Papier in seine mittlere Schreibtischschublade. Er nahm ein anderes Blatt heraus, auf dem ein mit Kugelschreiber geschriebener Name und eine Adresse standen, und schloß die Schublade ab.

»War das wer?«

»Franks alte Dame.«

»Ihr Name ist Mrs. DiCilia«, sagte Grossi.

Verdammt. Dieser kleine Mistkerl, der wie der große Boß klingen wollte, kaum den Mund bewegte, wenn er sprach, als hätte er einen Haufen Müll darin. Doch Roland war ganz umgänglich – nach sechs Monaten im Staatsgefängnis Lake Butler, wo er sich den Arsch aufgerissen hatte, um Unkraut zu jäten, und nur Schweinefraß vorgesetzt bekommen hatte, war er endlich zurück in

Miami. Er war zu gut gelaunt, um fies zu werden, wenngleich er bei der Vorstellung grinsen mußte, den kleinen Mistkerl an seinem blauen Anzug zu fassen, durchs Fenster zu werfen und zu hören, wie er schrie, während er die neununddreißig Stockwerke hinab zum Biscayne Boulevard fiel.

»Ich hab' sie mal getroffen, ich weiß nicht, wann, vor einem Jahr oder so«, sagte Roland Crowe. »Ich holte irgendwas aus ihrem Haus. Frank stellte uns vor, doch sie erinnert sich nicht an mich.«

»Hier«, sagte Grossi und gab Roland das Blatt. Der runzelte die Stirn, als er den Namen las.

»Arnold . . . Rapp? Was ist das denn für ein Name?«

Grossis Gesichtsausdruck blieb geduldig, ernst. »Das ist oben in Hallandale.«

»Mein Gott, er versteckt sich in Hallandale«, sagte Roland. »Weiß dieser Bursche, was er tut, oder ist er einer von diesen Collegejungs?«

»Arnold behauptet, die Küstenwache habe das Boot beschlagnahmt und die neun Tonnen Gras an den Zoll überstellt. Und, ja, es steht in der Zeitung, daß sie vor zwei Tagen ein Boot, kubanische Besatzung, nach Boca Chica geschleppt haben.«

»Aber war das Arnolds?« sagte Roland. »Wieviel schuldet er Ihnen?«

»Fünfhundertvierzig Riesen, zweieinhalb zu eins.«

»Hm«, sagte Roland, »wenn er Ihnen ein Märchen erzählt, muß er eine Tonne davon geraucht haben, um die Nerven dafür zu haben, was?«

»Fragen Sie ihn«, sagte Grossi. »Was die andere Sache betrifft, Mrs. DiCilia, wird Vivian Ihnen alles erklären.« Er drückte einen Knopf auf der Gegensprechanlage. »Vivian, Roland kommt zu Ihnen.«

Das war's schon; damit war ihr Gespräch beendet. Kein ›Wie war Lake Butler?‹ oder ›Vielen Dank, Roland!‹, weil er die Klappe gehalten hatte, vor dieses Arschloch von

Richter gertreten war und wegen Mißachtung des Gerichts ein Jahr und einen Tag bekommen hatte, erlassen auf sechs Monate, die er da oben mit diesen Niggern und Kubanern verbringen mußte.

»Wie es mir in Butler ergangen ist?« sagte Roland zu Ed Grossi. »Oh, ganz gut, Ed. Ich hab' immer schön an mir selbst 'rumgespielt, einem Jungen den Arm gebrochen, der mir an den Arsch wollte, und kam als Jungfrau mit zweihundertfünf Pfund wieder raus. Da der Speiseplan nur aus Hafergrütze und Schweinefraß bestand, hab' ich ein paar Pfund verloren.«

»Vivian wartet auf Sie«, sagte Ed Grossi.

»Wissen Sie, daß er Sie einfach feuern wird, wenn Sie Ihre Arbeit getan haben?« sagte Vivian.

Roland Crowe bedachte sie über den Tisch mit der Glasplatte mit einem Grinsen. Sie saßen ein Stück vom Schreibtisch entfernt, um ungestört miteinander sprechen zu können. Roland gefiel der Tisch, das Glas, durch das er auf Vivians übereinandergeschlagene Beine schauen konnte, der dünne, beige Stoff über ihrem Schenkel. »Wissen Sie, wovon ich die ganze Zeit im Butler geträumt habe, was ich mir ständig vorgestellt habe?« sagte er. »Eine kubanische Pussy. Mann, das dichte schwarze Haar . . .«

»Ich kenne eine kubanische *Cocha*, die Sie nie zu sehen bekommen werden«, sagte Vivian. »Setzen Sie sich, Roland. Seien Sie brav.«

Er legte die Hand auf seinen Reißverschluß, als wolle er ihn öffnen. »Kommen Sie, Sie zeigen mir Ihre Pussy, und ich zeige Ihnen was, was Sie da unten auf der Sou'west Eighta Street noch nie gesehen haben.«

»Sou-wa-*say*-da«, sagte Vivian. »Sie kriegen's nie hin. Sie sind vor zwanzig Jahren aus dem Sumpf gekrochen und haben noch immer keine Ahnung.«

»Ich weiß, wie ich Sie glücklich machen kann«, sagte

Roland, dem die Sache Spaß machte. Er setzte sich und stützte seine kräftigen Unterarme auf das Glas. Die Aufschläge seines geblümten Hemds waren hochgekrempelt, damit man seine Zweitausenddollaruhr und das goldene Kettchen mit dem Anhänger sehen konnte. »Hören Sie, ich muß mir 'ne neue Wohnung suchen. Ich dachte, ich könnte bei Ihnen einziehen, bis ich was gefunden habe.«

»Das fehlt mir gerade noch, ein Strafgefangener«, sagte Vivian. Sie ließ sich von Roland nichts gefallen, war aber sehr vorsichtig und wachsam, als könne er jederzeit mit der Faust auf die Glasplatte schlagen, worauf sie dann schnell das Weite suchen würde. »Hören Sie mir jetzt zu«, sagte sie, »und lassen Sie den Unsinn!«

Er hätte gern über den Tisch gegriffen, Vivian die große runde Brille abgenommen und ihr Haar geöffnet, doch er sagte: »Klar. Schießen Sie los.« Roland fühlte sich wirklich gut und konnte sich noch eine Weile im Zaum halten.

»Mrs. Frank DiCilia, Eins Isla Bahia, Harbor Beach, Lauderdale.«

»Ich war schon in dem Haus.«

»Wir haben das Telefon angezapft. Von draußen führt eine Leitung in Martas Zimmer . . .«

»Moment mal. Wer ist Marta?«

»Marta Diaz, das Dienstmädchen. Die Schwester von Jesus.« Vivian sprach den Namen Chay-sus aus.

»Der liebe Jesus arbeitet daran?« sagte Roland und sprach den Namen amerikanisch aus. »Ich wußte gar nicht, daß er eine Schwester hat. Ich wußte nicht mal, daß er überhaupt wen hat. Er sagt ja kaum ein Wort.«

»Hören Sie zu, ja?« sagte Vivian. »Der Recorder ist in Martas Zimmer. Jeden Abend nimmt sie die Kassette heraus und gibt sie Jesus.«

»Und dann?«

»Dann . . . er hat sie hierher gebracht, aber von jetzt an wird er sie Ihnen geben, und Sie hören sie ab. Sie schreiben die Namen der Männer auf, mit denen sie spricht.

Wenn Sie der Meinung sind, daß sie mit einem was laufen hat, finden Sie alles über ihn heraus, suchen ihn auf und sagen ihm, daß Mrs. DiCilia gern in Ruhe gelassen würde. Haben Sie verstanden? Sie schlagen niemanden zusammen, bevor Sie Rücksprache mit uns gehalten haben.«

»Für wie lange?«

Vivian zuckte die Achseln. »Solange sie lebt. Keine Ahnung. Sie darf niemanden so gut kennenlernen, daß sie mit ihm ins Bett geht.«

Roland blinzelte, als würde er in die Sonne starren. »Grossi will sie für sich selbst?«

»Das ist nicht seine Idee, sondern die ihres Mannes.«

»Ihr Mann ist doch tot.«

»Ach ja? Aber die Leute machen noch immer, was er will«, sagte Vivian. »Er will, daß seine Frau unberührt bleibt, ihm selbst nach dem Tode treu, und wir sorgen dafür.«

»Sie sieht gut aus«, sagte Roland.

»Ja, sehr elegant.«

»Und sie kriegt keinen ab? Mein Gott, sie muß ja bald verrückt werden.«

»Nicht jeder ist sexbesessen«, sagte Vivian.

»Man muß nicht gerade vor Liebe brennen, um sich 'nen Schwanz zu besorgen.« Roland sah aus dem Fenster und stellte sich vor, wie die arme Frau des Nachts allein in ihrem Haus war. »Vielleicht gabelt sie einfach einen Jungen auf und läßt sich ordentlich stoßen.«

Vivian schüttelte den Kopf. »Marta sagt, es würde nie jemand über Nacht bleiben, und sie würde niemals einen Mann mit ins Schlafzimmer nehmen.«

Man muß es nicht unbedingt im Schlafzimmer treiben, dachte Roland. Er hatte es auf der Rückbank eines Autos getrieben, am Strand, im Gebüsch, auf einem Luftkissenboot mitten im Big-Cyprus-Sumpf, einmal sogar auf dem Bürgersteig der Seventy-Ninth Street . . . auf Fußböden ... auf einem Tisch ... Er hatte es aber noch nie auf einem Glastisch gemacht.

Roland wollte der Sache auf den Grund gehen. »Das ist also Franks Idee, und nicht Eds?«

»Er hat Ed in seinem Testament damit beauftragt«, sagte Vivian. »Beobachten Sie sie und passen Sie auf, daß sie mit keinem schläft.«

»Mein Gott ...« Er wollte nicht einsehen, wieso man der armen Frau jeden Spaß verderben sollte. Aber diese Mistkerle machten alles mögliche, das keinen Sinn ergab. Ganz ernste kleine Scheißer mit ihren altmodischen Vorstellungen von Ehre, der *omerta* – laber nicht, Mann, halt die Schnauze – und diesem Getue von wegen Brüderlichkeit.

»Wäre es nicht einfacher«, sagte Roland, »wenn Ed ihr sagt, daß sie nicht herumbumsen soll? Frank hat es so gewollt, ob er nun tot ist oder nicht, also läuft's auch so.«

»Warum stellen Sie unentwegt Fragen?« sagte Vivian. »Ed gefällt die Vorstellung nicht, aber er tut es. Für seinen Freund.«

»Aber er will nicht, daß sie es erfährt.«

»Er will auch nichts damit zu tun haben«, sagte Vivian. »Er ist auch mit der Frau befreundet. Er will, daß sie glücklich ist, aber er muß das einfach tun. Also überläßt er Ihnen die Sache, weil er Frank sein Wort gegeben hat. Aber er will selbst nichts damit zu tun haben. Haben Sie jetzt kapiert? Gut.«

»Wer weiß von der Schiebung?«

»Wir drei. Verstehen Sie, er will nicht einmal selbst mit Ihnen darüber sprechen. Das muß ich tun.«

»Was ist mit Jesus? Er weiß Bescheid.«

»Nein, er glaubt, wir wollten die Frau beschützen.«

Roland gefiel diese Idee. Er dachte eine Weile darüber nach und fragte dann: »Was hat Frank ihr hinterlassen?«

»Das geht Sie nichts an.«

»Einen verdammt großen Haufen Geld, wette ich«,

sagte Roland. »Und ich wette, das gehört auch zu dem Handel. Wenn sie aussteigt, sitzt sie auf dem Trockenen, was?«

»Holen Sie sich die Bänder und hören Sie sie ab«, sagte Vivian. »Mehr haben Sie nicht zu tun.« Sie erhob sich von dem Tisch und ging zu ihrem Schreibtisch. Er war nicht so ordentlich wie der von Ed Grossi; Papiere und Aktenmappen lagen darauf. Vivian nahm einen dicken, zugeklebten Umschlag ohne Aufschrift.

»Sie beschützen«, sagte Roland nickend. Ihm gefiel die Vorstellung. »All diese Mistkerle von ihr fernhalten, die ihr ans Höschen wollen. Na gut, ich glaube, das schaffe ich.«

Vivian kehrte mit dem Umschlag zurück und gab ihn ihm. »Roland«, sagte sie, als hätte sie seine Gedanken gelesen, was nicht sehr schwer war, »versuchen Sie ja nicht, selbst in ihre Höschen zu steigen, während Sie darauf achten, daß kein anderer hineinkommt. Wie gesagt, sie ist eine sehr gute Freundin von Ed.«

»Wir sind doch alle Freunde«, sagte Roland und riß den Umschlag auf. »Deshalb kommen wir auch so gut miteinander zurecht.« Er betrachtete das Geld, zählte es schnell durch und sah dann Vivian an. »Was denn, kein Bonus? Ich habe gerade sechs Monate im Butler abgesessen, das war nicht leicht, Lady, und ich bekomme wie immer mein Gehalt?«

»Treten Sie doch in die Gewerkschaft ein«, sagte Vivian. »Worüber beschweren Sie sich? Sie haben da achtzehntausend Dollar, die Gehaltsnachzahlung für Ihre sechs Monate.«

»Wie ich es sehe, ist es einiges mehr wert, im Butler Unkraut zu jäten«, sagte Roland. »Beträchtlich mehr.«

3

Wenn ich hier herauskomme . . .«, sagte sich Maguire, als er im Wayne-County-Gefängnis saß, im Stadtzentrum von Detroit; manchmal fing er sogar an: *Lieber Gott,* wenn ich hier herauskomme, dann werde ich mich ändern, dann besorge ich mir einen anständigen Job, dann halte ich mich von Leuten wie diesen Patterson-Brüdern fern und baue nie mehr Scheiße, so lange ich lebe. Jedenfalls nicht mehr so schlimme Scheiße.

Als er dort in seiner Zelle saß und mit fünfzehn bis fünfundzwanzig Jahren rechnen mußte, bei Gott, da hatte er Angst wie noch nie zuvor im Leben.

Im Büro des Staatsanwalts mußte man währenddessen nur ein paar Daten in den Computer eingeben und in kleinen Phosphorbuchstaben erschien auf dem Bildschirm des Computer-Terminals der Name ›Maguire‹:

CALVIN A. MAGUIRE, männlich, Weißer, ein Geburtsdatum, nach dem er sechsunddreißig war, Tätowierung auf dem linken Oberarm, *Cal,* in blauer und roter Schrift, Verhaftungen, die elf Jahre zurücklagen, eine in Florida, aber keine Verurteilungen.

Ein Mitarbeiter der Staatsanwaltschaft des Bezirks Wayne blickte stirnrunzelnd auf den Bildschirm. Keine Verurteilungen? Der Bursche hatte Autodiebstähle begangen, Einbrüche in Wohnhäuser und Büros, einen versuchten Mord, anscheinend mit einer verdeckt getragenen Waffe, eine vorsätzliche Körperverletzung . . . und keine Verurteilung? Na ja, diesmal hatten sie ihn. Zwei Augenzeugen hatten ihn bei einer Gegenüberstellung erkannt, zwei eindeutige Identifizierungen. Calvin Maguire würde von der Bildfläche verschwinden.

Der Staatsanwaltschaft lag auch eine eindrucksvolle Computer-Lightshow über die Gebrüder Patterson vor: André Patterson und Grover »Cochise« Patterson, Farbige, beide mit zahlreichen Vorstrafen, die ersten im Alter von dreizehn und vierzehn Jahren; auch die beiden waren von den sich völlig sicheren Zeugen identifiziert worden. Auf Wiedersehen, Maguire und Gebrüder Patterson. Der Mitarbeiter des Staatsanwalts freute sich auf den Prozeß. Er konnte ihn einfach nicht verlieren.

André Patterson war damals mit dem Angebot zu Maguire gekommen. Es gab da einen Mann, der würde ihnen fünfzehnhundert Dollar pro Nase für einen Überfall auf den Deep Run Country Club nördlich von Detroit bezahlen. Sie sollten eine Menge Verwirrung stiften, aber hauptsächlich die Leute dort einschüchtern. Maguire kapierte es nicht. Jemand bezahlte sie dafür, einen Club zu überfallen?

Bezahlte sie und stellte ihnen saubere Waffen zur Verfügung. Aus einem unbestimmten Grund gefiel dem Mann der Club nicht oder er wollte es den Mitgliedern für irgendeine Sache heimzahlen. »In so einem Club zeichnen sie die Rechnungen nur ab«, sagte Maguire; »da ist kein Geld zu holen.« »Aber die reichen Leute, die da Mitglied sind, haben Geld«, sagte André Patterson; »sie legen es in ihr Schließfach und spielen dann Golf. Kapiert, wir können behalten, was wir da finden. Der Mann wollte keinen Anteil; das gehört nicht zum Deal.«

Maguire war sich nicht sicher. »Was ist mit deinen Kumpeln Ordell und Louis? Warum ich?« André erwiderte, die beiden seien für eine Weile untergetaucht. »Nein, du bist mein Mann, der einzige, den ich kenne, der es ganz cool durchzieht, ohne vorher 'ne Spur Koks zu schnüffeln.« Maguire antwortete, er käme ohne das Zeug aus; er habe einen Job, den er wenigstens bis zum Ende des Jahres behalten wollte und dann werde er sich verdrücken.

»Ja«, sagte André Patterson, »mix du mal schön die Cocktails für die Geschäftsleute, die hier im Hotel absteigen, hör zu, wie sie sich über ihre großen Deals unterhalten, während die Cocktail-Musik aus der Wand sickert, steh' in deiner schönen roten Jacke immer auf dem Sprung, Mann, das Haar schön gekämmt, ›Jawohl, mein Herr, was darf's sein? Und für die junge Dame?‹«

Maguire dachte an die schneebedeckten Promenadenwege von Aspen, den hohen Pulverschnee auf den Abfahrten, die reichen Damen in ihren Skianzügen. Dann dachte er an das Pier House in Key West, wie er um sechs Uhr abends mit einem Drink, weißer Rum und Lemon, auf dem Deck saß. Die Stätten der Vergangenheit. Er dachte an fünfzehnhundert Mäuse und an das, was sie aus den Schließfächern kratzen konnten, vielleicht nochmal dreihundert für jeden. Er dachte an Inseln und Palmen ... aus der Kälte heraus, dem Schneematsch, wie wär's denn zur Abwechslung mal mit dem Mittelmeer, Spanien, Südfrankreich? Fünfzehnhundert fest. Maguire hielt sich gern an der frischen Luft auf. Er arbeitete auch gern unter freiem Himmel, wenn er schon arbeiten mußte. Was tat er dann in Detroit? Als würde ihn irgendein Schuldgefühl immer wieder nach Detroit zurücktreiben, um seine Mutter zu besuchen. Er hörte zu, wie sie über ihre Kreislaufschwierigkeiten klagte und die niedrigen Ausschüttungen der Detroit Edison Aktien, und sagte dann: »He, vielen Dank für alles«, nahm den Hundertdollarschein, den sie ihm immer zusteckte, und sah zu, daß er Land gewann.

»Es gibt kein Sicherheitspersonal«, sagte André Patterson. »Spaziert rein, nehmt die Brieftaschen und Uhren mit. Jagt die Leute in die Duschräume, wo sie sich ausziehen müssen. Tragt ihre Kleidung raus und werft sie in die Büsche, dann laufen sie alle nackt im Club durcheinander.«

»Vielleicht sollten wir Skimasken tragen oder so?«

»Trag einen Smoking, wenn du willst«, sagte André. »Mann, wir gehen in den *Club.*«

Das wäre ein Witz, ein Smoking. Alles ganz gemächlich

angehen, ein paar Drinks, einen Joint, bevor sie reingingen ... hinter sich die Tür schließen ... man mußte an kaum was denken. Nur auf die Tür aufpassen, die vom Umkleideraum zum Restaurant führte ...«

»Ich hab' das schon seit Jahren nicht mehr gemacht«, sagte Maguire. »Ich meine, ich hab' das eigentlich *noch nie* gemacht, Herrgott, einen Country Club ausnehmen.«

»Wer hat das schon?« sagte André.

Sie planten den Überfall für den 16. August, einem Mittwoch, um sechzehn Uhr, als all die Ärzte und Verkaufsleiter im Club Golf spielten, um eine Runde knobelten oder im Umkleideraum die Zoten loswurden, die sie im Büro nicht über die Lippen bringen konnten.

Sie stellten den Lieferwagen, den Cochise aufgetrieben hatte, vor einer Seitentür ab, die direkt zum Umkleideraum für Herren führte – sie kamen ohne die Skimasken, es war zu warm. André Patterson trug eine Pudelmütze und sprach in einem Akzent, der nach britischem Nigger – Jamaika oder Karibik – klingen sollte. Cochise trug ein Stirnband mit einem rotweißen Tupfenmuster, das seine Afrofrisur wie schwarzen Brokkoli zusammenhielt. Maguire hatte seinen Job in der Cocktail-Bar des Hotels gekündigt, ein Foto für seinen Paßantrag machen lassen und sich dann drei Tage lang seinen schwarzen Bart stehen lassen. Im Umkleideraum holte er eine grüne Deep-Run-Golfmütze hervor und schob sie sich tief über die Sonnenbrille. Er und André hatten brandneue 9-Millimeter-Berettas dabei, und der verrückte Cochise ging mit einer abgesägten, doppelläufigen Marlin hinein, damit ihm die Clubmitglieder aufs Wort gehorchten.

Maguire war nervös, aber er dachte nicht im Traum daran, daß die Patterson-Brüder überreagieren, durchdrehen könnten. Gleich am Anfang mußten sie die Situation unter Kontrolle kriegen, und alles würde glatt verlaufen; wenn sie das nicht schafften, würde es brenzlig werden, viel Geschrei und Gestoße geben. Das Überraschungsmoment ...

Die Mitglieder des Golfclubs unterhielten sich laut; ihre Stimmen drangen aus den Duschen und den Schließfachreihen; Männer mittleren Alters in Unterwäsche und Handtüchern, in Leinenslippern, schlurften daher ... sie schauten auf und sahen zwei stumpfe Löcher einer Marlin auf sich gerichtet! Scharfe, leise Laute der Überraschung, denn sie sahen *zwei* finstere Schwarze mit Pistolen ...

Dann Stille.

War das eine Revolution oder ein Überfall? Die Hoffnung, sie würden nur Geld wollen. André Patterson sagte den Clubmitgliedern in seinem Jamaika-Slang, sie sollten ganz ruhig bleiben, *»Män«*, und in den Duschraum gehen. Er führte die sich wie im Schlaf bewegenden weißen Gestalten mit den weit aufgerissenen Augen hinein, Pistolen, die nacktes Fleisch berührten – »geh schon, *Män*, beweg deinen fetten Arsch« –, sie folgten wie brave Lämmer. Er brachte den Umkleideraumwart dazu, die Schließfächer zu öffnen. Cochise ging durch den Lagerraum der Bar in den Umkleideraum für die Damen – »yeah, alle rein da« – und die drei grinsten sogar. Klar, weil sie wußten, daß sie es jetzt geschafft hatten. Unglaublich, dachte Maguire und entspannte sich ein wenig, sah sich schon, wie er hinterher mit den Patterson-Brüdern darüber sprach, wie sie lachten, über den Anblick kicherten und einander erzählten, was die anderen vielleicht verpaßt hatten.

Maguire schüttelte die Schläger aus einer Golftasche, hing sie sich über die Schulter und warf alle Brieftaschen und Uhren hinein, silberne Papiergeldclips mit dem Clubwappen, ein paar Ringe für den kleinen Finger, elektrische Rasierapparate, Föns für Cochise – das gesamte Zeug, das in den Schließfächern lag. Unglaublich, die

Ärzte und Verkaufsleiter hatten Bargeld von über zweieinhalbtausend dabei, also achthundertfünfzig pro Nase.

Als sie am nächsten Tag in Andrés Bude saßen, Mitnahmeportionen vom Chinesen aßen und in der Zeitung lasen – BEWAFFNETES TRIO ÜBERFÄLLT COUNTRY CLUB – rissen sie ihre Witze: All diese fettärschigen Ärzte in Reih und Glied, die ohne viel Aufhebens ausgeraubt wurden.

Es machte ihnen Spaß, darüber zu sprechen. Maguire borgte sich Andrés Wagen, holte seine Fotos und auf einem Postamt einen Paßantrag ab, kaufte noch ein paar Flaschen Scotch und rasierte sich; sie sprachen die Szene noch mal durch und warteten auf den Mann, der ihnen fünfzehnhundert pro Nase schicken würde.

Sie erzählten, wie Cochise die fünf Frauen aus dem Damenumkleideraum auf der anderen Seite durch den Lagerraum der Bar hereinführte. Vier von ihnen hatten zuviel Fett angesetzt, hielten sich die Handtücher vor die Titten. Eine war nicht schlecht, eine hübsche Blondine; sie war ruhig, ziemlich gelassen. Bei anderer Gelegenheit hätte Maguire sie vielleicht zu einem Drink eingeladen. Cochise riß ihr das Handtuch vom Leib, hörte, wie sie schrill schrie, als er ihr die abgesägte Marlin gegen den Hintern drückte.

Das war der Höhepunkt, als sie alle ihre Handtücher fallen lassen oder ihre XL-Höschen ausziehen mußten, sobald sie bei den Männern unter den Duschen waren. Die Männer standen da, versuchten, die Bäuche einzuziehen und betrachteten die splitternackten Damen, ihre großen Titten und Haardreiecke. »Herrgott, so sieht die-und-die also ohne Kleider aus.« Sie schauten hin und machten sich im Geist Notizen. Ein paar Frauen warfen verstohlene Blicke auf die eingeschrumpelten Schwänze der Kerle. Der Duschraum war voller Wampen und Ärsche, die aussahen, als wäre seit Jahren kein Licht mehr an sie gekommen.

»Jetzt geht mal schön brav duschen«, sagte André Patterson, »denn sonst werdet ihr bald tot sein.« Dann sagte er zu einem kleinen Burschen mit Muskelpaketen auf den Armen und Schultern, der unentwegt André anstarrte und nicht an den nackten Damen interessiert war: »Tu nicht, was du jetzt denkst, Mann, oder du wirst sofort sterben.«

Cochise brachte die beiden Kellnerinnen und den Barkeeper herein, ließ sie die Uniformen ablegen und zu den nackten Clubmitgliedern gehen. »He«, sagte André, »ich kann die reichen Leute nicht vom Personal unterscheiden.«

»Weißt du was«, sagte Maguire, »wie wär's, wenn wir Eintrittskarten verkaufen würden? Ich meine, 'ne Menge Leute würden dafür *bezahlen*, so was zu sehen, 'ne verdammt Porno-Orgie.«

Maguire suchte sich ein paar Schläger aus, und André nahm eine große Tasche voller Golfschläger mit, die insgesamt wohl an die achthundert Dollar gekostet haben mußten.

Irgendwann am Abend des darauffolgenden Tages fuhr Cochise los, um noch etwas Gras zu besorgen; vielleicht konnte er ein paar Beutestücke aus dem Club dagegen eintauschen.

Er kam mit achtzehn Mitgliedern des Detroit Police Department zurück, die durch die Tür stürzten und auf ihnen knieten, bevor sie überhaupt wußten, was Sache war.

Da war also der bewaffnete Raub, irgendwas zwischen 15 und 25 Jahren, vielleicht sogar lebenslänglich, und eine Anklage wegen unerlaubten Waffenbesitzes, die noch zusätzliche zwei Jahre einbringen würde. Mehr als genug, so daß Maguire im Gefängnis Wayne County anfing, zu beten und Versprechungen zu machen. Er war von Mitte August bis Ende November im Knast, ohne die geringste Aussicht, Kaution stellen zu können, die auf fünfzigtausend Dollar oder zwei Bürgschaften festgesetzt war. Maguire sah André und Cochise einmal im Polizeirevier auf der anderen Straßenseite, 1300 Beaubien, während sie darauf warteten, zur Identifizierung zwischen ein paar Bullen Aufstellung nehmen zu müssen, und fragte: »Um Himmels willen, der Mann, der uns die Scheiße eingebrockt hat, der wird doch auch Kaution stellen, oder?« Nein, der Mann konnte noch nichts für sie tun. Der Mann stand unter Verdacht, er hatte bei irgendeiner Sache in Las Vegas ausgesagt, und jetzt konnte er es sich nicht erlauben, mit dieser Sache in Zusammenhang gebracht zu werden, indem er Kaution stellte. »Er wird uns helfen, warte ab«, sagte André.

»Was abwarten, Herrgott? Den Bus in den Knast nach Jackson?«

Maguire hielt nicht viel von dem vom Gericht für ihn bestellten Anwalt, weil der Anwalt nicht viel von ihm hielt. Maguire spürte es, der Junge würde die Routine durchziehen. Das Gericht bezahlte den Anwalt, und den scherte es einen Dreck, wer den Prozeß gewann.

»Was haben sie denn gegen mich in der Hand?« fragte Maguire. »Ein paar Indizienbeweise, mehr nicht.«

»Ihr Foto in André Pattersons Wagen«, sagte der Anwalt. »Die Golfschläger im Kofferraum.«

»Ich habe zufällig mein Foto im Wagen liegengelassen«, – so 'ne Scheiße! – »aber das war am nächsten Tag. Am nächsten Tag waren aber auch noch andere Leute in dem Wagen. Andrés Frau, sie fuhr zum Chinesen, um etwas zu essen zu holen. Wurde sie auch verhaftet?«

»Sie wurden bei einer Gegenüberstellung von einem der Geschädigten eindeutig identifiziert«, sagte der Anwalt. »Von vier weiteren Zeugen mit großer Wahrscheinlichkeit. Sie haben Sie dort gesehen. Aber ich vertrete Sie, nicht die Bimbos. Wenn Sie gegen die Bimbos aussagen würden, könnte ich vielleicht einen Handel für Sie abschließen.«

»Lecken Sie mich doch am Arsch«, sagte Maguire zu

seinem vom Gericht bestellten Anwalt. Was für ein widerlicher Mistkerl.

Dann ereigneten sich Dinge, die Maguire nicht verstand.

Am Morgen des Prozesses erschien ein anderer Anwalt vor Gericht, um sie alle drei zu verteidigen, ein scharfer junger Bursche namens Marshall Fine, mit gut frisiertem Haar und einem maßgeschneiderten dreiteiligen Anzug.

Was hatte das zu bedeuten?

Seine Verteidigung bestand aus sehr guten, klassischen Schachzügen; er ließ den Anklageverteter wie einen Football-Trainer von der High School aussehen. War er von dem Mann geschickt? André nickte zufrieden: »Das beste vom Besten, Mann. Von der Firma, die die legalen Geschäfte des Mannes abwickelt.« Maguire war sich nicht sicher, ob ihm die Sache gefiel – sein Leben in die Hände eines jungen jüdischen Anwalts zu legen, der aussah, als sei er gerade achtzehn. Er hoffte bei Gott, daß der Bursche ein guter Anwalt war und nicht nur der Neffe von irgendwem.

Marshall Fine sagte an diesem Morgen nicht viel, akzeptierte die Meinung der Geschworenen, sehr ruhig, höflich; vielleicht wollte er es auch nur hinter sich haben. Am Nachmittag rief der Anklagevertreter sofort einen Zeugen auf den Zeugenstuhl. Der kleine, muskulöse Bursche erklärte, was passiert war, und sagte, ja, er sähe die drei im Gericht, den weißen Typ dort und die beiden Farbigen.

Marshall Fine stand auf, fragte ihn, wo er gestanden habe, vor oder hinter den anderen, was genau sich während des Vorfalls ereignet habe, und ob er sich bei all diesem Durcheinander seiner Identifizierung völlig sicher sei oder nicht.

Ja, bestätigte das Clubmitglied, er sei sich eindeutig sicher. Er habe die Täter nicht nur in dem Umkleideraum gesehen, er habe auch ein paar Tage später noch einmal das Bild des Weißen gesehen, als der Polizeibeamte es ihm gezeigt habe.

»Was für ein Bild?« fragte Marshall Fine. Maguire sah, wie der Anklagevertreter seinen Worten höchste Aufmerksamkeit schenkte und die Stirn runzelte.

Man habe ihm gesagt, man hätte das Bild in ihrem Wagen gefunden, sagte das Clubmitglied.

»Bilder von allen drei Angeklagten?« fragte der Anwalt. Nein, nur von dem Weißen, antwortete der Zeuge. Der Beamte habe es ihm gezeigt, als er aufs Polizeirevier, 1300 Beaubien, gekommen sei, um die Verdächtigen zu identifizieren.

»Während sich Mr. Maguire in Haft befand«, sagte Marshall Fine zu niemanden im besonderen. Dann wandte er sich an den Richter: »Euer Ehren, wenn ich darf, möchte ich Sie um ein Gespräch unter vier Augen bitten. Wir müssen anscheinend einen Punkt der Verfahrensweise besprechen.«

Zwanzig Minuten später war Maguire frei. Er konnte es nicht glauben.

Marshall erklärte es ihm in der Halle, wo all die Leute vor den Gerichtssälen warteten, und Maguire hatte Schwierigkeiten, sich zu konzentrieren: *Frei,* einfach so.

»Es läuft darauf hinaus, daß die Polizei einen Fehler gemacht hat. Sobald ein Verdächtiger im Gefängnis ist, darf sie niemandem sein Foto zeigen, wenn der Anwalt nicht dabei ist.«

»Das darf die Polizei nicht?«

»Schauen Sie, sonst erzählen die Bullen doch dem Opfer, oder einem Zeugen, daß sie den Typ haben, und zeigen ihm dann das Bild des Burschen. Wenn der Zeuge dann zur Gegenüberstellung kommt, sucht er ihn natürlich heraus, den gleichen Typ.«

Maguire nickte . . .

»Der Anklagevertreter behauptete, dieses unzulässige Verfahren war für die Identifizierung irrelevant. Ich wies daraufhin, daß die Zeugen beeinflußt worden sind. Und der Richter stimmte mir zu. So einfach war das.«

»Oh«, sagte Maguire.

»Viel Glück also. Sehen Sie zu, daß Sie hier weg kommen.« Der junge Marshall Fine wandte sich um, um wieder in den Gerichtssaal zu gehen, und blieb dann stehen. »Das hätte ich beinahe vergessen. Brauchen Sie einen Job? Was wollen Sie jetzt anfangen?«

Da war es. »Es kommt schon noch etwas Geld herein«, sagte Maguire.

»Darüber weiß ich nichts«, entgegnete der Anwalt. »Ich habe nur mit der Rehabilitation zu tun, kleine Gefallen; vielleicht können wir ja etwas für Sie tun. Hatten Sie einen Job?«

»Ich war Barkeeper, hab' aber gekündigt.«

»Ich könnte Ihnen etwas in der Art beschaffen. Wie wäre es mit Miami Beach?«

»Na ja . . .« Er sah die Schwarzen in der Halle, die Opfer, Zeugen, Verwandte der Angeklagten. »Ich hab' vor zehn Jahren mal in Florida gewohnt.« Mittelmeer, Florida, dachte er in diesem Augenblick, wo ist da der Unterschied? Sollte er persönlich zu den Bullen marschieren, um seine Paßbilder zurückzuholen? Nichts da. »Ja, Florida klingt hervorragend.«

»Soll ich Sie in einem Hotel unterbringen, als Barkeeper, oder was haben Sie vor?«

Er dachte an den Ozean, die Sonne, die frische Luft, an Sonnenbräune . . .

»Als ich damals in Florida war, habe ich mit Delphinen gearbeitet. Vielleicht ließe sich so was machen.« Es kam ihm komisch vor, mit einem Burschen, der jünger als er war, über einen Job zu sprechen.

»Delphine«, sagte Marshall.

»Tümmler. Sie wissen schon, die Leute sagen Tümmler

dazu, aber eigentlich sind es Delphine. Säugetiere, keine Fische.«

»Ja, Delphine«, sagte Marshall. Er nickte, dachte über etwas nach. »Ich glaube, wir haben einen Klienten . . . ja, ich bin mir ziemlich sicher . . . er ist an einem dieser Parks beteiligt. Sie meinen doch so einen wie Sea World, mit einer Delphinshow, und einer reitet auf Shamu, dem Killerwal?«

»Ja«, sagte Maguire, »nur habe ich damals eher für eine Tierschule gearbeitet. Unten in den Keys, mit Gehegen direkt am Ozean. Sie haben zwar auch eine Show vorgeführt, aber nicht mit diesen Spielchen, der Tümmler spielt Baseball, Sie wissen schon, springt aus dem Wasser und zieht an einer Glocke, und die amerikanische Flagge wird gehißt.«

»Aber Sie haben Berufserfahrung.«

»Ich hab' fast ein Jahr da gearbeitet, unten auf Marathon. Die Bezahlung war beschissen, aber ich bin gern an der frischen Luft.« Er dachte wieder an die fünfzehnhundert. »Was ist mit diesem Geld, das mir jemand schuldet?«

»Tut mir leid, darüber weiß ich nichts.« Der junge clevere Anwalt schien ihm jedoch helfen zu wollen. »Sie müssen irgendeine Vereinbarung getroffen haben.«

»Na ja, ich glaub' schon. Aber dann sieht irgendein Spitzel, wie Cochise mit einer Golftasche voller Elektrorasierern in einen Laden spaziert, und das war's dann. Wissen Sie, bevor man uns bezahlt hat, wurden wir festgenommen.«

»Darüber weiß ich nichts, also stellen Sie mir auch keine Fragen, okay? Aber ich werde sehen, was ich mit den Tümmlern tun kann. Ist Tümmler nicht auch der Name für eine Taube?«

»Aber auch für einen Delphin«, sagte Maguire.

»Schöne saubere Tiere«, sagte Marshall. »Rufen Sie mich in ein paar Tagen an.« Er ging in den Gerichtssaal zurück.

»Was ist mit den Pattersons? Glauben Sie, daß Sie sie freibekommen?« rief Maguire ihm nach.

»Wenn ich gewinnen kann, verliere ich nicht«, sagte Marshall. Er hielt inne, die Hand auf der Türklinke. »Nur schade, daß sie nicht genauso blöd waren wie Sie und ein paar Paßfotos im Wagen liegengelassen haben. Ich höre dann von Ihnen.«

André und Grover Patterson bekamen zwanzig Jahre Haft.

Ein paar Tage, bevor sie verurteilt wurden, gab Maguire Andrés Frau eine Liste mit Einzelheiten mit, die sie ihm sagen, und mit zwei Fragen, die sie ihm stellen sollte, wenn sie am Besuchstag mit ihm sprach.

Als sie aus dem Wayne-County-Gefängnis kam, wartete Maguire auf sie, und sie gingen drei Blocks weiter auf die Monroe Street im Griechenviertel und tranken eine Tasse Kaffee.

»Ja, er versteht's«, sagte Andrés Frau. »Du bist draußen und er drinnen, das ist alles. Dieser blöde, dumme Kerl« – sie schüttelte den Kopf, klang erschöpft – »er ist immer drinnen. Muß seine Freunde im Jackson so sehr vermissen, daß er wieder zu ihnen will.«

»Hast du ihm gesagt, daß ein Job auf mich wartet, ich zuerst aber etwas erledigen will?«

»Ja, hab' ich ihm gesagt.«

»Ich werde ihm alles schreiben und dir sein Geld geben. Hast du ihm das gesagt?«

»Hab' ich ihm gesagt.«

»Gut.« Maguire nippte an seinem Kaffee. »Und hast du ihn nach dem Namen des Mannes gefragt? Er hat ihn mir mal gesagt, aber ich will ganz sicher gehen. Nicht, daß ich ihn mit einem anderen verwechsle.«

»Ja, der Name des Mannes ist Frank DiCilia«, sagte Andrés Frau.

»Richtig.« Maguire nickte. Genau, Frank DiCilia. Er

wußte, es war ein Name wie Cecilia oder Cadelia gewesen. Vor einigen Jahren hatte der Name oft in den Zeitungen gestanden.

»Und wo wohnt er? Oder wie kann ich mit ihm in Verbindung treten?«

»Sein Haus ist in Florida . . .«

»Sag bloß.« Maguire horchte auf. »Dahin will ich auch, nach Florida.« Vielleicht war es ein Zeichen, daß die Dinge jetzt ohne eine Menge Schweiß und Streß besser laufen würden. »Wo, in Miami Beach?«

»Fort irgendwas. Fort Laura . . .«

»Fort Lauderdale.«

»Ja, Fort Lauderdale.«

Lieber Gott, das *war* ein Zeichen. Dort würde er einen Job bekommen. Der Mann wohnte genau da. Es war nicht einmal ein kleiner Abstecher nötig. Er konnte jetzt überlegen, wie er sich an einen Mann wie Frank DiCilia wenden sollte. Ihm den Zeitungsausschnitt zeigen, TRIO ÜBERFÄLLT COUNTRY CLUB, sich als einer der Angeklagten ausweisen . . .

»Aber du kannst ihn nicht mehr sprechen«, sagte Andrés Frau.

»Was meinst du? Wieso nicht?«

»Der Mann ist vor 'ner Woche gestorben«, sagte Andrés Frau. »André sagte, er hätte davon gehört. Du nicht?«

4

Einige von Roland Crowes Kumpeln trieben sich noch irgendwo in den Sümpfen herum, vermieteten Luftkissenboote, verdingten sich als Führer bei Jägern oder Fischern, wilderten Alligatoren, brannten Fusel; einige saßen in Raford und Lake Butler. Ein Haufen Mistkerle.

Roland hatte das alles mitgemacht und fünf Jahre lang

Zement gegossen, bevor er pleite ging und das süße Geheimnis des Geschäftserfolgs erfahren hatte: »Laß dich nur mit Dienstleistungen ein. Nicht mit Sachen. Keine Diebstähle, keine schweren Brüche, keinen Boß, kein nennenswertes Handwerkszeug. Sieh genau hin, hör gut zu, nimm so wenig Shit wie möglich, wohne nahe am Strand und sei immer bereit, wenn Leute anrufen und sagen, ›Roland, da ist jemand, der uns Geld schuldet‹. Oder, ›Roland, wir glauben, jemand will seine Geschäftsbeziehungen mit uns abbrechen‹. Oder, ›wir glauben, jemand erzählt uns ein Märchen . . .‹ Wie der Bursche, der sich in Hallandale versteckte, Arnold Rapp. Haben ihm eine halbe Million Dollar vorfinanziert, und er behauptet, die Küstenwache habe die Ladung beschlagnahmt, neun Tonnen Kolumbianer.

Sag: ›Komm schon, Arnold, ehrlich?‹ Halte ihn an den Knöcheln aus dem Fenster.

Erledige das, fahre auf dem Rückweg dann in Lauderdale vorbei und schau mal bei der DiCilia rein. Verschaffe dir einen Eindruck von der Situation und mache dich mit der Dame bekannt.«

Zuerst jedoch gab Roland seine Lohnnachzahlung aus. Er kaufte sich vier neue Sommeranzüge, von denen der Verkäufer ihm erzählte, sie seien in Paris entworfen und eigens für sie von diesem Schneider in Taiwan, Republik China, angefertigt. Er kaufte drei Paar handgefertigte Stiefel mit hohen Absätzen, dreihundertfünfzig Dollar das Stück. Er kaufte einen weizenfarbenen Ox-Bow-Strohhut mit hohem Kopfstück und breiter, nach oben gebogener Krempe; mit dem Hut und den Schuhen war er über einsneunzig groß. Er kaufte ein cremefarbenes Cadillac Coupé d'Ville, Barzahlung. Und er bezahlte zwei Monatsmieten für ein Achthundertdollarapartment in Miami Shores im voraus.

Sieh gut aus, und du fühlst dich gut. Er holte Jesus Diaz ab und fuhr nach Hallandale hinauf.

»Ich wette darauf«, sagte Roland zu Jesus, »ich wette, daß Arnold ein Junge ist, der auf fünf Colleges ging, durch die halben Staaten gereist ist, ein paar Mal geschnappt und von seiner reichen Familie ausgelöst wurde und sich nun für einen verdammten Verbrecher hält. Oder bist du anderer Meinung?«

»Nein, Sie haben schon recht«, sagte Jesus Diaz. Er hatte es sich in dem Cadillac mit Klimaanlage bequem gemacht und wollte nicht mit Roland streiten.

»Die gehören doch alle in einen Sack, diese Rotzlümmel wie Arnold. Die denken, Scheiße, ich war auf dem College, und die dummen Schweine, die den Deal finanzieren, haben sowieso keine Ahnung. Ich sag ihnen einfach, die Ladung sei durch den Abfluß gespült, und behalte das Geld.«

»Kann schon sein«, sagte Jesus Diaz.

»Was denn, kann schon sein? Diese kleinen Scheißkerle spielen doch immer falsch.« Jesus Diaz erwiderte nichts darauf, und Roland sagte: »Glaubst du mir nicht?«

»Wenn Sie wollen, glaube ich Ihnen«, sagte Jesus Diaz. Er wußte, daß er besser die Klappe gehalten hätte, doch ihm gefiel Rolands hellblauer Zuhälter-Anzug nicht, und auch nicht der große Lone-Ranger-Hut, der an die Decke des Wagens stieß. »Warum sind sie dann im Geschäft?« sagte er. »Sie machen doch mehr Geld, wenn sie das Zeug verkaufen, oder?«

»Sie *verkaufen* es ja, du Dummkopf«, sagte Roland. »Doch sie sagen Grossi, man hätte sie geschnappt, und er sei seine Moneten los.«

»Und sie glauben, sie kommen damit durch?« sagte Jesus Diaz.

»Jesus«, sagte Roland und meinte nicht den kleinen Kubaner, sondern den anderen Jesus, »weißt du was? Du hättest niemals in den Ring treten sollen. Ich glaube, die haben dir dein Gehirn zu Brei geschlagen.«

Jesus Diaz pflichtete ihm zum Teil bei. Es reichte als

Boxer nicht, wie Kid Gavilan auszusehen und einen langsamen Schlag von oben vorzutäuschen. Nach siebenunddreißig Profi-Kämpfen, bei denen er mehrmals furchtbare Prügel bezogen und beinahe ein Auge verloren hatte, konnte er immer noch klar sehen und klar denken und wußte, daß dieser Mann neben ihm ein prähistorisches Schreckensgeschöpf aus dem Sumpf war – Mann, aus irgendeiner schwarzen Lagune am Amazonas – das Cowboystiefel und *Chulo*-Anzüge trug und vom Leben nur sah, was es sehen wollte. Vielleicht konnte er bei Roland ein paar Schläge landen und ihm ein paar Rippen brechen, doch bevor es vorbei war, würde Roland ihn umbringen. Rolands Fäuste waren zu groß, und seine Nase und sein Kiefer waren zu hoch oben für ihn.

Jesus Diaz warf einen Blick auf das grüne Autobahnschild, an dem sie gerade vorbeifuhren, und sagte: »Hallandale.« Sie waren beinahe da.

»Ach?« sagte Roland. »Hallandale. Du kannst sogar lesen, was?«

Jesus Diaz hätte dem Mann liebend gern den Hut vom Kopf genommen, einfach rübergegriffen, den Hut geschnappt und aus dem Fenster geworfen.

Dem sollten sie doch besser Hansaplast übers Maul kleben und ihn irgendwo einschließen.

Roland trat ins Zimmer 410 des hochgeschossigen Ocean-Monarch-Gebäudes, direkt am Strand, Jesus Diaz hinter ihm, und ging in das große Wohnzimmer mit der kostspieligen Einrichtung, wo die vier jungen Burschen mit ihren Bierdosen saßen. Ein schwerer Geruch nach Gras lag in der Luft, obwohl die Schiebetür zum Balkon geöffnet war.

Arnold Rapp, der zur Tür kam, ließ sie herein, musterte sie, drehte sich um und ging zur Couch zurück. Jesus Diaz schloß die Tür. Ihm gefiel die laute Funk-Rock-Musik. Ihm gefiel aber nicht, daß die vier jungen Burschen völlig gelassen wirkten und keine Angst zu haben schienen. Ja, sie waren zwar stoned, aber es war mehr als das. Sie lungerten herum, flegelten sich auf die Couch und die Sessel, ohne Schuhe, und alle hatten lange Haare. Sie sehen aus wie Schmarotzer, dachte Jesus Diaz, vielleicht hat Roland recht. Genau, Kinder reicher Eltern, die sich einen Scheißdreck um alles kümmern. Mann, so eine Wohnung, mit Blick auf den Ozean, unten im Hof ein Swimmingpool . . . Die Burschen lagen herum, als wären sie gerade von der Spätschicht nach Hause gekommen, wollten nichts erklären und warteten einfach ab, als sei Roland hier, um um einen Job zu bitten. Diesen Eindruck hatte er jedenfalls.

»Eure Mutti zu Hause?« sagte Roland.

Sie grinsten ihn an. »Nein, keine Mutti«, sagte Arnold, »nur wir Kleinen.«

»Na ja«, sagte Roland, »wer sind denn deine kleinen Freunde, Arnie?«

»Na ja«, sagte Arnold, Rolands Südstaaten-Azent nachmachend, und er bekam wirklich etwas von dem weichen Näseln hin, »das hier ist Barry. Und das sind Scott und Kenny.«

Die jungen Burschen – sie waren vielleicht Mitte Zwanzig – kicherten glucksend.

Der Junge namens Barry versuchte sich auch an dem Akzent und sagte: »Und wer Sie seien, Massa?«

Das ließ sie aufleben, »Und wer Sie seien, Massa?« Die Burschen lachten und sagten es immer wieder.

Roland ging zur Hifi-Anlage hinüber. Er schob die Nadel des Tonabnehmers über die Platte, und der Funk-Rock verstummte mit einem schmerzhaften, kratzenden Geräusch.

Arnold richtete sich auf. »Großer Gott, was machen Sie da?«

»Mir eure Aufmerksamkeit verschaffen«, sagte Roland.

Barry grinste noch immer. »Und wer Sie seien, Massa?« Und einer der anderen sagte: »Er ist der Wer-Sie-seien-Massa-Mann. Kommt einfach rein, der Wer-Sie-seien-Massa-Mann, und verschandelt dir deine Platten.«

»Nein, ich bin der Mann-Mann«, sagte Roland. »Mich schickt der Mann, um euch zu fragen, was mit seinen fünfhundertvierzigtausend Dollar ist. Das war doch die Summe, oder?«

»Die sind im städtischen Verbrennungsofen«, sagte Arnold.

»Das haben wir doch schon gesagt, Mann«, sagte Barry. »Fragen Sie ihn doch.«

Roland schob den Ox Bow hoch. Er trat auf den offenen Balkon mit Blick auf den Atlantik und lehnte sich einen Augenblick an das Geländer.

Jesus Diaz blieb stehen, wo er war, in der Mitte des Zimmers. Er beobachtete Roland, hörte, wie die jungen Burschen etwas sagten und kicherten. Etwas wie: »He, Partner«, und etwas darüber, er sei auf einem verdammten Pferd hierhergeritten, und ein anderer sagte: »Auf einem verdammten bockenden Wildpferd«, und alle lachten.

Roland kam wieder herein. »Wie wäre es denn«, sagte er zu Arnold, »wenn du mir mal erzählst, was du ihm berichtet hast?«

»Die Küstenwache fing das Boot in internationalen Gewässern ab und schleppte es nach Boca Chica«, sagte Arnold. »Das weiß er doch alles. Der Pot ging an den Zoll, und die haben ihn verbrannt.«

»Der Pot ging in den Kochpott«, sagte Barry.

»Die Besatzung, die drei Jungs, wurden dem Rauschgift-Dezernat überstellt«, sagte Arnold. »Dein Mann ist um die fünfhundertvierzig Riesen ärmer, und es gibt nichts, was ich daran ändern könnte.«

»Das ist ein verdammt hohes Geschäftsrisiko«, sagte Barry, »aber wenn man jedesmal zweihundert Prozent aus seiner Investition zieht, geht's wohl nicht anders.«

»Zweihundertfünfzig«, sagte Arnold.

»Genau, zweihundertfünfzig«, sagte Barry. »Wenn man nicht gerade ein Trottel ist, weiß man, was für ein hohes Risiko man eingeht.«

Roland ging zu Barry hinüber, der sich in seinen Sessel lümmelte. »Ach ja, Kleiner?« sagte er. »Du weißt alles über hohe Risiken, was? Steh doch mal auf, laß mich dich mal ansehen.«

»Gott im Himmel«, sagte Barry gelangweilt. »Warum verziehen Sie sich nicht einfach?«

Roland zerrte Barry an seinen Haaren hoch, zog ihn aus dem Sessel und entlockte seiner Kehle ein gequältes Geräusch, drehte ihn um, bekam Barrys Hosenbund zu fassen und stellte ihn auf die Zehenspitzen, wobei sich die Jeans in seine Arschspalte grub.

Jesus Diaz griff an seine Seite, unter seine Jacke – an die gleiche Stelle, wo Roland die Hosen des jungen Burschen gepackt hatte –, zog eine Browning Automatik hervor, eine große .45er, und richtete sie auf die drei anderen Burschen, die hochgefahren waren, vielleicht, um Roland anzuspringen.

»Seht ihr die?« fragte Roland, der wußte, ohne auch nur hinzuschauen, daß Jesus die Waffe auf sie gerichtet hatte. »Jetzt erzähle mir was über hohe Risiken«, sagte er zu Barry und führte ihn zum offenen Balkon, während die drei anderen Burschen starr dahockten und sich nicht zu rühren wagten. »Oder soll *ich* dir was darüber erzählen?« fragte Roland und schleifte den Jungen zu der Schiebetür. »Ich werde es dir sogar zeigen, Jungchen, das höchste Risiko, das du jemals gesehen hast.« Er zerrte Barry auf den Balkon, faßte ihn an den Haaren und Hosen, hob ihn hoch und ächzte schwer, als er den schreienden jungen Burschen über das Geländer des Balkons aus dem vierten Stock warf.

Jemand im Zimmer schrie: »Jesus . . . nein!«

Dann war es still.

Jesus Diaz hielt die Pistole auf sie gerichtet, ohne einmal zum Balkon zu schauen.

Roland stand am Geländer, beugte sich hinüber, lehnte sich mit den Armen darauf.

Als er zurückkam, schob er den Hut zurecht und sagte: »Wißt ihr was? Der Kleine hat Glück gehabt. Er ist im Swimmingpool gelandet. Er bewegt sich, zwar nur langsam, aber er bewegt sich. Die Leute werden sagen: ›Mein Gott, was stellen diese Jungs da oben nur an? Die müssen ja ein tolles Besäufnis laufen haben, was?‹« Roland hielt inne und betrachtete Arnold, Scott und Kenny, die stocksteif dasaßen. »Also, Wer-Sie-seien-Massa«, sagte er, »wer will jetzt meine Frage beantworten, ohne den Klugscheißer zu spielen oder wie ein kleines Balg zu kichern? Ihr seht ja, was ich mit altklugen Jungs mache, oder? Der nächste landet vielleicht auf dem Zement.«

»Der Name des Bootes in der Zeitung lautete *Salsa*«, sagte Arnold leise. »Das gleiche, das ich gemietet habe. Ich weiß es genau, denn ich habe es zwei Wochen vorher in Key West gesehen.«

»Und das Schiff der Küstenwache, das die *Salsa* aufbrachte, war die *Diligence*«, sagte Roland. »Ist mir scheißegal, solange ihr uns die fünfhundertvierzigtausend zurückzahlt. Ihr könnt euch ruhig Zeit lassen, Arnie, wir haben ja für alles Verständnis. Solange ihr nicht vergeßt, daß die Zinsen vierundfünfzig Riesen die Woche betragen, die üblichen zehn Prozent.«

Arnold fing mit ernstem Gesicht an zu nicken. »Wir bezahlen Sie, keine Sorge.«

»Sehe ich aus, als würde ich mir Sorgen machen?« sagte Roland.

»Hab' ich dir nicht gesagt«, meinte er zu Jesus, als sie im Wagen vom Strand zurückfuhren, »daß diese Scheißer uns verschaukeln wollten?«

»Aber sie haben Sie nicht angelogen«, sagte Jesus

Diaz. »Es war das gleiche Boot, das die Küstenwache aufgebracht hat.«

»Herrje, du verstehst auch nur Scheiße, was?« Roland fuhr schweigend zur Autobahn, der US 1, und hielt vor der Auffahrt an. »Raus mit dir, Partner.«

Jesus sah sich um. »Und wie soll ich zurückkommen?«

»Streck den Daumen raus oder nimm dir ein Taxi, ist mir scheißegal. Ich muß noch nach Lauderdale.«

Roland musterte sich im Rückspiegel und schob seinen neuen weizenfarbenen Ox-Bow-Strohhut zurecht.

5

»Er sagt, er sei ein Freund von Mr. Grossi«, sagte Marta. »Mr. Grow. Er sei Ihnen schon vorgestellt worden.«

»Grow?« sagte Karen. Sie fühlte Gretchens Zunge auf ihrer Schulter. Der Hund war mit Marta herausgekommen.

»Ja, Grow«, sagte Marta.

Auf dem Bauch liegend, warf Karen einen Blick auf die Uhr vor ihrem Gesicht. Schon Viertel vor fünf. Es verblüffte sie, daß die Zeit so schnell verstrich. War an der Zeit zu . . . wozu? Ins Haus zu gehen und sich anzuziehen. Sie erinnerte sich an keinen Mr. Grow. Karen drehte sich um, erhob sich von der Liege, zog das Oberteil des Bikinis an, griff nach dem Telefon auf dem Klapptisch und wählte eine Nummer, Ed Grossis Privatnummer.

»Ed? Karen.« Sie hielt inne, lauschte einen Augenblick. »Alles in Ordnung . . . nein, keine Probleme. Sag mal, kennst du jemand namens Grow? . . . Ja, das habe ich mir auch gedacht. Das muß er sein . . . Nein, ich weiß nicht, was er will. Ist er ein Freund von dir?« Dann hörte sie zu, wie Ed erklärte, daß Roland Crowe bei ihm angestellt war. Er sei wahrscheinlich vorbeigekommen, um zu fragen, ob sie etwas benötigte, vielleicht auch, um sich einmal umzuschauen ... »Weshalb?« »Nur eine Sicherheitsüberprüfung, das ist alles«, sagte Ed. »Aber hör zu, wenn er dir auf die Nerven geht, dir die Zeit raubt, sag ihm einfach, er soll verschwinden. Sei geradeheraus.« Crowe war niemand, um dessen Gefühle Ed Grossi sich scherte. »Danke«, sagte Karen. Und Ed sagte: »Gern geschehen, keine Ursache.«

Der besonnene Ed Grossi, der versuchte, ganz gelassen zu klingen, schien ein wenig durcheinander zu sein. Wieso? Ihr Anruf? Vielleicht hatte sie ihn gestört? Oder, weil Roland hier war?

»Bitte ihn in den Garten«, sagte Karen zu Marta. Als diese ins Haus zurückkehrte, griff Karen nach einem weißen Baumwoll-Bademantel.

Roland ging an der Kaimauer entlang zu der Landspitze, wo ein Bootskanal unter der Küstenstraße herführte. Er blieb einen Augenblick lang stehen und blickte über den breiten Kanal zu den Häusern auf der anderen Seite hinüber, drehte sich dann um und schien das Haus der DeCilia zu betrachten: die Villa, Wert eine glatte Million, erinnerte an einen kalifornischen Landsitz: braune Ziegel und ein Tonschindeldach, Hecken aus roten Feuerdornbüschen, die den Swimmingpool und den gefliesten Patio vor neugierigen Blicken abschirmten.

Karen beobachtete Roland, wie er den Weg über den Rasen entlangschritt. Gretchen lief bellend aus dem Haus und blieb plötzlich stehen. Roland bückte sich auf ein Knie, um die Hündin hochzuheben, streichelte sie nekkend gegen den Strich und sagte etwas zu ihr, während der kleine graue Hund ihn ableckte und beschnüffelte.

Gretchen lief zum Haus zurück, und Roland blickte ihr nach. »Da haben Sie aber ein süßes kleines Hundchen«, sagte er, als er zum Patio kam. »Wie heißt sie?«

»Gretchen«, sagte Karen.

»Ja, ein braves kleines Mädchen.« Er warf noch einen Blick zum Haus und betrachtete dann Karen auf dem Segeltuchstuhl. »Ich dachte, von draußen hätte man schon einen tollen Anblick, aber der hier schlägt alles.« Er grinste ihr freundlich zu. »Ich habe schon viel von Ihnen gehört.«

Karen berührte ihr Knie, um den Bademantel über ihr Bein zu ziehen, ließ die Hand jedoch dort liegen.

Roland beobachtete die Geste und betrachtete die braune Hand mit den drei kleinen goldenen Ringen, die müßig auf dem braunen Knie lag. Er mußte bei ihr ganz klein anfangen und dann immer mehr. Keine Eile. Diese Frau wußte vielleicht noch nicht einmal, wie dringend sie einen Mann brauchte. Wie ein Verhungernder, der nicht mehr ans Essen denkt, weil der Magen einschrumpft.

Marta machte sich im Schatten einer gewölbten Tür zu schaffen, die geöffnete Tür, die ins Haus führte, hinter sich. Roland wußte nicht, ob Marta ein Auge auf ihn hielt. Vielleicht hatte die Lady ihr gesagt, sie solle in der Nähe bleiben.

Die Lady war wohl so ungefähr in seinem Alter, irgendwo um die Vierzig. Das Dienstmädchen war zwanzig Jahre jünger und hatte etwas mehr Fleisch auf den Rippen, sah aber nicht so gut aus. Beide waren ganz in Weiß: Eine knappe Dienstkleidung mit kurzem Rock, und Roland hätte gewettet, daß der Bademantel, den die Lady trug, nicht mehr als einen kleinen Bikini verbarg. Vielleicht hatte sie noch nicht mal ein Höschen darunter an. Zwei Frauen in Weiß ganz allein in diesem Haus, das selbst für Florida wie ein Schloß anmutete. Alles erinnerte Roland ein wenig an ein Märchen: die schöne Prinzessin mit dem Fluch auf ihr, den sie erst loswerden würde, wenn ihr Prinz kam und sie durchvögelte.

All das ging ihm unter dem leichten Cowboyhut durch den Kopf. Hallo, mein Prinz – Roland grinste.

»Was ist so komisch?« sagte Karen.

»Nichts. Ich dachte gerade an etwas.« Dann wurde er ernst. »Verstehen Sie, das Problem ist, daß dieses Haus ziemlich ungeschützt liegt, auf dieser Landzunge.«

»Ich sehe kein Problem«, sagte Karen.

»Ich meine, das Haus ist geradezu eine Verlockung. Ganz einfach, hier hereinzumarschieren und mit Ihrem Schmuckkästchen wieder hinaus.« Roland musterte sie weiterhin mit einem Grinsen um die Lippen.

»Wir haben einen Sicherheitsdienst, der die ganze Nacht aufpaßt«, sagte Karen.

»Ja, aber diese Mietbullen taugen nichts – sind meistens alte Knacker im Ruhestand.«

»Was ich nicht verstehe . . . Sie sind überall hier herumgegangen . . . wonach genau suchen Sie?«

»Nach einem Hinweis, daß jemand dieses Haus überfallen will«, sagte Roland. War sie zu dünn? Nein, ihre Hüften hatten die richtige Größe, waren schön rund geschwungen. »Wissen Sie, ich komme ursprünglich aus den Everglades drüben. Habe da eine Menge gejagt und gepirscht, so daß ich ein ziemlich gutes Auge dafür habe, Spuren zu lesen.«

Karen musterte ihn. »Hätten Sie gern einen kalten Drink?« fragte sie dann.

»Klar, das wäre nett.«

Sie blickte über die Schulter. »Marta? Bring uns zwei Wodka-Tonic, ja?« Dann wandte sie sich wieder an Roland. »Mr. Grossi hat Sie nicht gebeten, hierher zu kommen«, sagte sie.

Roland sank auf einen Regiestuhl aus Segeltuch, streckte die Beine aus und schlug sie übereinander – jetzt saß er ihr ziemlich nahe und konnte sie von der Seite aus betrachten.

»Ach nein?«

»Ist das Ihre Idee, oder hat Sie jemand geschickt?«

»Meine Idee, gewissermaßen.«

»Was meinen Sie, gewissermaßen?«

»Hierher zu kommen war meine Idee, aber wenn es diese Umstände nicht gäbe, wäre ich nicht hier, oder?«

»Welche Umstände?«

»Daß Sie Witwe sind, wie die Dinge laufen und so weiter.« Roland ärgerte sie mit seinem Grinsen, als wisse er mehr und wolle es nicht sagen. Sie kamen sowieso schnell zum Kern der Sache, und er genoß es. Diese Frau war alles andere als dumm.

»Von genau welchen Umständen sprechen wir?« sagte Karen.

»Das darf ich Ihnen nicht sagen.«

»Aber Sie werden es mir sagen, oder?« fragte Karen. »Sonst wären Sie nicht hier.«

Sie wurde sich eines seltsamen Gefühls bewußt, wollte ihn drängen, die Sache zu erklären, wußte aber, daß dies nicht nötig war. Sie konnte sich zurücklehnen, und er würde damit herausrücken. Sie konnte Gleichgültigkeit zeigen, und er würde es ihr trotzdem sagen.

Roland kniff mit einem leichten Grinsen die Augen zusammen. »Sie haben es sich gedacht, was? Ich inspiziere nicht nur das Gelände.«

»Na ja, sonst hätten Sie es nicht erwähnt«, sagte Karen. »Sie sind doch kein kleiner Junge mehr.«

»Nein, ich bin nicht klein«, sagte Roland.

»Manchmal sagen kleine Kinder: ›Ich habe ein Geheimnis, aber ätsch, ich werde es dir nicht verraten.‹ Sie haben gesagt, daß Sie es nicht verraten *sollen.*« Karen war so geduldig, als spräche sie mit einem Kind.

Roland schüttelte den Kopf. »Hm-hm, ich habe gesagt, daß ich es nicht verraten *darf.*«

Karen lächelte und ließ nicht locker. »Das ist wohl ein Unterschied, nicht wahr?«

»Aber ich werde es Ihnen trotzdem sagen«, fuhr Roland fort. »Ich halte es nicht für fair, daß Sie so leben, ohne es zu wissen.«

Marta kam zurück, Gretchen auf den Fersen.

Karen bemerkte wieder dieses seltsame Gefühl, genoß die Spannung, brannte darauf, etwas zu erfahren, wollte, daß das Gefühl andauerte; sie befürchtete, daß die Enthüllung etwas war, das sie schon wußte oder vermutete. Doch im Augenblick fand sie Gefallen an dieser interessanten, beinahe unglaublichen Situation: sich mit einem Gangster aus den Hinterwäldern zu unterhalten, der ihr gegenübersaß, den Cowboy-Hut tief auf die Stirn gezogen und die langen Beine bequem ausgestreckt, während das Dienstmädchen wie zur Cocktailstunde Wodka-Tonics servierte.

Du wirst damit fertig, dachte Karen. Und du wirst mit Roland fertig. Mit Mr. Crowe aus dem Varieté.

Sie war – in gewissem Ausmaß – schon mit jemandem fertig geworden, der im Prinzip viel gefährlicher gewesen war als dieser Bursche, der für Ed Grossi arbeitete, jetzt aber sein eigenes Spiel zu treiben schien. Roland wollte etwas von ihr, das war offensichtlich. Die Art, wie er die Rolle des netten Burschen spielte, war so aufdringlich wie sein blauer glänzender Anzug.

Marta ging wieder.

Roland beugte sich vor und spielte mit Gretchen, die zu seinen Füßen hockte. »Ja, du bist ein braves kleines Gretchie«, sagte er. »Du bist ein braves kleines Gretchie, nicht wahr, das bist du doch?«

»Was wollen Sie mir sagen?« fragte Karen.

»He, Gretchie, laß das, Gretchie, beiß mich nicht, du kleiner Teufel. Es ist nicht brav, fremde Leute zu beißen.«

Karen entschloß sich zu warten.

Roland blickte zu ihr auf; er streichelte noch immer den Hund. »Sie dürfen sich mit niemandem treffen, das will ich Ihnen sagen. Ich meine, mit keinem Mann, an dem Sie ein ernsthaftes oder sexuelles Interesse haben.«

»Wie bitte?« sagte Karen.

»Ich soll sie von Ihnen fernhalten. Jedem, der es ernst meinen könnte – Sie verstehen, nicht dem Milchmann oder so –, sage ich, daß er sich lieber verzieht.«

»Die Witwe beschützen«, sagte Karen. »Das hatte ich befürchtet. Ich werde mich wohl mal mit Mr. Grossi unterhalten müssen.«

»Na ja, da ist noch eine Kleinigkeit.«

»Das ist nicht Ed Grossis Idee, nicht wahr?«

»Nein, das ist die Idee Ihres Gatten.«

»Meines Gatten?«

»Er hinterließ den Befehl, daß sich kein Mann ernsthaft mit Ihnen einlassen oder auch nur mal 'ne Nacht mit Ihnen rummachen darf oder so, solange Sie leben. Mit anderen Worten, Ihr Mann hat Sie aufs Trockene gesetzt.«

Karen runzelte die Stirn. »Meinen Sie das ernst?«

»Das hat man mir jedenfalls gesagt«, erwiderte Roland. »Ich bin derjenige, der sie von Ihnen fernhalten soll.«

»Warten Sie mal«, sagte Karen. »Frank ...?« Sie hörte wieder, wie sie Frank drohte, wütend, ja, aber die Drohung war nicht wirklich ernst gemeint ... und erinnerte sich, wie Frank mit müder Stimme sagte: »Karen, Karen, Karen ...« Der Mann, der ein Buch darüber schreiben konnte, es anderen heimzuzahlen. Sie hatte geglaubt, sie würde ihn kennen, hatte aber, großer Gott, nicht einmal annähernd begriffen, wie wortwörtlich der Mann es meinte. Er hatte sie im Glauben gelassen, sie sei ihm gegenüber gleichberechtigt, Mann und Frau. Er hatte ihr erlaubt, offene Fragen zu stellen und ihm schließlich mit ihrer Unabhängigkeit zu drohen. Und er hatte sie still und leise weggeschlossen.

»Die Frau gehört ins Haus, und dort soll sie auch bleiben.«

»Was?« sagte Roland.

»Sie machen keine Witze, oder?« Es war, als würde sie allmählich einen Schock überwinden und die Dinge wieder deutlich sehen.

Roland wirkte überrascht. »Nein, ich mache keine Witze.«

»Sie haben das nicht einfach erfunden.«

»So läuft es doch seit geraumer Weile, oder?«

»Ja, aber . . . was sagen Sie zu ihnen? Wie machen Sie es ihnen klar?«

»Sie meinen, den Männern? Wir machen ihnen begreiflich, daß Sie sie nicht mehr sehen wollen.«

»Und was sagen sie?«

»Nichts.«

»Ich meine, wollen sie nicht den Grund dafür wissen?«

»Ich glaube, sie kapieren es ziemlich schnell.«

»Drohen Sie ihnen?«

»Na ja, es gibt verschiedene Möglichkeiten. Man stellt den Burschen mit Rücken gegen die Wand, erklärt es ihm, und er kapiert, daß man es ernst meint.« Roland grinste. »Heute habe ich einem Jungen etwas klargemacht, der zuerst glaubte, ich würde es nicht ernst meinen.«

»Was haben Sie getan?«

»Ihn in einen Swimmingpool geworfen.«

»Aber Sie . . . schlagen sie doch nicht zusammen oder so?«

»Wenn es sein muß«, sagte Roland. »So hat Ed es angeordnet. Schauen Sie, er respektiert nur den Wunsch Ihres Mannes. Er selbst will es ja gar nicht. Will gar nichts damit zu tun haben. Nein wirklich, es reicht ihm zu wissen, daß sich jemand darum kümmert.«

»Ich gehe morgen zu Ed«, sagte Karen.

»Sind Sie sicher, daß Sie das wollen?«

»Ich will jedenfalls keine Spielchen mehr treiben. Dessen bin ich mir sicher.«

»Na ja, wie ich es sehe, müßten Sie eigentlich mit Frank sprechen«, sagte Roland. »Er ist der einzige, der die Sache abblasen kann. Ed führt nur den Wunsch seines toten Freundes aus. Sie wissen ja, wie die Leute sind. Er kann nichts daran ändern, so ist eben der Ehrenkodex.« Roland fühlte sich nun viel gelassener, entspannter. Er genoß es geradezu, wie die Frau an seinen Lippen hing. »Aber wenn Sie zu Ed gehen und ihm sagen, was Sie wissen, dann wird er mich wahrscheinlich von dem Job abziehen und jemanden darauf ansetzen, der nicht so verständnisvoll ist. Können Sie mir folgen?«

»Ich bin mir nicht sicher. Warum sind Sie so ... verständnisvoll?«

»Wie Sie sehen, bin ich nicht einer von *ihnen*. Ich arbeite für sie, aber ich denke nicht so wie sie. Sie haben sich nun mal mit diesen Leuten eingelassen, ich weiß davon, aber ich habe keinen ihrer Eide geleistet oder so; das ist doch alles nur Scheiße. Also habe ich Verständnis für Ihre Lage und kann Ihnen vielleicht aus dem Schlamassel heraushelfen.«

»Wie?« sagte Karen. »Indem Sie ihnen nicht sagen, daß ich mit jemandem ausgehe?«

»Nein, ich muß schließlich meinen Job erledigen. Es gibt Leute, die auch mich beobachten«, sagte Roland. »Aber vielleicht könnte ich Ihre Lage etwas erleichtern. Sie besuchen, mich mit Ihnen unterhalten. Oder wir denken vielleicht darüber nach und lassen uns etwas einfallen.«

»Ich bin mir nicht sicher, ob ich Ihnen folgen kann«, sagte Karen, obwohl sie genau verstanden hatte; sie beobachtete seine Augen unter der Krempe des protzigen Cowboyhuts und wußte genau, was er meinte.

»Ich meine, Ihre Lage zu erleichtern«, sagte Roland. »Ich kann mir vorstellen, daß Sie vielleicht ein bißchen unruhig und verkrampft werden, wenn Sie hier allein im Haus sitzen, Ihr Mann tot, und ohne andere Männer, denen Sie nahestehen. Diese Feiglinge, mit denen Sie ausgingen, haben Sie anscheinend nicht angemacht.«

Sie musterte ihn, während er sich langsam vortastete. »Woher wissen Sie das?« fragte sie wachsam.

»Es ist meine Aufgabe, das zu wissen. Schauen Sie, Sie und ich, wir stehen uns viel näher, als Sie wissen. Wir haben eine Menge gemeinsam.«

»Ach ja?« fragte Karen.

»Sehen Sie, ich habe darüber nachgedacht«, sagte Roland. »Warum sollte ein verstorbener Ehemann die . . ., sagen wir mal, Aktivitäten seiner Frau unterbinden, wenn er sich nicht ziemlich sicher war, daß sie schon zu seinen Lebzeiten herumgemacht hat.« Roland blinzelte Karen freundlich zu. »Sie will eben nur ein bißchen Spaß haben. Was soll daran falsch sein? So sind wir eben gemacht, wir müssen in Bewegung bleiben, oder wir vertrocknen langsam, können schließlich nicht mal mehr spucken.«

»Das ist eine Unverschämtheit«, sagte Karen. »Ich meine, daß Sie behaupten, ich hätte meinen Mann betrogen.«

»Keiner verlangt, daß Sie etwas zugeben, was Sie nicht zugeben wollen«, sagte Roland. »Das ist doch ein ganz intimes Gespräch. Ein vertrauliches, meine ich.«

»Frank hatte nicht den geringsten Grund«, setzte Karen an und hielt inne. Warum sollte sie es ihm erklären?

»Es geht mich ja sowieso nichts an«, sagte Roland. »Sie müssen mir nichts beichten, Lady, um in den Himmel zu kommen. Ich sehe die Sache als neuen Anfang. Da sitzen Sie und vertrocknen langsam. Hier sitze ich, voller Ideen, mit denen ich nichts anfangen kann, solange ich für diese Schweine arbeite. Scheiße. Sie kennen das Spiel, ich sage nichts, wenn du nichts sagst, eine Hand wäscht die andere, und wenn wir hier was am Kochen haben . . . Denken Sie doch mal drüber nach, und Sie werden begreifen, daß Ihr toter Mann und sein Freund dafür sorgen, daß Sie die Beine immer schön geschlossen halten, und wenn ich Ihnen nicht helfe, können Sie gar nichts dagegen machen. Können Sie mir folgen? Ich biete Ihnen Ihre große Chance, Lady, und es ist die einzige, die Sie haben.«

»›Ist alles in Ordnung?‹, sagte ich zu ihr. Sie gab mir keine Antwort«, sagte Marta. »Sie ging zum Telefon und rief Mr. Grossi an.«

»Du konntest mithören?« fragte Jesus Diaz, ihr Bruder.

Es war mittlerweile dunkel. Sie standen vor dem Haus auf der Straße, neben Jesus' Wagen, und Jesus hielt die Tonbandkassette in der Hand, die sie ihm gegeben hatte.

»Ich konnte es hören, weil sie sehr deutlich sprach, nicht laut, aber nachdrücklich. ›Ich will ihn hier nicht noch einmal sehen‹, sagte sie. ›Halte dieses Tier von mir fern.‹ Und dann: ›Warum hast du es mir nicht selbst gesagt? Ich hätte es gern von einem anderen erfahren als ausgerechnet von einem wie ihm.‹ Dann hörte sie Mr. Grossi lange zu. ›Halte ihn von hier fern‹, sagte sie dann wieder. Aber sie hat ihm nichts verraten«, sagte Marta.

»Was hat sie ihm nicht verraten?«

»Dein Freund Roland hat gesagt, er wolle ihr in ihrer Lage helfen, etwas für sie tun, damit sie nicht mehr so verkrampft ist. Aber sie hat das Mr. Grossi gegenüber nicht erwähnt – warum nicht, weiß ich nicht –, nur, daß sie Roland nicht mehr wiedersehen will. Sie war sehr aufgebracht, aber hat es irgendwie ganz kalt gesagt, nicht geschrien oder gezetert. Das erinnerte mich daran, wie sie mal nach Hause kam, und ihr Wagen war vorn kaputt, und als der Mister zurückkam, war auch sein Auto an der Seite verbeult.«

»Und das ganze Gespräch mit Mr. Grossi ist auf dem Band?« fragte Jesus.

»Ja, natürlich. Jedes Telefongespräch von heute.«

»Ich gebe es Roland«, sagte Jesus. »Er soll es hören. Er soll wissen, daß sie es Mr. Grossi gesagt hat.«

»Gib es ihm nicht«, sagte Marta.

»Bist du verrückt?« sagte Jesus.

Roland erfuhr es am gleichen Abend, in Vivian Arzolas Büro. Vivian sagte ihm, er könne von Glück sprechen, daß Ed Grossi schon nach Hause gegangen sei. Roland schaute aus dem Fenster im neununddreißigsten Stock auf den nächtlichen Glanz von Miami Beach hinaus.

»Warum?« sagte Roland.

»Weil er diesmal so wütend war, daß er Sie vielleicht umgebracht hätte.«

»Lady«, sagte Roland, »ich bin der Laufbursche, der vor Gericht nicht gegen einen anderen ausgesagt hat und deshalb ins Butler gewandert ist. Wissen Sie das noch? Ich bin erst seit gestern wieder *zurück*. Er setzt mich auf einen Job an, und ich erledige ihn, wie ich es für richtig halte. Will er einen anderen Laufburschen? Das ist seine Sache. Aber erzählen Sie mir nicht, er würde mir was antun. Es gibt ein altes kubanisches Sprichwort: Wenn du dich mit dem Stier einläßt, kriegst du ein Horn in den Arsch.«

»Woher haben Sie diesen Anzug?« sagte Vivian.

Roland grinste. »Gefällt er Ihnen?«

»Das ist der scheußlichste Anzug, den ich je gesehen habe.«

»Das ist meine kleine Süße«, sagte Roland, trat vom Fenster fort und setzte ein Bein auf den Rand von Vivians Schreibtisch. »So kenne ich Sie doch. Was hat er sonst noch gesagt?«

»Das wird er Ihnen selbst sagen. Halten Sie sich von Mrs. DeCilia fern.«

»Aber er nimmt mir den Job nicht ab.«

»Tun Sie, was man Ihnen sagt. Sonst nichts.«

»Haben Sie gelauscht und gehört, wie er mit ihr gesprochen hat?«

»Ich habe das Gespräch aufgezeichnet«, sagte Vivian. »Wenn Sie wollen, kann ich es mir anhören. Wenn Sie versuchen, ihm was vorzulügen, wird er es Ihnen vorspielen.«

»Ich habe nichts zu verbergen. Ich habe ihr gesagt, ihr werter Verblichener habe die Sache so geregelt, mehr nicht. Ich fragte sie, ob ich etwas für sie tun könnte.«

»Ich kann mir gut vorstellen«, sagte Vivian, »wie Sie das gesagt haben. Hat sie um Hilfe geschrien?«

»Sie hat die ganze Sache sehr nett aufgenommen. Mich überrascht nur, daß sie dann doch Ed angerufen hat.«

»Na ja, halten Sie sich von ihr fern, das ist alles.«

»Klar, wenn er es so haben will. Aber ich will alle alten Bänder haben. Meinen Sie ja nicht, ich wäre wegen Ihnen gekommen; ich brauche nur die Bänder.«

»Wofür?« fragte Vivian.

»Wollen Sie, daß ich den Job mache, oder nicht?«

Vivian betrachtete ihn vom Stuhl hinter ihrem Schreibtisch aus und versuchte zu erahnen, was in seinem Kopf vor sich ging.

»Jetzt, wo die Frau weiß, daß man sie beobachtet, wird sie vorsichtiger sein«, sagte Roland.

»Dank Ihnen.«

»Nein, so ist es besser, soll sie doch wissen, woran sie ist. Aber ich muß mir die alten Bänder anhören. Ich muß doch die Stimmen kennen, wenn einer von ihnen wieder anruft und den Namen nicht nennt. Sehen Sie das ein?«

»Das sehe ich ein«, sagte Vivian, »aber ich glaube, Sie sprechen zuerst mit Ed. Er wird in ein paar Tagen wieder zurück sein.«

»Er ist verreist?«

»Er wird bald zurückkommen.«

»Und solange sitzen wir hier herum und gehen uns auf die Nerven, was?« sagte Roland. »Ich könnte Ihnen die Bänder ja reinreichen, bevor er zurückkommt. Aber wenn was passiert und Ed sieht, daß der Job nicht ordentlich erledigt wurde, dann wird er sich fragen, wer daran schuld ist, und Sie können sich wieder einen Blauleinen anziehen und Apfelsinen pflücken.«

Roland ging mit einem Karton voller Kassetten hinaus. Verdammte Kubaner, er hatte noch nicht einen kennengelernt, von dem man nicht bekam, was man wollte, wenn man ihm drohte, er würde seinen Job verlieren.

6

Wieso machen Tümmler diesen ganzen Scheiß mit, wenn sie wirklich so klug sind? fragte sich Maguire.

Die Tümmler konnten Maguire die gleiche Frage stellen. Oder auch das Seelöwenweibchen Lolly.

In dem Zementverschlag hinter dem Becken, in dem die Show stattfand, sahen Maguire und Lolly einander an. Maguire hielt das Mikrofon in der Hand, um Brad Allen und die weltberühmte Tümmler- und Seelöwen-Show von Seascape anzukündigen. Lolly wartete darauf, hinauszugehen und das Eröffnungskunststück vorzuführen. Maguire fragte sich, ob Lolly jemals mit ihrem großen, aufblasbaren Ball spielte, wenn niemand in der Nähe war. Lolly fragte sich . . . was? Sie schaute ihn aus ihren traurigen Augen an.

Maguire mußte die Show ankündigen; er hörte seine Stimme draußen aus den Lautsprechern dröhnen, während er durch den Spalt in der Tür die Zuschauer auf der Haupttribüne betrachtete.

»Und hier . . . ist Brad!«

Nach der Show wies Brad Allen Maguire regelmäßig zurecht: »Herrgott, wie oft muß ich es dir noch sagen? Du sagst nicht: ›Hier ist Brad‹, verdammt noch mal. Hast du jemals die Johnny-Carson-Show gesehen, wie sie es da machen? Du sagst: »Und hieeeeer . . . ist Brad!«

»Ich weiß nicht warum, aber ich habe Schwierigkeiten damit«, entgegnete Maguire jedesmal.

Brad Allen war der Showdirektor, Star und Manager von:

SEASCAPE
TÜMMLER-SHOW
HAIE * SEELÖWEN
S.E. Seventeenth Street Causeway
Bei Port Everglades
HIER ABBIEGEN!

Er sagte dann immer zu Maguire: »Bist du blöd oder was? Das ist doch nun wirklich nicht schwer, oder?«

»Nein, wohl nicht«, sagte Maguire dann.

»Man hat mir gesagt, du hättest Berufserfahrung . . .«

»Ja, schon, aber unten in Marathon hatten wir so eine Show nicht«, versuchte Maguire es ihm zu erklären. »Ich meine, es war keine, na ja, so tolle Show.«

»Hast du da unten denn die Delphine beim Namen gekannt?« Brad kam immer wieder darauf zurück. »Konntest du jeden beim Namen nennen?«

»Ja, ich kannte ihre Namen.«

»Und wieso kennst du sie denn hier nicht?«

»Ich kenne sie. Pepper, Dixie, Penny, Bonzai . . .«

»Robyn sagt, du hättest gestern versucht, Penny auf dem Schwanz gehen zu lassen. Penny geht nicht auf dem Schwanz, nur Pebbles kann es.«

»Ich habe die beiden verwechselt.«

»Und neulich hast du Bonnie für Yvonne gehalten. Bonnie hat die Narbe von dem Hai . . .«

»Genau.«

». . . und Yvonne ist mindestens zwei Zentner schwerer, drei Meter lang, und du kannst sie nicht auseinanderhalten. Sieh zu, daß du es kapierst, ja? Geh mit Robyn zum Becken und versuche, ihr die Namen zu nennen. Dann geh zum Show-Becken rüber und mache das gleiche. Ist das zuviel verlangt?«

Oder Brad Allen warf ihm vor:

»Bei der Delphin-Show hast du schon wieder den Mopsy-Dick-Teil ausgelassen.«

»Ich hab's vergessen.«

»Er legt sich auf dem Rand auf die Seite, bewegt keinen Muskel. Warte die Lacher ab. Und dann sagst du: ›Und deshalb‹ – Pause – ›nennen wir ihn *Mopsy Dick.*‹«

»Ich will versuchen, mich dran zu erinnern«, pflegte Maguire dann zu sagen.

Fünf Monate lang, von Januar bis Mai, machte Maguire die Arbeit.

Brad Allen hatte ihn schon erwartet, als er ankam, bleich, ein Wayne-County-Gefängnis-Insasse, mit dem gestreiften Regenmantel und dem Koffer, direkt vom Delta-Flug. Brad Allen warf einen Blick auf den Brief, den die Seascape-Management-Gesellschaft ihm geschickt hatte, und faßte das Blatt Papier an, als sei es schmutzig.

»Hier steht, daß Sie Berufserfahrung haben.«

»Ein Jahr in Marathon«, hatte Maguire gesagt und einfach fünf Monate hinzugefügt.

»Was haben Sie seitdem gemacht?«

»Na ja, hauptsächlich gereist und gearbeitet«, hatte Maguire gesagt. »In Colorado habe ich für die Skip Corporation von Aspen gearbeitet und für die Paragon Ballroom. Ich habe auf einem Flughafen gearbeitet, in einem Zoo, für einen Fernsehsender. Ich war der Wetteransager. Ich war an mehreren Orten Barkeeper. Mal sehen, ich habe mit Antiquitäten gehandelt. Ja, und ich habe in einem Country Club gearbeitet.«

»Na ja, das ist kein Country Club«, hatte Brad Allen gesagt. Mit ernstem Ton, willentlich barsch, weil er den Burschen einstellen mußte. »Wie alt sind Sie?«

»Dreißig«, hatte Maguire gesagt und sechs Jahre abgezogen – nachdem er auf den ersten Blick gesehen hatte, wie jung die anderen Hilfskräfte waren. Wie Kinderbetreuer in einem Ferienlager liefen sie herum, in Turnschuhen und weißen Shorts, in roten T-Shirts mit dem Abziehbild eines springenden Tümmlers und den weißen Buchstaben SEASCAPE drauf. (Brad Allen trug weiße Shorts und ein weißes T-Shirt mit dem Delphin und einer roten Aufschrift. Er trug auch eine weiße Jacke, rote Trainingshosen und manchmal ein Kostüm in Rot, Weiß und Blau.)

»Wie lange sind Sie schon dreißig?«

Wie alt war Brad Allen? Vielleicht zweiunddreißig,

dreiunddreißig. Der Bursche musterte Maguire argwöhnisch und wollte ihn bei einer Lüge ertappen. Warum?

»Was spielt das für eine Rolle?« hatte Maguire gesagt. »Ich arbeite gern unter freiem Himmel, ich bin gern mit Menschen zusammen, ich habe nichts dagegen, schwer zu arbeiten und« – er trug noch etwas dicker auf – »ich bin immer bereit zu lernen, wenn ich etwas nicht weiß.«

Er brauchte ein paar Tage, um sich an die weißen Shorts und das rote T-Shirt zu gewöhnen – er überlegte, was André Patterson sagen würde, wenn er ihn so sehen würde. Vielleicht: Mann, das ist ja richtig niedlich. Nach zwei Monaten war Maguire so braungebrannt wie die anderen auch, und seine Turnschuhe schienen allmählich zu ihm zu passen. Er war der Meinung, er könnte als dreißig durchgehen. Warum nicht? Er fühlte sich jünger als dreißig. Er war in der frischen Luft. Die Arbeit war sauber und nicht zu schwer. Er aß viel Obst. Rauchte dann und wann mit Lesley etwas Gras. Trank nicht zuviel. Der Lohn war schrecklich niedrig, zweihundertsechzig die Woche, doch er kam zurecht. Er wohnte in einem Einzimmerapartment in einem Stuckhaus namens ›The Casa Loma‹, das ganz nach dem alten Florida aussah; fünfzig Eier die Woche, direkt gegenüber von Lesley, die bei ihrer Tante Leona im Apartment des Hausverwalters wohnte. Was noch? Klimaanlage, nur zwei Blocks zum Strand . . .

Die Leute, mit denen er zusammenarbeitete – R. D. Hooker, Chuck, Robyn und Lesley – erinnerten ihn an die High School.

Hooker war ein kräftiger, lockenköpfiger Junge aus Florida, dreiundzwanzig Jahre alt und so hingebungsvoll, daß es fast schon unheimlich war. Hooker sprang mit Taucherbrille und Schnorchel in das Sechsmeterbecken, Neptuns Reich, um mit den Delphinen zu spielen, selbst wenn er es nicht mußte, *zwischen* den Shows. Einmal sagte Hooker zu Chuck, dem Tiertrainer: »Ich weiß nicht, was heute mit Bonnie los ist. Zuerst läßt sie mich sie nicht anfassen, dann knufft sie mich. Dann fängt sie an, wie verrückt an meinem verdammten Schnorchel zu zerren, als wollte sie ihn mir aus dem Mund ziehen. Und sie wußte genau, was sie tat.«

Chuck lauschte jedem Wort. »Ach?« sagte er. »Und wieso benimmt sie sich so komisch?«

»Klingt ja ganz so, als würde sie ihre Periode kriegen«, sagte Maguire.

»Was hat das denn damit zu tun, daß sie sich ungezogen aufführt?«

Maguire hörte ihnen erstaunt zu, wie sie sich ganz ernsthaft darüber unterhielten. »R. D.«, sagte er, »sprichst du schon mal mit ihnen? Ich meine, verstehst du sie?«

»Manchmal«, sagte Hooker. »Manchmal verstehe ich Penny, wenn ich ihr eine Frage stelle.«

»Wirklich?« sagte Maguire. »Was fragst du sie denn so?«

»Ach, wenn ich sie füttere, sage ich: ›Na, das gefällt dir, was? Ist das nicht schön?‹«

»Und was sagt sie?«

»Es hört sich an wie . . .« Hooker spitzte die Lippen, sog die Wangen ein und machte ein hohes, schrilles Geräusch, das wie das Schnattern von Donald Duck klang.

»Oh«, sagte Maguire.

Hooker kam auch an seinem freien Tag her und arbeitete mit den beiden jungen Delphinen im Trainingsbekken, hockte sich stundenlang auf die Sprungbretter, sprach leise mit ihnen und zeigte ihnen seine Hände. Hingebungsvoll.

Chuck war ebenfalls auf dem besten Weg, sich solch eine Hingabe anzueignen. Er schrieb persönlich zweihundert Postkarten an die Lebensmittelfirmen Star-Kist Tuna, Bumble Bee, Van Camp, Ralston Purina und H. J. Heinz und forderte sie auf, das Töten der Delphine einzustellen, oder er würde nie wieder ihre Erzeugnisse essen.

Robyn war auch hingebungsvoll, wenngleich es nicht

den Anschein hatte. Sie war ein ernstes Mädchen, lächelte nicht viel und schien nicht hinzuhören, wenn man etwas zu ihr sagte. Außer, Brad Allen sagte es. Brad Allen konnte Robyn sagen, mit Dixie zum Grund des Show-Beckens hinabzutauchen, über die Viermeterstange zu springen und auf dem Schwanz über das Wasser zu gleiten, und Robyn würde es versuchen. Wenn Brad Allen ihr sagte, sie hätte ihre Arbeit gut gemacht, wurde Robyn verlegen und zupfte vielleicht ein wenig an ihren weißen Shorts. Schöne enge Shorts ...

Wenngleich nicht so eng und kurz wie die von Lesley. Lesleys Shorts zeigten etwas Hintern. Sie zog jedoch niemals daran, wie Robyn, wenn sie verlegen war. Aber Lesley war manchmal schlecht gelaunt. Sie setzte dann ein gekränktes Gesicht auf und sagte: »Nicht ich bin dran, die Haie zu füttern, sondern sie. Wenn du glaubst, ich würde jeden Tag da reingehen, tickt's bei dir nicht mehr richtig.« Lesley war hingebungsvoll, aber nicht, wenn es darum ging, die Haie zu füttern. Sie fand es nicht lustig, wenn sie bis zur Hüfte im Becken stand, um einen Hai mit einem Haufen Blaumakrelen zu füttern, und Maguire auf der Plattform oben zu den Zuschauern sagte: »Wollen wir Lesley nicht mal mit einem kräftigen Applaus zur Hand gehen« – Pause – »solange sie noch eine hat?«

Lesley hatte üppiges, welliges braunes Haar, das sie mehrmals die Stunde kämmte. Eines Abends, während Maguires vierten Monats, sagte Lesley zu ihm: »Ich glaube, ich habe mich in dich verliebt.« Sie sah hervorragend aus, wie sie dort in dem schwachen Licht lag, das Haar offen und die weißen Brüste entblößt, und Maguire hätte beinahe gesagt, daß er sie auch liebte. Aber er sagte es nicht.

Brad Allen war *sehr* hingebungsvoll. Brad Allen war auch ernst und langweilig. Er langweilte Maguire. Maguire fragte sich, warum Brad Allen es nicht leid war, Brad Allen zu sein. Einmal zog Maguire ein paarmal an einem Joint, bevor er die Show ankündigte, und sagte dann über die Lautsprecheranlage: »Hieeeeeer ist Brad!« und hielt das ›hier‹, so lange er konnte. Und nach der Show sagte Brad Allen zu ihm: »Also, das war schon etwas besser.«

Die Anlage Seascape erinnerte Maguire an eine kleine tropische Weltausstellung: runde weiße Gebäude, gestreifte Zelte und blaugelbe Wimpel zwischen Sträuchern und Königspalmen.

Da war Neptuns Reich, in das man hineingehen und durch Fenster die Tümmler und anderen Meerestiere unter Wasser vorbeigleiten sehen konnte. Oben wurde die Delphin-Show vorgeführt.

Da war die Hai-Lagune, ein Becken voller brauner Grönlandhaie und ein paar Riesenmeeresschildkröten.

Da war das Streichelbecken, wo man Mistys und Gippsys Haut berühren konnte, die sich wie hartgekochte Eier anfühlte, und wo man Pfrillen an sie verfüttern konnte, drei Stück für fünfundzwanzig Cent.

Und da war die Haupttribüne, vor der Brad Allen die Hauptattraktion abzog, nämlich die weltberühmte Seascape-Show mit Delphinen und Seelöwen: ›wo diese unglaublich klugen Säugetiere ihre Meeresakrobatik vorführen‹.

Hinten in der Alligator-Grube hatte ein Indianer, ein Seminole, früher mal mit einem vier Meter langen Alligator gerungen, doch der Seminole hatte gekündigt und war zu Disney World gegangen, und R. D. Hooker hatte es nur ein paarmal versucht; aber man konnte sich die Alligatoren und ein Krokodil ansehen, wenn man wollte.

Gelb und weiß gestreifte Zelte überdachten die Erfrischungsstände und den Souvenirladen. Von einem Karussell mit zweisitzigen Gondeln aus konnte man sich für fünfzig Cent pro Person das Gelände aus der Luft ansehen, die Becken und Pools mit blauem Wasser, die weißen Betonwege und Gebäude unter den importierten Palmen: eine saubere, gepflegte Welt direkt am S. E. 17th Street Causeway.

»Warum kündigst du nicht, wenn es dir nicht mehr gefällt?« sagte Lesley und wurde wieder ein wenig gereizt.

»Ich sagte nicht, daß es mir nicht gefällt, ich sagte, daß es nicht *echt* ist«, entgegnete Maguire. Maguire fuhr Lesleys gelben Honda; sie waren auf dem Heimweg zum Casa Loma. »Das ist wie eine Zufluchtsstätte. Da kann dir nichts passieren, da bist du sicher. Aber es hat nichts mit der Wirklichkeit zu tun. Man bekommt dort zwar Sicherheit, aber im Tausch dafür muß man *sich selbst* aufgeben. Man muß ein anderer Mensch werden.«

»Jesus«, sagte Lesley, »was ist *sicher* daran, ins Wasser zu steigen und diese verdammten Haie zu füttern? Ich hab' das diese Woche jeden Tag gemacht, weißt du das? Robyn war beschäftigt, wahrscheinlich hat sie Brad einen geblasen.«

»Komm schon, die Haie fressen die ganze Nacht über«, sagte Maguire. »Du wackelst für die Touristen doch nur mit einem toten Fisch. Ich meine aber nicht diese Art Sicherheit. Ich meine, daß wir hier in einer kleinen Welt leben, die nichts mit der wirklichen Welt zu tun hat. Man wird abgeschirmt . . .«

»*Ich* werde abgeschirmt?«

»*Wir,* die wir da arbeiten. Was haben wir denn für Probleme? Misty frißt Popcorn und kriegt Verstopfung. Pebbles quengelt und will die Beatles nicht nachmachen. Und alle sagen: ›Großer Gott, was ist nur mit Pebbles los?‹ Wir verbringen *Monate,* vielleicht ein Jahr damit, einem Delphin beizubringen, durch einen Reifen zu springen oder fünf Meter in die Luft zu steigen und die Schulglocke zu läuten.«

»Ach?« sagte Lesley. Sie kapierte immer noch nichts.

»Sie tun etwas, das Delphine normalerweise nicht tun, oder?«

Lesley dachte einen Augenblick lang nach. »Ja ... aber sie springen. Draußen auf dem offenen Meer springen sie die ganze Zeit über.«

»Da draußen werfen sie Bälle in Körbe? Da draußen kegeln sie?«

»Damit wollen wir doch nur zeigen, wie intelligent sie sind«, sagte Lesley, »wie man sie dressieren kann.«

»Das ist es ja«, sagte Maguire und wünschte, der Honda hätte eine Klimaanlage, wünschte, die Alte vor ihm würde abbiegen, um Himmels willen, wenn sie doch nur abbiegen würde, *abbiegen.* »Das tun sie normalerweise nicht, die Delphine, auf dem Meer tun sie nicht so, als würden sie Baseball spielen oder aus dem Wasser springen, um einem ein Stück Fisch aus dem Mund zu nehmen, oder?«

»Weshalb arbeitest du denn hier«, fragte Lesley, »wenn es dir nicht gefällt?«

Gott im Himmel, dachte Maguire. »Hör doch nur mal zu, was ich dir erklären will«, sagte er. »Okay? Ich sage ja gar nicht, daß es mir nicht gefällt. Ich sage doch nur, daß wir die Leute was glauben machen wollen. Die Delphine wären nicht hier, würden diese Tricks nicht vorführen, wenn wir sie nicht dressieren würden. Aber nein, wir haben uns das einfallen lassen. Die Delphine und wir, wir spielen miteinander. Wir ziehen hier irgendwas ab, das überhaupt nichts mit der Wirklichkeit zu tun hat. Verstehst du, was ich meine?«

»Na und?«

O Gott. »Und wenn das keine echten Delphine sind, die all diesen Scheiß machen, was sind wir denn? Wir spielen das Tonband mit den Lachern darauf ab, werfen ihnen Kabeljaustücke vor – was sind wir?«

»Ich war Kellnerin, in einer Klitsche auf dem Las Olas«, sagte Lesley. »Das war echt ... echte Scheiße. Willst du wissen, was ich lieber tue?«

»Ich würde mir heute abend gern deinen Wagen leihen«, sagte Maguire. »Wie sieht's aus?«

Er schenkte sich einen weißen Rum mit einer Spritzer Zitronensaftkonzentrat ein, ließ die Jalousien halb geschlossen und saß eine Weile da. Das Zimmer wirkte in der Halbdunkelheit alt und abgenutzt. Fünfzig Eier die Woche, der Schwarzweißfernseher inbegriffen, das war immer noch billig. Er konnte die Hifi-Anlage nebenan hören, Lesley tanzte zu den Bee-Gees durch die Wohnung, ohne auf ihre Tante Rücksicht zu nehmen, die ein wenig taub war. Eine nette Frau, Maguire setzte sich manchmal zu ihr und unterhielt sich mit ihr, hörte ihr zu, wie sie Geschichten aus ihrem Leben in Cincinnati, Ohio, erzählte, bis er ihr dann sagte, daß er ins Bett ging, weil er morgens früh aufstehen mußte. Lesley setzte sich nie zu ihr und hörte ihre keinen Augenblick zu. Lesley rollte mit den Augen, wenn sie merkte, daß sie wieder zu erzählen anfing, und sah zu, daß sie sich verdrücken konnte. Lesley nahm keine Rücksicht auf andere Leute; aber sie hatte einen schönen, festen, kräftigen kleinen Körper.

Maguire duschte und trank noch einen Rum mit Zitrone, während er seine guten Sachen anzog. Hellbeige Hosen, dunkelblaues Sporthemd und ein hellblau verblichenes, knappes Synthetik-Sportsakko, das er für fünfundvierzig Eier bei Burdine's gekauft hatte. Er mochte dieses Sportsakko, denn aus irgendeinem Grund erinnerte es ihn an das alte Florida und ließ ihn sich wie einen Einheimischen vorkommen. (Eine seiner Maximen: Wo immer du bist, passe dich an, sieh aus, als würdest du dazugehören. In Colorado hatte er eine Schaffelljacke und Schnürstiefel getragen.) Er holte den Ausschnitt aus der *Detroit Free Press* aus der obersten Schublade, wo er ihn unter den Socken versteckt hatte, und steckte ihn in die Innentasche des Sakkos. Dann klopfte er nebenan und fragte Lesleys Tante, ob er mal telefonieren dürfe; er würde sich die Gebühren durchgeben lassen und sie bezahlen.

»Kannst du die Musik etwas leiser stellen?« fragte er Lesley.

»Wen rufst du an«, erwiderte sie, »deine Flamme?«

»Ich habe keine Flamme.«

»Ich dachte, du wolltest ausgehen.«

»Stell mal die Musik leiser, ja?«

Maguire nannte der Vermittlung die Nummer in Detroit und wartete. Er war nervös. Er wünschte sich, Lesley würde ihn nicht beobachten.

»Wolltest du nicht duschen?«

»Sag nur, wenn ich gehen soll.«

»Wenn ich zurück bin, lade ich dich zum Abendessen ein.«

»Hallo?« sagte André Pattersons Frau durch das Telefon.

»Okay?« sagte Maguire zu Lesley. »Na los, geh duschen.« Und dann, ins Telefon:

»Hallo, hier ist Cal Maguire. Wie geht's dir?« Er mußte sich anhören, wie Andrés Frau ihm erzählte, daß es ihr beschissen ging, wenn er es wirklich wissen wollte, daß sie Schwierigkeiten hatte, ihre Schecks von der Wohlfahrt zu bekommen und daß man ihr für eine Weile das Telefon abgestellt hatte. Ja, sagte Maguire, er habe versucht, sie zu erreichen, und die Auskunft angerufen. »Hör mal«, sagte er, »erinnerst du dich nicht an den Deal mit dem Club? Der Country Club, André und ich und Grover. Ich habe dich nach dem Namen des Mannes gefragt. Weißt du noch? . . . Nein, ich habe den Namen. Ich habe mich nur gefragt, weißt du, André hat gesagt, der Mann wollte es den Clubmitgliedern wegen irgendwas heimzahlen. Im Club muß dem Mann etwas passiert sein. Ich habe mich gefragt, ob André je mit dir darüber gesprochen hat . . . Ob er erwähnt hat, was da passiert ist. Ob vielleicht die Frau des Mannes damit zu tun hatte, weißt du, vielleicht hat man sie dort beleidigt oder so, und deshalb war der Mann so wütend.« Herrgott, wütend – bereit, ihnen viereinhalb Riesen zu bezahlen, wenn sie den Club überfielen. »Hm, ja, richtig ... Aber er hat nie etwas über die Frau des Mannes gesagt, was? ... Nein, das interessiert mich nur. He, hör zu, sag André, daß ich ihm schreiben werde, ja? Schön, ich melde mich dann wieder bei dir.«

»Sehr geheimnisvoll«, sagte Lesley, in ein Strandtuch gehüllt. »Wer ist André?«

»Ein Freund von mir.«

»Und weshalb war da jemand so wütend?«

»Ich weiß, daß das Telefon deiner Tante gehört und ich deinen Wagen benutzen darf und so weiter, aber wie wäre es, wenn du deine Nase aus meinen persönlichen Angelegenheiten raushalten würdest?«

»Na ja«, sagte Lesley, »wie wäre es, wenn du deinen Arsch aus meinem Wagen raushältst, wenn du unbedingt so hochnäsig sein willst?«

»Du bist ein Herzchen«, sagte Maguire. »Du hast die geistige Reife einer Fünfjährigen.«

»Denk mal darüber nach«, sagte Lesley. »Jeden Tag zu Fuß zur Arbeit gehen ...« Sie drehte sich um, ließ das Handtuch aufklappen und ihn einen Blick erhaschen, als sie ins Badezimmer ging.

Hast du ja toll hingekriegt, dachte Maguire, als er die Straße zur A1A entlanging. Das ist die Frage, wegen der man einen hohen Berg raufklettert, um sie dem alten Mann zu stellen, der in seinem Lendentuch auf dem Gipfel sitzt.

Im Licht der Ewigkeit betrachtet – ist es besser, seinen Gewinn einzustreichen und zu verduften oder alles auf eine Karte zu setzen und vielleicht zu verlieren?

Und der alte Mann würde ihn aus seinen ruhigen, gelassenen Augen betrachten und sagen ...

Er würde sagen ...

Maguire stand an einer Ecke der Küstenstraße und versuchte noch immer, sich eine Antwort einfallen zu lassen, als das Mädchen, das aus Mitchell im Staate Indiana hier zu Besuch war, anhielt, ihn mitnahm, »Keine Ursache, gern geschehn!« sagte und einen Umweg fuhr, um ihn am Harbor Beach Parkway abzusetzen.

7

Ein Freund von Maguire, ein Taxator, der ziemlich viel unter der Hand kaufte und verkaufte, hatte einmal zu ihm gesagt: »Du gehst mit einem Farbfernseher raus, siehst den Spiegel da an der Wand hängen, Nußbaum vergoldet, und denkst: Könnte das ein George II sein? Frühes achtzehntes Jahrhundert, Mann, mindestens drei Riesen wert.« Maguire ging zur Stadtbücherei, sah die Kunstbücher durch, machte sich Notizen und klaute eine Ausgabe von *Kovel's Kompletter Antiquitäten-Preisliste* aus dem Regal mit den Nachschlagewerken. Bei seiner Arbeit – in der kurzen Zeit, als er den einen oder anderen Bruch gemacht hatte, meistens ein Taschengeld für seine Reisen – hatte er es früher manchmal mit ein paar Antiquitäten und wertvollen Kunstgegenständen zu tun gehabt.

Aber das war nichts im Vergleich zu der Einrichtung von Mrs. DiCilias Wohnzimmer. Er betrachtete gerade einen Queen-Anne-Schreibtisch – vier Schubladen, kurze, dicke Säulenfüße, mindestens vier Riesen wert – als das Dienstmädchen wieder hereinkam, gefolgt von einem Hund, und ihn bat, sich zu setzen, die Missus käme gleich. Eine scharf aussehende Kubanerin mit ulkigem Akzent. Maguire bedankte sich und sagte dann, als das Mädchen wieder gehen wollte: »Und wie geht's so?«

Marta blieb stehen. »Bitte?« sagte sie.

»Wie läuft's so? Gefällt es Ihnen hier?« Immer freundlich zum Personal. »Ich glaube, hier haben Sie es gut angetroffen.«

Marta, noch immer überrascht: »Ja, danke.«

»Aber ich würde nicht gern das ganze Zeug hier abstauben müssen«, sagte Maguire.

Das Mädchen ging, aber der kleine grauweiße Hund blieb und sah Maguire mißtrauisch an, bereit, jederzeit zu bellen oder zu fliehen.

»Brav«, sagte Maguire zu dem Hund und sah sich im Wohnzimmer um.

Ein Vogelbauer, nicht schlecht. Siebenhundertfünfzig wert.

Zwei aufgepolsterte Chippendale-Stühle in Nußbaum. Jetzt lohnt es sich: Siebeneinhalb, vielleicht acht Riesen.

Hummel-Figurinen, jeweils fünfzig Eier wert. Zwei, die vielleicht hundertfünfundzwanzig bringen würden.

Teller – sehr eindrucksvoll. Stevenson, Enoch Woods Perlmuttrand-Muster. Teller im Wert von sechs-, siebentausend Dollar auf einem Regal.

Und, *ja,* Peachblow-Vasen, die echten. Helles Rosenrot und Gelb. Mein Gott, mit dem Wasserspeier-Fuß.

Ein Bild von Papst Pius XII. Das letzte Abendmahl. Und ein paar echte Bilder, alte Wälder und neblig-grüne Berge, ein signierter Durand, ein Alvan Fisher, neunzehntes Jahrhundert, Hudson-River-Schule. Ein paar andere, die er nicht identifizieren konnte – er setzte sich nun, während er die Bilder studierte . . .

Und sprang schnell auf, um den Stuhl zu betrachten – mein Gott, wie sich die Form der Lehnen anfühlte. Louisseize, ein Bergere in Nußbaum. Mit ziemlicher Wahrscheinlichkeit echt.

Er nahm vorsichtig wieder Platz und dachte über die Frau nach, die hier wohnte und diese Sammlung besaß. Vorher hatte er sich eine pralle, sechzigjährige Italienerin vorgestellt, die in der Küche Pasta rollte und Tomatensoße kochte, eine Frau mit einem Akzent. Er würde es geradeheraus sagen: »Ihr Mann schuldet uns Geld.« Sie würde bezahlen, oder auch nicht, und er konnte es vergessen.

Doch wenn sie sich mit Antiquitäten auskannte – vielleicht konnte er ein wenig bluffen, irgendeine Beziehung herstellen, ein gewisses Vertrauen ...

Der Hund kam zu ihm und beschnüffelte ihn.

»Das ist Fisch«, sagte Maguire. Er bückte sich nicht, um den Hund zu streicheln, und sagte auch sonst nichts.

Soviel sah Karen von der Schwelle aus. Und die Farbe seiner Hosen und des Hemds unter der Jacke, die sie einen Augenblick lang zögern ließ.

»Mr. Maguire?«

Er blickte auf und sah eine schlanke, gut aussehende Frau in beigen Hosen und einer dunkelblauen Bluse mit weißen Knöpfen, die die Hand ausstreckte.

Maguire erhob sich, lächelte ihr freundlich zu und nickte ein wenig mit dem Kopf. Sie wechselten einen höflichen Händedruck, und er sagte, wieder mit ernstem Gesicht: »Wissen Sie was?«

Karen hätte erwartet, daß er sagte: »Ich habe viel von Ihnen gehört, Mrs. Dicilia.« So etwas in dieser Art.

Aber das sagte er nicht. Er sagte: »Wir tragen genau dasselbe. Beige und blau.«

»Und Sie meinen, das hat etwas zu bedeuten?« sagte Karen. Sie ging es genauso an wie er.

»Bei Ihnen weiß ich es nicht«, sagte Maguire, »aber ich habe mich extra fein gemacht. Diese Sachen hier sind von Burdine's, oben am Federal Highway.«

»Von Burdine's habe ich gehört«, sagte Karen, »aber ich bin mir nicht sicher, ob ich auch von Ihnen gehört habe. Sie waren ein Freund meines Mannes?«

»Na ja, wir standen uns nicht gerade nahe. Ich habe einmal für ihn gearbeitet.«

»Und Sie wollen wissen, ob es mir gutgeht?« sagte Karen. »Ob ich etwas brauche? Was sonst? Arbeiten Sie mit Roland zusammen oder allein?«

»Ich kenne niemanden namens Roland«, sagte Maguire.

»Also arbeiten Sie selbständig. Na gut«, sagte Karen, »gehen wir auf den Patio. Da können Sie mir dann die Daumenschrauben anlegen.«

»Die was?«

»Kommen Sie. Ich kann es kaum erwarten, Ihre Geschichte zu hören.« Sie ging an ihm vorbei zu der Glastür.

Es hatte sich ganz gut angelassen. Aber jetzt war sie nicht nur kühl, sie war eiskalt, viel zu anmaßend. Maguire zögerte. »Sie haben ein paar sehr schöne Stücke hier«, sagte er. »Der Bergere, ist das ein echter Louisseize?«

Nun blieb Karen an der Tür stehen, blickte zurück und schien ihn einen Augenblick lang zu mustern.

»Der was?«

Maguire grinste. Machte sie Witze? Sie wartete, sah ihn an, und er war sich nicht sicher.

»Der Stuhl. Wenn er echt ist, gehört er in ein Museum.«

»Er *ist* in einem Museum«, sagte Karen. Sie drehte sich um und trat durch die Tür.

Sie macht mir was vor, dachte Maguire. Sie wollte nicht zu liebenswürdig klingen oder ihm irgendwas zugestehen. Er folgte ihr auf den Patio, wo eine Fackel brannte und die Swimmingpool-Beleuchtung vom klaren Wasser reflektiert wurde. Maguire sah sich um und dachte: So ist das also. Sie sitzt des Nachts hier draußen und beobachtete die Scheinwerfer der Motorboote auf dem Kanal.

Sie hatte nach dem Mädchen geklingelt, es mit irgendeinem geheimnisvollen Zeichen gerufen, denn plötzlich war es da. Maguire sagte überrascht, er hätte gern einen Rum, fragte sich, warum Mrs. DiCilia plötzlich so gastfreundlich war, und hörte, wie sie um einen Martini mit

Eis bat. Er merkte auf: nicht ›on the rocks‹, sondern ›mit Eis‹. Ja, wunderbar: Sie saß hier draußen auf dem Patio ihrer spanisch-maurischen Villa für eine Million, die voller Antiquitäten und Kunstobjekte war, und . . . tat was?

Er wollte ihr sagen, es täte ihm leid, daß er so spät kam, oder so früh – das eine oder das andere – und er hoffte, er würde ihr keine Unannehmlichkeiten bereiten. Aber er kam lieber gleich zur Sache.

»Übrigens«, sagte er, »wie ist es, reich zu sein?«

Karen sagte nichts.

»Schon gut«, sagte Maguire. »Es spielt keine Rolle.«

»Ich habe darüber nachgedacht«, sagte Karen. »Wenn Sie es wirklich wissen wollen: Es ist langweilig. Das muß es wohl nicht sein, ist es aber.«

»Ich kann Ihnen nicht ganz folgen.«

»Sie haben mich gefragt, und ich habe Ihnen gesagt, es ist langweilig«, sagte Karen. »Die nächste Frage. Kommen wir zur Sache, ja?«

Der Hund schnüffelte wieder um seine Füße herum. Maguire schlug die Beine übereinander.

Mrs. DiCilia war sprungbereit, ein wenig gereizt; sie erwartete, daß er irgendeinen Schwindel abziehen würde, ihr hier draußen die Daumenschrauben anlegen würde: Wahrscheinlich hielt sie ihn für einen, der gekommen war, um ihr irgendwas anzudrehen, einer zu sein, der ihr das Fell über die Ohren ziehen wollte. Die Lady saß da und wartete darauf, ausgenommen zu werden.

Der verdammte Hund kratzte an seinem Knie und scharrte den Stoff ab. Maguire griff mit einer Hand hinab und schob den Hund beiseite.

Karen beobachtete ihn.

Er lehnte sich zurück, holte den Zeitungsausschnitt aus der Tasche, faltete ihn vorsichtig auf und gab ihn ihr.

»Was ist das?« sagte Karen. Im weichen Glanz des Fackelscheins konnte sie nur die Überschrift lesen: BEWAFFNETES TRIO ÜBERFÄLLT COUNTRY CLUB.

»Das waren ich und zwei Kumpels«, sagte Maguire. »Ihr Mann hat uns fünfzehnhundert pro Nase angeboten, wenn wir da reingehen, den Club überfallen und ihm schlechte Publicity einbringen. Ich weiß es nicht. Wir erledigten den Job, wurden aber nicht bezahlt.«

»Der Deep Run Country Club in Bloomfield Hills«, sagte Karen.

»Genau der.«

»Wann war das, im letzten August?«

»Genau. Am sechzehnten.«

»Wir waren im August in Detroit . . . nein, es war im Juli«, sagte Karen. »Frank hat dort ein paarmal als Gast Golf gespielt. Ihm gefiel der Club, und er bewarb sich um die Mitgliedschaft.«

»Und sie haben ihn abgewiesen«, sagte Maguire. Karen nickte. »Ich dachte, vielleicht hätte man Sie da beleidigt. Irgend etwas Persönliches, verstehen Sie?«

»Meinen Sie, es wäre keine Beleidigung, Frank DiCilia abzuweisen?«

»Ja, ich glaube schon. Aber wieso, wenn Sie damals hier gewohnt haben . . .?«

»Warum er in Detroit nicht Mitglied eines Country Clubs werden kann? So ist das nun mal, wenn man reich ist«, sagte Karen. »Was wollen Sie also, fünfzehnhundert Dollar?«

»Jeweils, für uns drei. Die beiden anderen Burschen wurden verurteilt. Sie sitzen in Jackson, aber ich sorge dafür, daß sie ihr Geld kriegen.«

»Sie sind davongekommen?« Sie schien interessiert.

»Das ist eine lange Geschichte, und wenn Sie sich sowieso schon langweilen . . .« sagte Maguire.

»Das ist alles, was Sie wollen?« sagte Karen.

»Das ist alles, was uns zusteht.«

»Sie hätten . . . zehntausend sagen können.«

»Und Sie hätten von dem Deal wissen können«, sagte Maguire, »je nachdem, was Sie und Ihr Verehrtester so alles besprochen haben. Es waren glatte fünfzehnhundert pro Nase, keine Sozialleistungen oder Rentenansprüche.«

Was nun, ja oder nein? Er wartete darauf, daß sie einen Entschluß faßte. Sie wirkte nicht mehr so gereizt. Sie sagte, »trinken wir noch ein Glas«, und das überraschte ihn. Das Mädchen kam und ging wieder, und als es mit den Drinks zurückkam, fragte Karen ihn gerade, ob er in Florida wohnte oder nur zu Besuch hier sei.

Er sagte ihr, daß er bei Seascape arbeitete. »Sie wissen, die Delphin-Show? Praktisch nur um dieEcke.«

»Ich bin mal daran vorbeigefahren«, sagte Karen. »Sie arbeiten wirklich da?« Sie klang interessiert und ein wenig überrascht. »Sie dressieren die Delphine dazu, durch Reifen zu springen und so weiter?«

»Wir dressieren sie zu allem, bloß nicht dazu, sich im Sprung zu paaren«, sagte Maguire.

»Das tun sie nicht für Sie?«

»Ich glaube, sie gehen in ein Motel. Fünf Monate, und ich habe noch nie einen von ihnen ... na ja, erregt gesehen.«

Nun musterte sie ihn und sagte einen Augenblick lang nichts.

»Erstaunlich.«

»Na ja, mir würde es auch nicht gefallen«, sagte Maguire. »Wenn andere Leute zusehen.«

»Nein, ich meine, daß Sie dort arbeiten«, sagte Karen. »Und Sie scheinen sich mit Antiquitäten auszukennen ... Was tun Sie sonst noch so?«

»Country Clubs überfallen«, sagte Maguire, »und versuchen, das versprochene Geld einzutreiben. Ich genieße den Drink und unsere Plauderei, aber, nur für meinen Seelenfrieden, werden Sie die Verbindlichkeiten Ihres Mannes begleichen oder was?«

»Seine Verbindlichkeiten *begleichen* ...« sagte Karen und schien nun etwas amüsiert zu sein. »So drücken Sie das aus, seine Verbindlichkeiten begleichen?«

»Sie können es bezeichnen, wie Sie wollen«, sagte Maguire, »solange wir beide über die gleiche Sache sprechen.«

»Tun Sie so etwas öfter?«

»Was?«

»Country Clubs ausrauben.«

»Das war das erste Mal.«

»Aber Sie haben andere Raubüberfälle begangen.«

Er sagte nichts.

»Tragen Sie eine Waffe?«

»Warum?«

»Reine Neugier, mehr nicht.«

»Bumsen Sie herum?« sagte Maguire.

»Was?«

»Gabeln Sie Kerle auf, schleppen Sie sie ins Bett? Oder stellen Sie ihnen nur eine Menge Fragen über ihr Privatleben?«

»Ich glaube, Sie sind zu mir gekommen«, sagte Karen. »Sie sind derjenige, der etwas will.«

»Und wenn ich nicht höflich bin und Ihre Fragen beantworte, kann ich zusehen, wo ich bleibe, was?«

Karen sagte nichts. Sie stand auf, ging vom Patio zum Haus und durch die Glastür hinein.

Maguire wartete. Er dachte wieder an den alten Mann, der in seinem Lendenschurz auf dem Berggipfel saß: Ist es besser, im Licht der Ewigkeit betrachtet, mal ordentlich zu Kreuze zu kriechen, in der Hoffnung, bezahlt zu werden, oder . . .

Karen kam auf den Patio zurück; in der einen Hand hielt sie einen Gegenstand, der in weißes Seidenpapier gehüllt war, und in der, die sie ihm entgegenstreckte, ein Päckchen Geldscheine. Er konnte es nicht glauben. Neue Hundertdollarscheine. Sie klebten zusammen, und der Stapel war nur zweieinhalb Zentimeter dick, so neu waren sie.

»Viertausendfünfhundert Dollar«, sagte Karen.

Das erste, das Maguire in den Sinn kam, war: Da ist noch mehr. Hier im Haus.

»Darf ich Ihnen noch eine Frage stellen?«

»Schießen Sie los«, sagte Maguire und steckte das Geld in die Innentasche seines Sakkos. Er konnte es an seinen Rippen fühlen.

Sie zog ihren Stuhl näher zu dem seinen und setzte sich, bevor sie ihm den Gegenstand im Seidenpapier reichte.

»Was ist das?«

Sie beobachtete ihn, sagte aber nichts.

Er nahm den Gegenstand, fühlte das Gewicht und wußte, was es war. Maguire schlug genug von dem Papier auf, um die Pistole zu sehen, schlug es wieder zu und gab sie ihr zurück.

»Wissen Sie, was das ist, was für ein Modell?« sagte sie.

»Das ist eine Neun-Millimeter Beretta Parabellum, mit achtschüssigem Magazin. Wieviel haben Sie dafür bezahlt?«

»Ich habe sie nicht gekauft. Sie gehörte meinem Mann.«

»Auf der Straße würden Sie etwa vierhundert dafür bekommen.«

»Ich will sie nicht verkaufen«, sagt Karen. »Ich will lernen, wie ich damit umgehen muß.«

»Weshalb?«

»Um mich zu schützen.«

»Das ist keine gute Idee«, sagte Maguire. »Leute, die keine Waffe besitzen, werden nicht so oft erschossen wie Leute, die eine haben.«

»Werden Sie mir zeigen, wie sie funktioniert?«

»Und wenn nicht? Verlangen Sie dann Ihr Geld zurück?«

»Das Geld gehört Ihnen. Sie haben es sich schon verdient.« Sie wartete.

»Über dem Abzug ist ein kleiner Kreuzriegel. Sie drükken ihn zurück, schieben den Lauf vor und zurück und können schießen«, sagte Maguire. »Das hab' ich schon gemacht. Das Geld nehmen und laufen.«

»Sie sind sehr direkt«, sagte Karen und schien ihn wieder zu mustern. »Sie gestehen einige Dinge ein und hören dann einfach auf zu reden.«

»Nicht, daß ich etwas zu verbergen hätte«, sagte Maguire. »Es ist das Gefühl, heruntergeputzt und ausgefragt zu werden.«

»Das tut mir leid«, sagte sie. »Wirklich.« Dann schwiegen sie, doch sie sah ihn weiterhin an.

»Schon in Ordnung«, sagte Maguire. »Na ja, ich meine ... wie Sie sagten, ich marschiere hier rein und erzähle Ihnen was, und warum sollten Sie mir glauben?«

»Aber ich glaube Ihnen«, sagte Karen. Sie schien jetzt zu lächeln. »Erklären Sie mir noch etwas?«

»Wahrscheinlich«, sagte Maguire.

»Was ist der Unterschied zwischen einem Tümmler und einem Delphin?«

Maguire fand einen Zettel auf seinem Kissen, auf dem in schräg nach vorn geneigtem Kugelschreibergekritzel stand: »Klopf, wenn du nicht blöd bist!!!«

Er griff über das Bett zur Wand – zu einem verblichenen Garten zu Versailles auf einer grüngelben Tapete – und klopfte dreimal darauf.

Lesley kam in einem kurzen, durchsichtigen Nachthemd und mit Lockenwicklern im Haar herein, den Kopf etwas gesenkt, um Maguire mit dem Ausdruck eines beleidigten kleinen Mädchens anzusehen, den sie lange eingeübt hatte.

»Ich dachte, du wolltest mich zum Abendessen einladen.«

»Ich muß durcheinandergebracht haben, wer auf wen sauer ist«, sagte Maguire. »Ich hatte drüben am Strand was zu erledigen.«

»Ich *war* sauer«, sagte Lesley, »bin's aber nicht mehr.«

»Wie kommt's?«

»Du mußtest ja nicht so mit mir reden.«

»Bist du ausgegangen?«

»Nein« – verdrossen – »hab' mit Tante Leona den ganzen Abend ferngesehen.

Armes kleines Ding – er sollte sie wohl trösten, ihr sagen, daß es ihm leid tat. Er war nicht verärgert oder aufgebracht. Eigentlich empfand er für Lesley kaum etwas, so oder so. Er dachte daran, wie Karen DiCilia im Fackelschein ausgesehen hatte, ein Teil ihres Gesichts im Schatten, das Licht auf ihrem dunklen Haar funkelnd. Dunkel, aber nicht italienisch-dunkel; sie war überhaupt nicht so, wie er sich die Frau von Frank DiCilia vorgestellt hatte.

»Kommst du ins Bett, oder willst du noch lesen?« sagte Lesley.

Es war seltsam, in diesem Augenblick tat sie ihm ein wenig leid, wie sie dort in dem durchsichtigen Nachthemd und mit den Lockenwicklern stand. »Es ist spät«, sagte er. »Werd' wohl zu Bett gehen.«

»Soll ich hierbleiben?«

»Darauf kannst du wetten«, sagte Maguire und zog sich aus, während sie das Licht ausmachte und die Bettdecke zurückschlug.

»Ahh«, sagte Lesley. »Mein Gott, ist das nicht schön?«

»Klar doch.«

»Scheiße, ich hab' die Wickler vergessen.«

Lesley setzte sich auf, nahm sie heraus und legte sich wieder hin.

»Auuu, das tut weh. Aber es geht schon. Jetzt ist's okay. Auuu, das ist gut.« Nach einer Weile sagte sie: »Cal?«

»Was?«

»Wenn meine Tante wüßte, daß wir das machen? Die würde vom Glauben abfallen. Weißt du das?«

»Ich nehm's an«, sagte Maguire.

»Wir sehen fern, und sie erzählt ununterbrochen von Cincinnati, wie sie mit diesem Typ namens Herman oder Henry oder so zum Picknick fuhr und wie er sie anfaßte und küßte. Mein Gott, da ist sie bald ausgeflippt, und sie war in *meinem* Alter. Im Wagen des Burschen. Stell dir mal vor, ich würde zu ihr sagen: ›Tante Leona, hast du je mit ihm gebumst?‹ Sie würde wirklich vom Glauben abfallen!«

»Darauf geh' ich jede Wette ein«, sagte Maguire.

»Nein, sie war *drei*undzwanzig. Das war kurz, bevor sie geheiratet hat. Aber nicht Herman. Mein Onkel hieß Thomas. So haben sie ihn immer genannt, Thomas. Ich kann mir nicht vorstellen, wie sie es treiben. Kannst du dir vorstellen, wie Tante Leona es treibt?«

»Nein«, sagte Maguire.

»Sie schnarcht da drüben vor sich hin, die ganze Schönheitscreme auf dem Gesicht. Du müßtest sie mal sehen können.«

Er sagte gar nichts.

»Na ja, ich schaffe meinen Arsch lieber mal wieder ins Heiabettchen. Seh' dich dann morgen früh.«

»Nacht«, sagte Maguire.

»Spiel nicht so viel an dir rum«, sagte Lesley.

»Mach' ich nicht.«

Die Tür schloß sich.

Er konnte Karen DiCilia im Schatten und Fackelschein sehen, das glatte, dunkle Haar, die gelassenen Gesichtszüge. Karen DiCilia, Karen sowieso, ursprünglich Karen Hill. Er hatte ein paar Dinge über sie herausgefunden. Wenn sie Fragen stellen konnte, konnte er das auch. Karen hatte ihn nach seinem Namen gefragt. »Calvin, nicht wahr? Calvin paßt nicht zu Maguire.« Statt Cal hätte er Al heißen müssen, Aloysius Maguire, ein guter irischer Name. Na ja, Karen paßte auch nicht allzu gut zu DiCilia, oder? Und sie sagte, nein, Karen hätte man nie mit DiCilia zusammenfügen sollen.

»Manchmal langweilen wir uns, sind bereit, etwas Neues und Anderes auszuprobieren. Eine Veränderung um der Veränderung willen.«

»Richtig«, sagte Maguire.

»Andererseits sind wir manchmal zu impulsiv, fassen zu schnell einen Entschluß.«

»Wie wahr.«

»Sehr wahr.« (Sie redete, aber was *sagte* sie?)

»Und dann stecken wir in der Klemme, in einer Lage, die uns nur wenige, wenn überhaupt Möglichkeiten offenläßt, und dann stecken wir fest und wissen nicht, was wir tun sollen.«

»Hm«, machte Maguire.

»Wenn Sie mir erzählen wollen, in welcher Klemme Sie stecken, was für ein Problem Sie haben«, hätte Maguire beinahe gesagt, »dann erzählen Sie es mir doch, anstatt um den heißen Brei zu reden.«

Beinahe, aber er sagte es nicht. Denn angenommen, sie würde es ihm sagen? Und von ihm erwarten, daß er ihr irgendwie aus dieser Klemme half; Mann, mit den Leuten, mit denen ihr Mann zu tun gehabt hatte und die wahrscheinlich noch im Geschäft waren ... Was dann, verdammte Scheiße, sollte er da sitzen und sie angrinsen oder sich in irgendwas verwickeln lassen, das ihn nichts anging?

Sie war eine sehr gut aussehende Frau. Jene Art Frau, der man normalerweise mit Vergnügen half, damit sie einem dankbar war. Diese hier, da war er sich sicher, konnte sehr freundlich und freigiebig sein.

Doch im Augenblick steckte sie in irgendeiner Klemme, die ihr keine Möglichkeiten offenließ, und hatte ein eifriges Interesse an Handfeuerwaffen ... während Maguire eine lebhafte Erinnerung an die Einsachtzigmal-zweivierzig-Zellen im Wayne-County-Gefängnis hatte und daran, wie es war, wenn einen zwanzig Jahre oder lebenslänglich erwarteten.

Also hatte er gesagt, als er wieder an der Reihe war, »Karen, es war sehr nett, sich mit Ihnen zu unterhalten«, hatte ihr nochmals gedankt und war von dort verschwunden.

Als er nun im Bett lag, dachte er: Vielleicht braucht sie aber auch nur jemanden, mit dem sie mal sprechen kann. Jemanden, von dem sie annimmt, daß er Verständnis für ihre Lage hat. Jemanden, der ihr die örtlichen Schleimscheißer vom Hals hielt. Es mußte ja nicht unbedingt eine große Sache sein. Was für ein Risiko ging er denn ein, wenn er sich mit ihr unterhielt, ein wenig mehr herausfand?

Sie war schließlich eine gutaussehende Frau.

Er fragte sich, wie alt sie war.

Er fragte sich auch, wieviele andere neue Hundertdollarscheine sie in ihrem Haus hatte.

8

Arnold kam mit einer gelben Segeltuchtasche, die an der Seite eine Lasche mit Reißverschluß für einen Tennisschläger hatte, aus dem Schlafzimmer. Roland war auf dem Balkon, blickte über das Geländer hinaus und hielt wegen der Meeresbrise seinen Cowboyhut fest. Arnold starrte auf Rolands Rücken, auf den hellblauen Stoff, der sich über die Schultern spannte.

Roland drehte sich um. Als er sah, wie Arnold ihn beobachtete, sagte er: »Wie geht es Barry?«

Arnold ging zu dem Beistelltisch und ließ die Tasche fallen. »Vierundfünfzigtausend«, sagte Arnold.

Roland kam vom Balkon wieder herein. »Ich hab' dich gefragt, wie es Barry geht.«

»Er liegt in Gips. Er wird sechs Monate lang in Gips liegen. Und die Nieren und die Milz sind auch dahin.«

»Sag ihm, wenn er noch mal in den Pool springt, soll er's an der tiefen Stelle tun«, sagte Roland. Er ging an Arnold vorbei zur Segeltuchtasche und hob sie hoch. »Man sollte doch nicht glauben, daß Papier so schwer ist, was?«

»Wollen Sie es sich nicht ansehen?«

»Ich weiß, wie es aussieht«, sagte Roland. »Du machst dich ganz gut, Arnie. Nur weiter so.«

»Sie wissen, daß ich Sie bezahlen werde, ja?«

»Klar weiß ich das.«

»Na ja, wie wäre es denn . . . hören Sie, da es hier ja eigentlich nicht um einen Kredit geht, können wir da nicht eine andere Vereinbarung treffen?«

»Was für eine, Arnie?«

»Wie soll ich jemals die eigentliche Summe zurückzahlen, wenn ich immer nur Zinsen zahle?«

»Da hab' ich nicht die geringste Ahnung«, sagte Roland.

»Verstehen Sie, was ich meine? Ich habe mir das Geld nicht geborgt. Ich zahle dem Mann nur seine Investition zurück.«

»Ja? Wo ist da der Unterschied?«

»Es *ist* ein Unterschied. Wer sich von euch Geld leiht, weiß, wie hoch die Zinsen sind. Aber das war ein Geschäft.«

»Das sind alles Geschäfte«, sagte Roland, »aber Zinsen sind Zinsen, und das Darlehen ist etwas anderes. Hat man dir das nicht auf der Schule beigebracht, Arnie?«

»Ich habe versucht, es Ed zu erklären . . .«

»Das weiß ich. Und er meinte, du solltest mit mir sprechen«, sagte Roland. »Es ist immer das gleiche. Ein Mann, ein Bursche, dem eins der größten Hotels auf dem Strip gehört, borgt sich Geld und bezahlt die Zinsen. Jede Woche. Wenn er Schwierigkeiten hat, kommt er damit zu mir. Ein Mann mit einem Restaurant direkt hier in Hallandale, Scheiße, ein halbes Dutzend Heimwerkermärkte drüben an der Bundesstraße, Peep-Shows, ein Haufen

Motels ... Sie alle bezahlen die Zinsen, Arnie. Sie wissen, daß das Geschäft so läuft.«

»Ja, Kreditgeschäfte, das verstehe ich ja.« Arnold ging auf und ab, biß sich auf die Lippen. »Aber das ist etwas *anderes.*«

»Und darf ich fragen, wieso?«

»Ich habe mir das Geld nicht *geborgt,* Ed hat es investiert.«

»Aber du hast es verloren. Also mußt du es zurückzahlen.«

»Ich habe es nicht verloren ...«

Roland hob die offene Hand und sah Arnold an. »Langsam sollten wir uns mal auf was einigen.«

»Okay, ich habe es verloren.«

»Na also«, sagte Roland, »was macht das denn für einen Unterschied, wenn du es zurückzahlen mußt? Zurückzahlen ist zurückzahlen, ob es nun Geld ist, das du verloren hast, oder Geld, das du geborgt hast. Schau, du hast es verloren – wir geben es dir, wir fragen dich nicht, was du damit vorhast, wie bei einer Bank. Wenn du willst, kannst du es im Klo runterspülen. Solange du es zurückzahlst.«

»Okay«, sagte Arnold. »Ich schulde euch fünfhundertvierzig Riesen. Ihr wißt, daß ich es euch mit der Zeit zurückzahlen kann. Aber das kann ich nicht, wenn ich die verdammten Zinsen bezahlen muß. Hör mal, vierundfünfzig*tausend* die Woche, Mann, wo zum Teufel stehe ich dann in zehn Wochen? Ich habe euch bis dahin fünfhundertvierzig Riesen zurückbezahlt, richtig? Und immer noch keinen verdammten Cent vom Kredit. Das schaffe ich doch nie. Wissen Sie, was ich tun muß? Ich meine, um das Geld aufzutreiben, das ich euch zahle.«

»Keine Ahnung«, sagte Roland. »Bittest du deine Mutti darum?«

»Ich muß jetzt mit hartem Shit dealen, Mann, und das ist ein völlig anderes Geschäft. Sehen Sie sich doch mal diesen braunen Mexikaner an, keiner will das Zeug haben, ich bekomme 'ne Lieferung und muß dann bei den Dealern betteln, sie *anflehen*, den Shit zu nehmen. *Das* mache ich jetzt, Mann, und zwar ganz allein.«

»Wo sind denn deine kleinen Freunde geblieben?« sagte Roland.

»Keine Ahnung. Zur Hölle mit ihnen. Ich sagte zu Ed, okay, dann finanzieren Sie mir doch noch mal Kolumbianer. Dreimal, drei Ladungen, Sie kriegen meinen Schnitt und auch Ihren, und ich hab' das Geld zurückbezahlt.«

»Und er sagte?«

»Scheiße, Sie wissen, was er sagte.«

Roland knöpfte sein Sakko auf, wechselte die Segeltuchtasche von der rechten in die linke Hand und ging zur Tür.

»Ist ganz schön hart hier draußen im freien Unternehmertum, was, Arnie?« fragte er.

Doch dank jener, die andere ununterbrochen für sich schinden lassen, mußte auch Roland die nächsten drei Tage über hart arbeiten und insgesamt vierundzwanzig Stunden und vierzehn Minuten mit einem Karton voller Tonbandkassetten verbringen; insgesamt einhundertdreiundvierzig verschiedene Kassetten hörte er sich an.

Neunundneunzig Prozent davon brachten nichts. Jemand rief täglich bei der Wettervorhersage an. Die Lady rief einmal die Woche bei ihrem Friseur an, diesem Schwulen, der sie ausschimpfte und immer ungeduldig war. (Warum ließ sie sich so eine Behandlung gefallen?) Sie telefonierte ein paarmal mit Leuten aus Detroit; nichts. Sie sprach mit ihrer Tochter Julie in Los Angeles; hörte ihrem Miststück von Tochter zu, wie es ihr mit der Arbeit erging und wie ihr Mann rumbumste; die Tochter redetete ununterbrochen und fragte nicht einmal, wie es ihrer Mutter ging. (›Leg auf‹, dachte Roland bei sich. ›Warum legst du nicht auf?‹) Es gab Anrufe für Marta, kurze Gespräche auf spanisch. Dann rief ein paarmal eine

Frau vom *Miami Herald* an, die ein Interview mit ihr und ein paar Fotos von Mrs. DiCilia in ihrem Haus machen wollte, und Mrs. DiCilia wimmelte sie ab, jetzt nicht, später vielleicht.

Mitte Februar fingen dann die Mistkerle an, sie anzurufen. Mistkerle, die sie baten, mit ihnen auszugehen. Mistkerle, die noch einmal anriefen und sagten, wie gut es ihnen gefallen hätte. »He, war das ein Fest, was? Ausgezeichnet.« Sie lachten wie Mädchen. Einer der Typen sprach mit ihr über seine Erfolge auf dem Golfplatz. Ein anderer langweilte sie (und Roland) mit seinem Geschwätz über die Börsenkurse zu Tode. Ein weiterer redete nur über sein Schnellboot, ein Donzi, und über Hochseerennen zwischen Miami – Bimini, Miami – Key West, wie hoch die Wellen waren, und ließ unentwegt durchblicken, was für ein Held er doch da draußen hinter dem Ruder war. (»Du Scheißkerl«, sagte Roland zu der Stimme auf dem Band, »ich häng dich doch mit einem Luftkissenboot ab. Siehst dann nur noch meine Gischt.«) Wie sie sich anhörten, konnte es kein großes Problem gewesen sein, sie zu verscheuchen. Die Lady wußte gar nicht, was für ein Glück sie hatte, daß sie diesen Idioten nicht mehr zuhören mußte.

Dann die Frau vom *Miami Herald*, die wieder ein Interview mit ihr machen wollte; die DiCilia stimmte zu. Es kam auch ein Anruf von einem Magazin aus Palm Beach, dem *Gold Coaster* oder so, und Mrs. DiCilia willigte ein, sich auch mit ihnen zu unterhalten.

Dann, im Mai, weitere Gespräche mit Ed Grossi. (Roland richtete sich auf und hörte genau zu.) Ed lud sie in sein Büro ein.

Das war der Zeitpunkt, wo Roland mit der Tonbandüberwachung angefangen und die Bänder direkt von Marta oder Jesus Diaz bekommen hatte. Noch immer nichts von Interesse, nicht die Information, auf die er wartete.

Dann der betreffende Anruf, den, mit dem sie ihn bei Ed anschwärzte. »Ich will diesen Mann nie wieder hier sehen.« Nicht laut, aber mit beträchtlicher Schärfe in der Stimme. »Halte dieses Tier von hier fern.« (Tier? Also wirklich!) Dann: »Warum hast du es mir nicht selbst gesagt? Warum mußte ich es von ihm erfahren? Halte ihn von diesem Haus fern. Hast du verstanden?« (»He«, sagte Roland, »immer mit der Ruhe, Karen.«)

Er hörte das Band bis zum Ende ab. Dann spielte er es zurück und hörte es nochmals ab. Nein, nichts über sein Angebot. Kein Wort. Sie ließ Dampf ab, erzählte aber nicht die ganze Geschichte. Hielt sich eine Möglichkeit offen. Roland grinste.

Die nächsten paar Bänder, nichts von Interesse. Aber eins, das er für bedeutungslos hielt, erwies sich am Ende doch als wichtig.

Die Frau sprach mit der Vermittlung, bat um die Nummer von Goodman und Stern in Detroit, sagte der Vermittlung, es sei eine Anwaltspraxis. (Hm-hm.) Dann sprach sie mit einem Burschen namens Nate. Nate sagte, wie leid es ihm täte, daß er damals nicht zu Franks Beerdigung kommen konnte, und ob er irgend etwas für sie tun könne. Karen fragte ihn, ob er sich an die Namen Maguire und Deep Run erinnerte. Eine lange Pause. Ja, sagte der Bursche, Nate, er glaubte, sie hätten den Fall übernommen. Warum? Karen sagte, es sei nicht wichtig, doch sie hätte gern ein paar Informationen über Maguire, wenn sie welche in den Akten hätten. Sie habe ihn kennengelernt, sagte sie, und gehört, daß Maguire um ein Empfehlungsschreiben für einen Job gebeten habe. Dieser Nate sagte, nach einer weiteren Pause, na ja, er werde jemanden namens Marshall einen Bericht zusammenstellen lassen und ihn ihr zuschicken. Aber er riet ihr zu höchster Diskretion, und sie möge sich doch mit jemandem bei Dorado besprechen. Und wie es sonst im Land des Sonnenscheins sei?

»Warm am Tag, kalt am Abend«, murmelte Roland zu sich selbst. Stutzer-Anwälte, man wußte nie, was sie genau meinten.

Noch ein Band. Noch ein Gespräch mit Ed Grossi. Ed war wieder von seiner Reise zurück. Das mußte gestern gewesen sein. Roland lauschte dem Gespräch aufmerksam, horchte auf, als Karen eine Frage über einen Treuhandfonds stellte, wissen wollte, bei welcher Bank er angelegt sei. Ed sagte es ihr.

Karen: »Ich weiß, du hast gesagt, in Obligationen, aber ich habe vergessen, welche es waren.«

Ed: »Miami General Revenue.«

Karen: »Bekomme ich nicht die Unterlagen, irgend etwas Schriftliches? Wie kann ich beweisen, daß sie mir gehören?«

Ed: »Nun, wie ich dir sagte, sind die Obligationen auf den Namen des Nachlaßverwalters ausgestellt, Dorado. Die Erträge, die Zinsen . . . was sagte ich noch, zweihundertfünfzig?«

(»Na also«, sagte Roland.)

Karen: »Zweihundertvierzigtausend.«

Ed: »Ja, sie fallen an den Fonds, und die Bank legt sie an oder überweist sie auf dein Konto, zwanzigtausend im Monat.«

(Roland: »Das ist ja toll. Mann, das ist *toll.*«)

Karen: »Aber ich habe keine Dokumente, die mich als Nutznießerin ausweisen, oder was immer auch ich bin.«

Ed: »Du bekommst das Geld, nicht wahr?«

Karen: »Ja, aber ich hätte gern eine schriftliche Bestätigung.«

Ed: »Vivian soll dir eine Kopie schicken. Wir haben das schriftlich, mache dir also keine Sorgen. Wie geht es dir sonst? Clara meinte, sie würde dich gern mal besuchen.«

Karen: »Das wäre schön. (Lange Pause). Ed . . . wir müssen noch diese andere Angelegenheit besprechen. Wann kann ich dich im Büro besuchen?«

(Roland, der Zahlen auf einen Zettel schrieb, blickte auf.)

Ed: »Was für eine andere Angelegenheit?«

Karen: »Ed, um Gottes willen. Vielleicht gibt es so was in Indien oder Saudi-Arabien, aber nicht in Fort Lauderdale in Florida. Du kannst das nicht einfach ignorieren.«

Ed: »Karen . . .«

Karen: »Du mußt damit *aufhören*, genau. Wenn nicht, gehe ich vor Gericht. Ich werde *irgend etwas* unternehmen – wenn es sein muß, auch von hier fortziehen.«

Ed: »Karen . . .«

Karen: »Wenn du glaubst, ich würde das mitmachen, kannst du nicht ganz bei Trost sein.«

Ed: »Einverstanden, wir unterhalten uns darüber. Wie wäre es mit morgen, in meinem Büro? Komm vorbei, und wir werden essen gehen.«

(Roland: »Das ist heute.«)

Karen: »Ich treffe dich im Palm Bay.«

(Roland: »Scheiße.«)

Er sah wieder auf seine Zahlen, strich sie durch und fing von vorn an, multiplizierte, dividierte, versuchte es auf andere Art und Weise, und kam endlich, *endlich,* zu dem Ergebnis, von welcher Summe zwanzigtausend im Monat sechs Prozent waren. Mein Gott, die Frau hatte vier Millionen Dollar!

9

Lunch in Palm Bay. Ed Grossi aß ein Roggenbrot-Sandwich und einen Kleckser Hüttenkäse. Karen hörte ihm zu, nippte an ihrer Bloody Mary, nahm einen Bissen von ihrem Krabbensalat, während sie immer wieder den Kopf schüttelte. Unglaublich. Sie mußte ihm drohen, beinahe auf ihn einschlagen, damit er darüber sprach.

»Du willst eine Unterlassungsklage einreichen? Was soll ich unterlassen? Karen, das ist eine sehr persönliche Angelegenheit. Willst du, daß etwas darüber in den Zeitungen steht?«

»Wenn es sein muß. Ed, das ist mein Leben, über das wir hier sprechen.«

Fast wie zu sich selbst: »Die Leute würden es nicht verstehen.«

»Natürlich würden sie es nicht verstehen. Das hört sich ja an wie das reinste Mittelalter.« Karen beugte sich näher zu ihm, betrachtete den unauffälligen kleinen Mann über den Tisch hinweg. »Er hat es dir im Krankenhaus gesagt? War er noch klar? Wie willst du wissen, daß er überhaupt noch bei Verstand war?«

»Es war schon vorher«, sagte Grossi, »in meinem Büro. Vor einem Zeugen.«

»Wer, Roland?«

»Nein, nicht Roland. ›Du machst Witze‹, sagte ich zu Frank. Er sagte, ›nein, es ist mir ernst‹. Ich kenne seine Stimme, seinen Tonfall. ›Niemand darf in die Nähe‹. ›Warum‹, fragte ich. Er sagte, das ginge mich nichts an. Dann kam Vivian herein, um ein Diktat aufzunehmen. Sie war Zeugin, als ich sagte, ›ja, ich sorge dafür‹.«

»Vivian, deine Sekretärin?«

»Sie ist eher meine Assistentin.«

»Und Roland?«

»Jemand, der es ausführt, der die Arbeit macht.«

»Du vertraust Roland?«

»Er tut, was man ihm sagt, und hält die Klappe.«

Du kennst ihn nicht, dachte Karen, enthielt sich aber dieser Bemerkung. »Wer sonst weiß noch davon?«

»Na ja, Jimmy Capotorto. Ich habe ihm etwas davon erzählt, aber nicht alles.«

Karen runzelte die Stirn. »Wer?«

»Capotorto. Frank kannte ihn. Er ist seit Jahren bei Dorado, einer der Teilhaber.«

»Wer noch?« fragte Karen.

»Das sind alle.« Grossi hielt inne. »Aber da sind noch einige Klauseln, die ich neulich nicht erwähnt habe, weil ich dir nicht alles auf einmal sagen wollte.«

»Was für Klauseln?« fragte Karen.

»Nun ja, wenn du von hier fortziehst, werden die Zahlungen eingestellt. Du mußt in Franks Haus wohnen.«

»In Franks Haus«, sagte Karen. »Und wenn ich wieder heirate . . . ich habe dich das neulich gefragt, und du sagtest, du wärest dir nicht sicher.«

»Aus irgendeinem Grund ist das keine Klausel. Frank ist wohl davon ausgegangen, daß wir niemanden in deine Nähe lassen.«

»Aber der Nachlaß verbietet nicht ausdrücklich, daß ich die gesamte Summe nehme.«

»Nicht schriftlich, nein, aber zwischen den Zeilen, könnte man sagen.«

»Überschreibe mir die Obligationen und vergiß die ganze Sache«, sagte Karen.

Grossi sagte nichts, betrachtete Karen, dann seinen Hüttenkäse, berührte ihn zögernd mit dem Löffel.

»Weißt du, warum er es gemacht hat?« sagte Karen. »Weil er eine Affäre hatte und ich dahinterkam. Mit einer Maklerin.« Eine Spur von Erstaunen in ihrer Stimme. »Ich habe ihm gesagt – ich habe es nicht ernst gemeint, ich war wütend –, ich habe ihm gesagt, wenn er mich betrügt, würde ich ihn auch betrügen.«

»Nun ja, das hat er für bare Münze genommen, und hier sind wir nun.« Grossi schien zu zögern, über irgend etwas nachzudenken, während sie an seinem gewohnten Tisch in der Ecke des Restaurants saßen. »Karen, ich will dir sagen, du hast recht, das klingt fast so, als wären wir wieder in der alten Heimat.«

»Aber das sind wir nicht«, sagte Karen nachdrücklich; sie wußte, wie weit zu gehen sie bereit war. »Ed, bist du dir eigentlich der Leute hier bewußt, wie sie uns anstarren?«

»Ich habe mich daran gewöhnt.«

»Wenn ich aufs Klo gehe, sieht man mir nach, höre ich meinen Namen, Mrs. Frank DiCilia, ja, das ist sie, die Leute sprechen über mich und versuchen nicht einmal, es zu verbergen.«

»Klar, du bist wie ein Filmstar.«

»Also gut, was, wenn ich jetzt aufstünde und eine Rede hielte«, sagte Karen. »Ich schlage mit dem Löffel an mein Glas – ›Dürfte ich Sie um Ihre Aufmerksamkeit bitten. Ich möchte Ihnen etwas erzählen, das Sie nicht glauben werden, aber bei Gott, jedes Wort ist die reine Wahrheit.‹«

»Karen, komm schon.«

»Wie bitte? Verdammt noch mal, ich werde euer Spiel nicht mitspielen. Ich bin nicht in der verdammten Mafia, oder was auch immer ihr nicht dazu sagt. Was erwartest du also von mir?«

»Beruhige dich doch, ja? Ich verstehe, wie du dich fühlst.«

»Den Teufel verstehst du.«

»Doch, ich verstehe dich.« Grossi nickte geduldig. »Hör mir einen Augenblick lang zu. Als ich sein Testament beglaubigte, dachte ich, Gott im Himmel, so was hat noch nie jemand verlangt. Ich weiß jedenfalls nichts von einem ähnlichen Fall. Vielleicht mal vor langer Zeit, keine Ahnung.«

»Aber das spielt keine Rolle, weil du sowieso tust, was immer er verlangt«, beharrte Karen, wollte nicht vom Thema lassen. »Er sagt dir, du sollst jemanden töten – wo ist da der Unterschied?«

»Karen« – die müde Stimme – »was soll das? Hältst du das für eine große Sache? Vielleicht ist es das manchmal, aber es gibt für alles einen Grund. Der Mann hatte Verstand, ich mußte ihn nicht fragen, warum er etwas anordnete.«

Sie beugte sich über den Tisch. »Ich habe es dir doch

gesagt. Er litt unter dem Zwang, es den Leuten heimzahlen zu müssen.«

»Hör mir zu und laß mich ausreden«, sagte Grossi. »Selbst wenn ich nichts damit zu tun haben will, muß ich mein Gewissen damit beruhigen, daß ich etwas getan, Anweisungen gegeben, alles in die Wege geleitet habe. Verstehst du? Dann sage ich mir, okay, mehr kannst du nicht tun. Du kannst nicht den Rest deines Lebens auf sie aufpassen. Ich sage mir, meinte er überhaupt für so lange? Für immer? Nein, sage ich mir, natürlich nicht. Ich bekomme einen Herzanfall, Krebs, und bin weg vom Fenster. Wer wird sich dann darum kümmern? Jimmy Capotorto? Nun ja, wenn ich es ihm sage, aber was kümmert ihn das? Er hat selbst genug Probleme. Wie kann es also ewig so weitergehen? Ich sage mir, Frank wollte ihr eine Lektion erteilen. In Ordnung, da ist die Lektion. Hat sie sie gelernt? Ich weiß es nicht. Wie ein Lehrer – hat der Schüler es kapiert? Was kann der Lehrer tun? Also sage ich mir, es hängt von ihr ab, sie weiß, was gespielt wird. Sie kennt seinen Wunsch, sich selbst nach seinem Tod von anderen Männern fernzuhalten. Will sie diesem Wunsch nachkommen? Das sage ich zu mir, nicht zu dir, nicht zu sonst jemand, nur zu mir. Vielleicht sollte man es jetzt ihr überlassen. Etwas zwischen ihr und ihrem Mann.«

Es herrschte Schweigen.

»Du hast mehr zu tun, als nur auf mich aufzupassen«, sagte Karen.

Grossi nickte.

»Überschreibe mir die Obligationen und vergiß die Sache.«

»Ich muß noch etwas darüber nachdenken.«

»Aber du wirst Roland von mir fernhalten.«

»Mach dir um Roland keine Sorgen.«

Sie saß stumm da, war sich der Geräusche, der Stimmen um sie herum bewußt. Sie wartete, um sich zu vergewissern. Ed Grossi berührte erneut den Hüttenkäse mit dem Löffel, legte ihn dann beiseite und griff nach seiner Serviette.

»Dann werde ich nicht vor Gericht gehen müssen«, sagte Karen.

»Nein, du wirst nicht vor Gericht gehen müssen, wenn du mir noch etwas Zeit gibst, damit ich sicher sein kann, daß alles seine Ordnung hat.«

»Ich danke dir«, sagte Karen.

Maguires Körper bildete ein Y; er hatte die Arme gehoben und hielt ein Stück Fisch in jeder Hand. Er stand auf der Fußsprosse eines Aluminiumpfostens, der sich in seinen Leib grub; der Pfosten erhob sich, leicht nach vorn gekippt, von einer Plattform, so daß Maguire die Fische etwa fünf Meter über die Oberfläche des Beckens hielt, in dem die Delphin-Show abgehalten wurde.

»Also«, sagte er zu den Müttern, Vätern und Kindern, die sich auf die Zementbrüstung lehnten, »diese Dressur mit den zwei Fischen auf einmal könnte ein wenig schwierig werden, wenn man die Höhe« – er blickte auf – »und die heutigen Windverhältnisse bedenkt. Die Delphine könnten in der Luft zusammenstoßen, mit einem Gesamtgewicht von« – ernst, fast grimmig – »neunhundert Pfund. Und wenn sie zusammenstoßen, wissen Sie ja, wer unter ihnen ist. Ihr Ergebenster, der hier oben steht und versucht, ganz gelassen zu wirken. Okay . . . da kommen sie. Bonnie zu meiner Rechten, Pebbles zu meiner Linken . . .«

Oder war es umgekehrt?

Die beiden Delphine erhoben sich, naß-grau im Sonnenschein leuchtend, nahmen ihm die Fische aus den Händen, drehten ab und schossen ins Wasser zurück.

»Und sie haben's geschafft! Wie war das, fünf Meter in der Luft. War das nicht toll? Ein Applaus für Bonnie *und* . . . Pebbles.«

Applaus, während Maguire von dem Pfosten auf die Plattform hinabstieg. Er holte drei Stückchen Dorsch aus seinem Fischkübel, warf zwei von ihnen Bonnie und Pebbles zu und wartete auf Mopsy Dick.

Komm schon . . .

Mopsys Kopf erhob sich unter der Plattform aus dem Wasser. Ein nasses, verächtliches Geräusch kam aus Mopsys Nasenloch.

»Was? Dir hat der Doppelsprung nicht gefallen, Mopsy?«

Mehr Rasseln und Klicken und Winseln aus dem Nasenloch. Die Kinder sahen zu, schauten über die Brüstung, hatten ihren Spaß.

»Du sagst, du kannst höher springen?«

Weiteres Rasseln und Klicken.

»Na ja, das wollen wir mal sehen.« Maguire warf Mopsy den Fisch, den er in der Hand hielt, mit einer schnellen, seitlichen Bewegung zu, trat zu dem Kübel und wählte ein langes Schwanzstück aus. »Wenn du dich für so gut hältst, kannst du ja fünf*einhalb* Meter hoch springen und mir den Fisch aus dem Mund nehmen. Einverstanden, Mopsy? Wollt ihr sehen, ob er es schafft?«

Natürlich. Die Kinder riefen »Jaaaaaa!«, als Maguire, das Stück toten Fisch zwischen den Zähnen, den Pfosten einrasten ließ, einen Fuß hob und dachte: Gott im Himmel . . .

Nach der Delphin-Show verließ Karen das runde weiße Gebäude, Neptuns Reich. Sie wartete auf dem Fußweg und sah sich um, während die Muttis und Vatis mit ihren Kameras und Kindern zu der Hai-Lagune weiterzogen.

Da war er. Auf dem Rasen, mit einem Mädchen, das sich die Haare kämmte. Beide trugen weiße Shorts und rote T-Shirts. Er mußte einen anderen Eingang benutzt haben. Karen beobachtete, wie sie durch ein Tor in dem Zaun gingen, der das Becken mit den Haien umschloß.

Ein Mikrofonkabel hinter sich herziehend, trat Maguire auf das Gebilde, das wie eine Tauchplattform aussah. Das Mädchen blieb unten; ein süßes kleines Ding mit einer Menge Farrah-Fawcett-Haar. Karen fragte sich, wie alt das Mädchen war. Nicht viel älter als zwanzig. Ihr fiel auf, daß Maguire ziemlich braun und gut gebaut war; er wirkte jetzt ganz anders als der Mann, der ihr in der Dunkelheit gegenübergesessen hatte. Sie trat zu der Menge, die sich am Rand des Zementbeckens drängte. In der Mitte des Beckens befand sich eine Insel mit einer Palme und mehreren schläfrigen Pelikanen. Haie bewegten sich wie braune Schatten durch das dunkle Wasser.

In den weißen Shorts sah er jünger aus. Gute Beine. Seine Stimme war anders; das mochte am Lautsprecher liegen. Sie klang verzerrt und blechern.

»Grönlandhaie gelten zwar nicht als Menschenfresser, doch wie alle Haie sind sie überaus unberechenbar. Sie fressen vielleicht drei Monate lang nichts und fallen dann irgendwann in einen Freßrausch. Lesley bewegt diesen Frauenfisch am Ende der Angelschnur nun hin und her, um einen sterbenden Fisch nachzuahmen, die ein Hai bis auf *neun – hundert Meter* aufspüren kann. Da kommt ein Hai von links . . . sehen Sie ihn sich an.«

Karen beobachtete Maguire, ließ den Blick dann über die Menge schweifen und fixierte einige der Männer. Wen würde man sich für einen Raubüberfall aussuchen? Maguire wäre jedenfalls so ziemlich der letzte.

»Und nun werden wir als Köder . . . Lesley benutzen. Ja, Lesley steigt *in* die Lagune hinab, um einen Hai mit bloßer Hand zu füttern . . . sie benutzt keinen Handschuh und auch keine Creme, die ein Hai vielleicht abstoßend findet . . . wenn sie nicht aufpaßt, wird sie einen Hai *mit* einer bloßen Hand füttern.«

Das Mädchen sah auf und bedachte Maguire mit einem ausdruckslosen Blick. Karen sah es. Aus irgendeinem Grund dachte sie an Ed Grossi, an Ed, wie er mit einem

Löffel seinen Hüttenkäse gegessen hatte – vor einer Stunde im Palm Bay.

Dann war sie über den S. E. 17th Street Causeway gefahren und hatte das Schild gesehen, SEASCAPE. Warum nicht? Sie fühlte sich unternehmungslustig. Sie fühlte sich wieder ganz wie die alte, beinahe gelassen, zum ersten Mal seit einer Woche. Und war wahrscheinlich die einzige Frau hier in einem Kleid. Beiges Leinen, goldene Kette und Armband. Sie hätte zuerst nach Hause fahren und sich umziehen sollen – sie erinnerte sich, wie er sagte: »Praktisch um die Ecke«, und sie erwiderte, sie sei noch nie dort gewesen.

»Wir können von Glück sprechen, daß wir die Haie in den Fütterungstrakt locken können«, sagte er gerade zum Publikum. »Wie ich bereits erwähnt habe, kommen sie bis zu drei Monaten ohne Nahrung aus. Da ist einer . . . nein, er hat es sich anders überlegt. Na ja . . . wollen wir Lesley nicht mit einem kräftigen Applaus zur Hand gehen, während sie in die Hai-Lagune hinabsteigt« – Pause –, »solange sie noch eine hat?«

»Sie haben ganz anders geklungen«, sagte Karen.

»Ich weiß«, sagte Maguire. »Wenn ich meine Stimme über die Lautsprecher höre, meine ich, da spricht ein ganz anderer. Wollen Sie eine Coke oder so was?«

»Müssen Sie nicht arbeiten?«

»Gleich kommt die Hauptvorstellung. Gehen Sie da rüber – sehen Sie die gelbe und weiße Markise? Ich komme in ein paar Minuten dann zu Ihnen.« Er schien sich zu freuen, sie zu sehen, wirkte aber unschlüssig, beinahe schüchtern.

Karen nahm zwei Coke mit und setzte sich abseits von dem Betonweg und dem Erfrischungsstand hinter der Haupttribüne an einen Kunststofftisch. »Guten Tag, meine Damen und Herren, Jungs und Mädchen«, hörte sie über die Lautsprecheranlage. »Willkommen bei Brad

Allens weltberühmter Seascape-Show mit Delphinen und Seelöwen.« Pause. »Und hiiiieeeeeeer ist Brad!«

»Waren Sie das?« sagte Karen, als Maguire ihr gegenüber Platz nahm.

»Ich befürchte es.«

»Machen Sie die Ansage immer gleich?«

»Na ja . . . nein, nicht immer.«

»Neulich konnte ich mir nicht vorstellen, daß Sie hier arbeiten.«

»Nein . . .«

»Ich wollte damit nichts andeuten.«

»Nein, ich verstehe schon. Ich gehöre eigentlich nicht hierher, aber bislang ist es noch keinem aufgefallen.«

»Vielleicht kenne ich Sie besser als die meisten anderen Menschen«, sagte Karen. »Gefällt Ihnen dieser Job?«

»Er ist ganz okay. Jedenfalls besser als Barkeeper.«

»Warum kündigen Sie nicht?«

»Ich habe daran gedacht.«

»Haben Sie . . .« Karen hielt inne. »Na ja, es geht mich nichts an. Ich habe mich gefragt, ob Sie Ihren Freunden ihren Anteil geschickt haben.«

»Ja, ihren Frauen. Mit der Post. Sie können das Geld gebrauchen.«

Über die Lautsprecher im Hintergrund stellte Brad Allen dem Publikum Pepper, Dixie und Bonzai vor.

»Ich kenne noch immer nicht den Unterschied zwischen einem Tümmler und einem Delphin«, sagte Karen. »Den haben Sie mir nie erklärt, nicht wahr?«

»Nein, wir haben wohl über andere Dinge gesprochen.«

Er wandte den Blick von ihr ab und sah sie dann zögernd wieder an.

Er benahm sich so, seitdem sie ihn angesprochen hatte. Ganz natürlich, aber ein wenig schüchtern. Ihr gefiel es, und sie lächelte, als er sagte: »Sie hätten sich nicht extra für unsere Show umziehen müssen.«

»Ich habe mit einem Freund zu Mittag gegessen. Als ich dann über den Causeway zurückfuhr, sah ich das Schild und dachte, arbeitet er nun wirklich hier oder nicht?«

»Ehrlich? Ich würde Sie nicht anlügen.«

»Mir gefällt, wie Sie das Publikum ansprechen. Ändern Sie den Text jemals ab?«

»Nur, wenn ich ein paar Zeilen vergesse. Oder einen Showteil auslasse.«

Brad Allen erzählte seinem Publikum, daß der Seelöwe Lolly nun einen Ball balancieren *und* auf seinen Vorderflossen gehen würde. »Heeeee, seht euch das an!«

»Ich glaube nicht, daß Sie es lange hier aushalten werden«, sagte Karen. »Ich meine, Sie sehen diesen Job hier nicht als Lebensstellung an.«

»Nein . . .«, er lächelte, schüttelte den Kopf. »Da haben Sie recht.«

»Was werden Sie dann tun?«

»Weiß ich noch nicht. Nach Key West ziehen, sehen, ob sich da was verändert hat.«

»Nicht zurück nach Detroit?«

»Das bezweifle ich.«

»Wir haben noch nicht über Detroit gesprochen«, sagte Karen. »Oder?«

»Was gibt es da zu besprechen? Waren Sie je in Belle Isle? Greenfield Village?«

»Sind Sie da etwa zur Schule gegangen?« Nein – das hätte sie nicht sagen sollen. Die nächste Frage würde lauten, wann er seinen Abschluß gemacht hatte, und schon würden sie darüber sprechen, wie alt sie waren. Er war jünger als sie. Zumindest ein paar Jahre jünger.

»Ich ging auf die De LaSalle«, sagte Maguire. »Am Flughafen.«

Sie hatte das College gemeint; er bezog sich auf die High School. »Ich weiß, wo die ist«, sagte Karen. »Ich habe im Osten Detroits gewohnt.«

»Auf welche sind Sie gegangen?«

»Auf die Dominikanerschule.«

»Sind Sie katholisch?« Er schien überrascht.

»Gewissermaßen. Keine so gute Katholikin, wie ich es sein sollte.«

»Ja, ich bin auch ausgetreten. Das ist komisch, was?«

»Was denn?«

»Ich meine, daß ich Sie nie für eine Katholikin gehalten hätte. Selbst bei Ihrem Namen.«

»Oder bei Ihrem«, sagte Karen. »Bei Ihnen verdirbt Calvin die ganze Sache.«

Er sah sie jetzt unverwandt an.

»Wie alt sind Sie?«

»Achtunddreißig«, sagte Karen, ohne zu zögern. »Und wie alt sind Sie?«

»Sechsunddreißig.«

»Sie sehen nicht danach aus.«

»Sie aber auch nicht«, sagte Maguire.

Sie hätte ihm auch sagen können, sie sei sechsunddreißig.

»Als ich den Job hier antrat, habe ich gesagt, ich sei dreißig«, sagte er. »Die sahen hier alle so jung aus. Ich hätte beinahe . . . jetzt hätte ich beinahe gesagt, ich sei zweiunddreißig. Warum wollte ich Sie nur anschwindeln?«

»Nun ja, niemand wird gern älter.«

»Aber sechsunddreißig, achtunddreißig, das ist nicht alt. Ich glaube, das ist das beste Alter, das es gibt.«

»Kann schon sein«, sagte Karen und dachte: Achtunddreißig; in welchem Jahr wurde ich geboren? »Ich gebe so oder so nicht viel darauf. Man ist so alt, wie man sich fühlt.«

»Genau«, sagte Maguire. »Normalerweise fühle ich mich wie achtzehn.«

»Ich wie fünfundzwanzig«, sagte Karen. »Ich hätte nichts dagegen, noch mal fünfundzwanzig zu sein. Und es diesmal richtig zu machen.«

»Was würden Sie anders machen?«

»Eine Menge. Ich würde viel reisen, bevor ich mich irgendwo niederlasse.«

»Warum reisen Sie jetzt nicht?«

»Mache ich vielleicht noch.«

»Ich bin viel herumgekommen«, sagte Maguire, »aber hauptsächlich zwischen hier und Colorado. Ich war in Mexiko. Und dann . . . ja, dann habe ich einen Paß beantragt.« Er hielt inne. »Aber mir ist etwas dazwischengekommen.«

»Wohin wollten Sie?«

»Nach Spanien. Südfrankreich, irgendwas in dieser Kante. Mir einen Wagen besorgen und herumfahren, nach Madrid oder Rom. Das klingt ziemlich gut.«

»Ich wollte schon immer mal nach Madrid«, sagte Karen. »Nach Malaga . . .«

»Waren Sie nie in Europa?«

»Wir fuhren nach Greenbriar. Oder auf Fachkongresse der Automobilingenieure.«

»Mit Frank DiCilia?«

»Mit dem anderen Frank, dem ersten. Den zweiten bekam ich nicht aus Florida hinaus.«

»Bis auf gelegentliche Abstecher nach Detroit«, sagte Maguire. »Wenn ich mich richtig erinnere.«

»Mit der Eastern Airlines, Flug neun-fünf-zwo, Miami nach Detroit. Mit dem Neun-fünf-drei wieder zurück.«

»Na ja, warum sitzen Sie in diesem großen Haus herum, wenn Sie gern reisen möchten und überall hinfahren können, wohin Sie wollen?«

»Genau«, sagte Karen. »Das ist dumm, nicht wahr?«

»Würden Sie heute mit mir zu Abend essen?« sagte Maguire. »Wo Sie nur wollen. Ich bin gerade zu etwas Geld gekommen.«

Roland schlug dreimal mit dem gußeisernen Klopfer gegen die Vordertür. Als Marta erschien, stieß er die Tür ganz auf und ging an ihr vorbei.

»Die Missus ist nicht da.«

Roland ging durch das erste Wohnzimmer zu der Glastür und schaute auf den Patio hinaus.

»Wo ist sie?«

»Die Missus ist nicht da.«

Roland kehrte zur Eingangshalle zurück und blieb stehen, um einen Blick in das zweite Wohnzimmer zu werfen; angesichts dessen Größe – die weißen Stuckwände und die von Balken durchzogene hohe Decke – kniff er die Augen zusammen, als wolle er den Raum kleiner und irgendwo ein Versteck ausfindig machen.

»Wo ist sie?«

Als er zur Treppe ging, sagte Marta: »Lassen Sie mich bitte nachsehen, ob sie oben ist.«

»Du bleibst hier, Schätzchen«, sagte Roland. »Wenn du irgendwen anrufst, werde ich es erfahren, klar?« Er bückte sich, als Gretchen über den gebohnerten Boden zu ihm lief. »He, Gretchie, wie geht's dir, eh? Wie geht's dir, Mädchen? Bekommst du genug zu fressen?«

Neunundsiebzig weniger achtunddreißig, dachte Karen ... einundvierzig.

Sie lag im Bademantel auf dem französischen Bett, auf dem Bettuch, die Beine übereinandergeschlagen, um sich vor ihrem Bad noch etwas auszuruhen.

Sie wäre dann ein Kriegskind und kein Depressionskind. Einundvierzig und siebzehn ... achtundfünfzig. 1958 den High School-Abschluß gemacht. 62 den Uni-Abschluß. Es haute nicht hin. Außer, sie wäre ... hm, genau, elf Jahre mit Frank – sie meinte den ersten Frank – verheiratet gewesen. Dann wäre Julie – die verheiratet war und in Los Angeles wohnte – etwa fünfzehn.

Also erwähne Julie nicht. Doch was, wenn er sagt ... Sie hatte ihm schon von ihr erzählt.

Gestern abend, ja, da hatte sie von den beiden Franks und einer Tochter gesprochen –, meine Tochter, die

Schauspielerin! Verdammt. Sie hatte Julie schon erwähnt.

Na gut. Sie hätte schon in Ann Arbor heiraten können, als sie noch auf der Uni war. Im ersten Semester vielleicht. Wenn Julie 1960 geboren worden wäre, wäre sie jetzt neunzehn.

Erwähne sie lieber nicht. Wechsle das Thema, wenn er Julie anspricht.

Jemand kam die Treppe herauf. Marta.

Vermeide es, über das Alter zu sprechen, oder sage ihm die Wahrheit. Was für eine Rolle spielte das schon? Sie war sich nicht einmal sicher, warum sie mit ihm ausging. Sie mochte ihn; er war anders, gelassen, etwas einfach, aber sehr aufmerksam. Sie mochte ihn – es war seltsam – sogar sehr. Direkt von Anfang an. Aber was konnte man mit jemandem wie Maguire anfangen? Wie sollte man ihn vorstellen? Wenn sie in den Palm Bay Club gingen ...

»He, sieh an, sie wartet auf mich!«

Roland war im Zimmer. Sie sah seinen Hut, die Farbe seines Anzugs. Sie sah, wie er kam, die Arme gehoben, auf sie *hinabspringend*! Karen schrie. Sie rollte sich herum, griff nach der Bettkante, und als Roland neben ihr landete, knirschte das Bettgestell, wurde von dem Kopfbrett aus Eiche abgerissen, brach zusammen; das Sprungfedergestell und die Matratze sackten in dem Bettgestell ein und zu Boden.

Roland grinste ihr zu, ganz nah neben ihr, den Hut tief über den Augen.

»Wie geht es Ihnen?«

Karen schrie. »Marta!«

Sie versuchte, sich von der Bettkante zu rollen, doch er erwischte sie und hielt sie mit einem Arm über ihrem Bauch auf dem Bett fest.

»Nehmen Sie mir doch den Hut ab.«

»*Raus* mit Ihnen!« Und sie rief erneut: »Marta!«

»Ich habe ihr gesagt, wir brauchen nichts.«

Roland ergriff den Hut an der Krempe und ließ ihn durchs Schlafzimmer segeln. Sein Arm senkte sich wieder, um sie festzuhalten, als sie versuchte, sich zur Seite zu drehen, sich zu befreien, und nun senkte er das Gesicht, rieb es an ihrem Hals, schob den Kragen des Bademantels zur Seite. »Ich werde dir nicht weh tun. Tut das weh?« Seine Stimme war weich, gedämpft. »Fühlt sich doch ziemlich gut an, oder?« Sein Gesicht rutschte tiefer, als er sie herumzog, so daß sie auf dem Rücken lag, und grub sich in den Bademantel.

Karen blieb unbeweglich liegen, starrte zur Decke hoch, fühlte seinen Mund auf ihrem Körper, sein Gesicht, das sich von einer Seite zur anderen bewegte, ihren Bademantel öffnete. Sie konnte Gretchen im Schlafzimmer hören; an ihrem Halsband klingelte die Steuermarke und das Schild mit der Anschrift.

»Wir haben nichts darunter, was? Hmmmmm, du riechst aber gut.« Dann blickte er auf, schob ihr Gesicht mit der Hand zu seinem herum. »Rieche mal, wie ich rieche. Heißt Manpower. Das kleine Mädchen in dem Laden sagte: ›Für einen Mann, der weiß, was er will.‹ Gefällt es dir?«

Karen wandte das Gesicht ab; der strenge Geruch ließ sie beinahe erbrechen. Rühre dich nicht, dachte sie. Wehre dich nicht. Atme. Sein Gesicht bewegte sich tiefer, und sie starrte wieder zur Decke hoch, fühlte seinen Mund, fühlte, wie ihr Herz unter seinem Mund schlug.

»Fühlt sich das nicht guuut an? Ja, ist doch toll, daß dich mal wieder einer in den Armen hält, was? Ist schon lang, lang her.« Sein Mund bewegte sich über sie, die Stimme zärtlich und weich.

Sechs Monate, dachte sie. Sieben Monate. Du kannst nichts tun, dachte sie. Schließe die Augen. Es könnte – sein Mund bewegte sich – es könnte jeder sein. Es könnte ein anderer sein. Doch ihre Augen blieben geöffnet.

Jeder andere, um Gottes willen. Aber nicht er!

Karen rollte sich gegen ihn, prallte so hart gegen ihn, wie sie nur konnte, und rollte sich sofort wieder zur anderen Seite, warf eine Hand und einen Fuß über die Bettkante, bevor er sie wieder festhielt, und sie fühlte seine Masse, sein Gewicht, an ihrem Körper.

»Wohin willst du, Süße?«

»Ich stehe auf.«

»Weshalb? Muß du Pipi machen?«

»Ich werde Ed Grossi anrufen.«

»He, Scheiße, du willst Ed doch nicht damit belästigen. Das ist eine Sache zwischen dir und mir. Spürst du es nicht?« Er zog sie an sich. »Das ist es, was zwischen uns steht. Fragst du dich, ob ich etwas in der Hosentasche habe? Soll ich dir sagen, was es ist?«

Karen antwortete nicht.

»Das ist mein kleiner Totschläger.«

»Sie wissen, daß ich Ed davon erzählen werde«, sagte Karen. Sie konnte jetzt Gretchen sehen, die weißen Barthaare, die traurigen Augen, die zu ihr hochschauten, kaum einen Meter entfernt. »Sie müssen nicht mehr bei Verstand sein.«

»Vor Liebe«, sagte Roland. »Hör mal, komm schon, ich würde dir um nichts auf der Welt weh tun.«

»Ich habe mich heute mit Ed getroffen.«

»Ihr habt schön zu Mittag gegessen, nicht wahr?«

Karen zögerte. Woher konnte er das wissen? Sie hätte ihn beinahe gefragt; doch es hatte nichts mit dem zu tun, was Roland jetzt vorhatte.

»Sie sprechen besser so schnell wie möglich mit Ed«, sagte sie. »Sie werden eine Menge Ärger bekommen.«

»Ich habe nichts gegen Ärger. Scheiße, ich mag sogar ein wenig Ärger. Hält einen geistig beweglich.«

Sie wollte ihm den Ellbogen in die Rippen stoßen, so hart sie nur konnte, doch sie sprach weiter und ließ ihre Stimme ganz ruhig klingen, als sie sagte: »Sprechen Sie mit ihm. Er hat zugestimmt, daß ich nicht mehr überwacht werde. Die ganze Vereinbarung – es ist damit vorbei.«

Roland lehnte sich schwer gegen sie und schwieg einen Augenblick lang. »Kein Scherz, Ed hat die Sache abgeblasen?«

»Würden Sie bitte mit ihm sprechen?«

»Haben Sie sich an seiner Schulter ausgeweint oder ihn in die Eier getreten? So oder so, ich kann mir schon vorstellen, daß es geklappt hat.«

»Rufen Sie ihn an. Das Telefon steht direkt hinter Ihnen.«

Er schwieg wieder einen Augenblick.

»Aber was ist mit Frank? Was würde Frank dazu sagen?«

»Lassen Sie mich gefälligst aufstehen!«

Roland nahm sich Zeit. Als er von ihr herunterrollte, sprang Karen aus dem Bett, zog den Bademantel zusammen und ging zur Tür.

»Moment mal, Süße. Laufen Sie nicht davon. Ich will Ihnen was sagen.«

»Und ich will, daß Sie gehen. Auf der Stelle.«

Roland stand langsam auf. »Ich habe Ihr Bett kaputtgemacht, was?«

»Machen Sie sich keine Sorgen um das Bett. Gehen Sie nur.«

»Ich könnte es vielleicht reparieren.«

»Bitte, Sie sollen gehen . . .«

Roland hob seinen Hut auf. Er ging zu der Spiegelwand hinüber, hinter der sich Karens Schrank befand. »Schauen Sie, was Ed sagt, hat überhaupt nichts zu bedeuten. Ed wird allmählich alt, und sein kleines Schweinehirn ist von dem vielen Rotwein schon eingeschrumpft.«

»Bitte. Sprechen Sie doch selbst mit ihm, ja?«

»Es hängt nicht von Ed ab, sondern davon, was Frank DiCilia will. Frank hat nicht gesagt: okay, schon gut. Das hat nur Ed gesagt. Und Ed hält die Sache für ausgemachten Blödsinn, nicht wahr? Das heißt also, daß ich übernehmen muß.«

Er betrachtete sich in dem Spiegel, der vom Fußboden bis zur Decke reichte, und schob seinen Ox-Bow-Strohhut zurecht, ein wenig tiefer ins Gesicht. »Und dafür sorgen, daß niemand in Ihre Nähe kommt.« Er sah nun Karen im Spiegel an, Karen, die am Fuß des Bettes stand. »Können Sie mir folgen? Es hat sich nichts geändert. Wenn Sie sich mit jemandem treffen, wird man dem Burschen wohl ein paar Knochen brechen, und er wird noch nicht mal wissen, weshalb.«

»Sie wissen, daß ich Ed anrufen werde«, sagte Karen.

Roland zuckte die Achseln. »Und er wird mir mit seinem kleinen Schweinsfinger drohen. Aber Sie wissen, daß ich in der Nähe sein werde, nicht wahr? Und solange ich da bin, bin ich Ihre große Chance.«

Roland blinzelte ihr im Spiegel zu.

19

Maguire suchte die Telefonnummer heraus und mußte dann zum Fernsehgerät gehen, um die Lautstärke herunterzudrehen. »Darf ich? Nur für eine Minute.« Tante Leona saß da und beobachtete, wie Barbara Walters mit Anwar Sadat sprach, sie sagte nichts.

Es war zehn vor sieben.

»Hallo. Es sieht so aus, als würde ich mich ein wenig verspäten. Dieses Mädchen, das nebenan wohnt, sagte, ich könne ihr Auto haben; aber sie ist weggefahren.«

»Das ist schon in Ordnung«, sagte Karen. »Hören Sie, warum verschieben wir es dann nicht auf ein anderes Mal?«

»Der Wagen ist kein Problem«, sagte Maguire. »Ich

wollte Sie abholen, aber wenn das nicht möglich ist – dann können wir uns doch irgendwo treffen, oder?«

Eine Pause.

»Ich glaube schon.«

»Was ist los?«

»Nichts. Ich überlegte nur, wohin wir gehen könnten.«

»Sie klingen so anders«, sagte Maguire.

»Wo wollen wir uns treffen?«

Was war los? Sie klang erschöpft.

»Wie wäre es mit dem Yankee Clipper, wenn ich Sie nicht bis . . . halb acht noch mal anrufe? Paßt Ihnen das?«

»Prima.«

»Sie klingen ja nicht gerade begeistert.«

»Nein, wirklich, das ist prima. Wir treffen uns dann dort.«

»Gegen acht, wenn ich nicht mehr anrufe . . .«

Sie hatte aufgelegt.

Jesus Diaz trug ein sauberes gelbes Sporthemd und seine weiße Popelinejacke, als er zur Isla Bahia fuhr. Um zwanzig nach sieben klingelte er am Nebeneingang. Marta ließ ihren Bruder wortlos ein, ließ ihn mehrere Minuten in der Küche warten, kam zurück und gab ihm die Tonbandkassette des heutigen Tages.

»Was ist los?« fragte Jesus.

»Dein Freund Roland, was sonst?«

»Er ist nicht mein Freund.«

»Dieser Zuhälter, er kam heute her und wollte sie vergewaltigen.«

»Woher weißt du das?«

»Ich hab's gehört, daher weiß ich es. Er brach das Bett durch. Zweihundert Jahre alt, und er brach es durch, als er auf sie draufsprang.«

»Vielleicht wollte sie es so«, sagte Jesus.

»Verschwinde«, sagte Marta. »Raus hier.«

Roland saß auf dem Balkon seines Apartments in Miami Shores, achthundert Dollar den Monat, mit Blick auf die Straße auf den Strand, und trank ein Bier; er hatte die Stiefel ausgezogen und die Füße in den blauen Seidensocken auf das Geländer gelegt. Er ließ Jesus Diaz herein, nahm Ralph Stanley and the Clinch Mountain Boys' vom Plattenspieler und stöpselte das Kassettendeck ein.

»Mal sehen, was wir hier haben.«

Er hörte, wie eine Frauenstimme sagte: »Dorado Management ... nein, es tut mir leid, Mr. Grossi ist schon nach Hause gefahren.«

Jesus sah, wie Roland ihm zublinzelte; warum, wußte er nicht.

Eine andere Frauenstimme sagte: »Hallo?«

»Clara, ist Ed da? Hier ist Karen.«

Nein, Ed war geschäftlich unterwegs. Roland dachte, sie würden sich noch eine Weile unterhalten, doch Karen bat sie nur, Ed auszurichten, er möge sie zurückrufen, und das war's schon.

Dann die nächste Stimme, die eines Mannes: »Hallo. Es sieht so aus, als würde ich mich ein wenig verspäten.«

Roland hörte genau zu und spielte das Gespräch noch einmal ab. »Hurensohn«, sagte er. Er sah auf die Uhr und dann zu Jesus Diaz. »Yankee Clipper. Sieh nach, wer das ist.«

»Das ist doch nur das erste Mal. Vielleicht hat es nichts zu bedeuten«, sagte Jesus.

»Woher weißt du, daß es das erste Mal ist?«

»Ich kenne seinen Namen nicht. Er hat ihn am Telefon nicht genannt.«

»Dann folge ihm. Sieh nach, wo er wohnt, und schlage im Grundbuch nach.«

»Vielleicht hat er nur eine Wohnung gemietet.«

»Gott im Himmel«, sagte Roland, »dann finde heraus, wo er arbeitet. Folge dem Mistkerl, bis du seinen Namen kennst. Ruf mich morgen an, und ich sage dir, was zu tun ist.«

Jesus Diaz wollte ihn etwas über Mrs. DiCilia fragen, wußte aber nicht, wie er es anfangen sollte. Also fuhr er einfach zum Yankee Clipper.

Sie saßen nebeneinander an einem Tisch an der Seite, von dem aus sie einen Blick auf die Bar und die Bullaugen hatten, hinter denen sich das erhellte Wasser des hoteleigenen Swimmingpools befand.

»Mir ist gerade klargeworden, weshalb Sie hierherkommen wollten«, sagte Karen.

»Ich war noch nie hier.«

»Die Fenster, wie bei dem Delphin-Becken.«

»Sie wechseln schon wieder das Thema.«

»Nein . . . mir ist es gerade aufgefallen.«

»Ich bin nicht dumm . . .« Maguire hielt inne, überlegte. »Ich meine, ich bin nicht so dumm. Heute nachmittag waren Sie ganz entspannt, haben erzählt, zeigten Interesse. Ich rief Sie an . . . und seitdem sind Sie wie ein anderer Mensch. Eher wie in Ihrem Haus gestern abend. Nein, anders. Sie sind stiller. Aber genauso verkrampft wie gestern. Sie beschäftigt etwas.«

»Na gut, mich beschäftigt also etwas«, sagte Karen. Da sie neben ihm saß, konnte sie zur Bar hinübersehen, zu den Bullaugen, den Leuten im Restaurant, ohne seinem Blick begegnen zu müssen. Oder sie konnte auf die Speisekarte hinabschauen, die aufgeschlagen auf ihrem Schoß lag. »Das kommt vor, nicht wahr? Ein kleines Problem taucht auf, etwas, das man klären muß.«

»Ich glaube nicht, daß es ein kleines Problem ist«, sagte Maguire.

»Da sitzt ein Mann an der Bar, der mit der weißen Jacke. Ich glaube, ich kenne ihn«, sagte Karen, »aber mir fällt nicht ein, woher.«

Maguire hob ungeduldig die Hand, um der Kellnerin

zu winken; er versuchte, gelassen zu wirken, warf einen Blick zu dem Burschen, der schräg an der Bar saß – *der?* – und sah dann auf, als die Kellnerin kam. »Bitte bringen Sie uns noch zwei. Das gleiche.«

»Das waren zwei Beefeater on the rocks?«

Die Kellnerin warf einen Blick auf ihre Gläser, ließ Karens stehen.

»Ein Beefeater und ein Martini mit weißem Rum.«

Die Kellnerin ging, und er sagte zu Karen: »Hören Sie, der Bursche an der Bar ist mir egal . . .«

»Ich weiß, wer er ist«, sagte Karen. »Martas Bruder.«

»Na schön«, sagte Maguire. »Martas Bruder ist mir egal. Ich will noch nichts bestellen, ich will nur wissen, was los ist. Selbst, wenn es mich nichts angeht. Gestern abend haben Sie angedeutet, Sie wollten mir etwas erzählen. Sie haben mir eine *Pistole* gezeigt, Sie wollten wissen, wie sie funktioniert. Ich will Ihnen etwas gestehen. Ich habe Sie gestern abend absichtlich nicht gefragt; schließlich weiß ich ja nicht, worauf ich mich einlasse. Ich will Ihnen was anderes sagen. Ich bin neunmal verhaftet und kein einziges Mal verurteilt worden. Ich meine, nicht einmal auf Bewährung. Alle möglichen Anklagen, aber kein einziger Schuldspruch. Beim letzten Mal habe ich mir geschworen – ich habe sogar gebetet, was ich seit, na, zwanzig Jahren nicht mehr getan habe –, wenn ich hier rauskomme, werde ich nie wieder . . . in Schwierigkeiten kommen. Ich habe mir vorgenommen, ein anständiges Leben zu führen und nicht einmal mehr mit den Leuten zu *sprechen,* die ich früher gekannt habe. Also, gestern abend . . . Sie verstehen, wenn ich das sage, bei den Verbindungen Ihres Mannes und so weiter, da ist also Frank DiCilias Frau, die wissen will, wie eine Pistole funktioniert. Sie muß all den Schutz haben, den sie braucht, die Freunde ihres Mannes sind noch da – was will sie also mit einer Pistole? Verstehen Sie, das habe ich gestern abend gedacht. Aber jetzt frage ich Sie, wo das Problem liegt. Ich weiß nicht warum, vielleicht hat dieser Nachmittag etwas bewirkt. Sie kamen, um mich zu sehen, Sie waren sehr freundlich und offen. Das ist etwas anderes. Ich empfinde etwas für Sie. Ich fühle mich Ihnen verbunden, und ich will Ihnen helfen, wenn ich kann.«

»Sie waren heute nachmittag ganz anders«, sagte Karen. »Sie wirkten fast schüchtern.«

»Ich weiß nicht, vielleicht war ich ein wenig gehemmt in meiner Arbeitskleidung, wie Sie mich dort sahen. Aber jetzt trage ich Kleidung, in der ich mich wohl fühle. Verstehen Sie, in diesen Sachen bin ich *ich selbst.* Beige und blau, es spielt keine Rolle, ob sie billig waren, oder was die anderen Leute davon halten, ich fühle mich wohl darin, ich fühle mich, wie ich war, bevor ich Mist baute und meine Zeit vertrödelte. Können Sie das begreifen? Ich weiß nicht . . .«

»Ich hätte meine auch anziehen sollen.« Karen sah ihn nun an und lächelte. »Sie waren komisch heute nachmittag, mit Ihrer Jahrmarktstimme.«

»Und jetzt bin ich sauer«, sagte Maguire. »Ich will wissen, was los ist.«

Durch den Martini fühlte sie sich gelöst und behütet. Ihn noch immer ansehend, sagte sie, ein wenig überrascht: »Sie haben blaue Augen.«

»Sehen Sie?« sagte Maguire. »Wir kommen beide aus dem Osten Detroits, sind beide katholisch und haben blaue Augen. Was brauchen Sie sonst noch?«

»Da ist ein Mann«, sagte Karen und hielt inne. »Ich glaube, er wird Geld von mir verlangen. Eine Menge Geld. Und wenn ich es ihm nicht gebe, wird er mich wohl umbringen.« Sie sah ihn noch immer an. »Sagen *Sie* mir, was ich sonst noch brauche.«

»Mich«, sagte Maguire.

Jesus Diaz bestellte noch einen Tom Collins, seinen fünften, und der Barkeeper bedachte ihn wieder mit dem völlig nichtssagenden Blick und sagte weder ›Bitte sehr‹ noch ›Danke schön‹ oder irgend so etwas, er sagte kein Wort. Der Barkeeper sah aus wie ein Bursche namens Tommy Laglesia, gegen den er vor zehn Jahren im Convention Center geboxt und in der fünften Runde durch technisches K.o. verloren hatte. Wenn der Barkeeper ihn ansprechen wollte, sollte er genau auf seinen Ton achten. Jesus hätte den Mann am liebsten am Haar gefaßt, sein Gesicht hart gegen die Bar geschlagen und gesagt: »Aber gern gescheh'n.«

Scheiße. Er war es leid, sich das leere grüne Wasser hinter den Bullaugen anzusehen, wartete darauf, daß ein Schwimmer erschien, ein Mädchen. Er war es leid, sich umzusehen und so zu tun, als würde er nirgendwo hinschauen. Er verabscheute es, so viel zu trinken. Doch was sollte er sonst tun, wenn er an einer Bar saß? Weshalb war er sonst wohl hier? Während sie dort drüben saßen und tranken. Halb zehn, und sie hatten noch nicht zu Abend gegessen; ich bin gleich betrunken, dachte Jesus Diaz. Wir alle sind gleich betrunken.

Die beiden tranken und unterhielten sich lebhaft, sahen sich an, sprachen sehr ernsthaft miteinander, wobei die Frau die meiste Zeit über redete; der Mann in Beige und Blau rauchte viel, sagte dann und wann etwas, berührte die Hand der Frau, ließ seine Hand auf der ihren liegen. Wie Verliebte. Mann, er ging ja schnell vor, wenn er wirklich was im Sinn hatte. Jesus Diaz hatte ihn noch nie zuvor gesehen. Vielleicht war er ein Liebhaber aus alten Zeiten, ein Liebhaber aus den Tagen, als sie mit DiCilia verheiratet war; ja, er war um einiges jünger als der alte Knacker. Ein junger Liebhaber, aber alter Freund. Das mußte es sein.

Viertel nach zehn, und sie hatten noch immer nicht gegessen. Und auch noch nicht die neuen Drinks angerührt. Nun war nur noch ein kleiner Rest vom sechsten Tom Collins übrig, und der verdammte Barkeeper, der wie

Tommy Laglesia aussah, tat, als würde er nicht herüberschauen. Komm schon und sag was, dachte Jesus; er war müde und drauf und dran, an der Bar einzuschlafen.

Fast halb elf. Sie gingen. Sie mußten schon bei der Kellnerin bezahlt haben, ohne daß er es gesehen hatte. Sie standen auf, gingen!

Der verdammte Barkeeper stand am anderen Ende der Bar. Natürlich unterhielt er sich mit einem Gast, der nicht zu reden aufhören wollte. Jesus Diaz stellte sich auf die Fußverstrebung des Barhockers.

»He!«

Der Barkeeper kam zu ihm, und diesmal sagte er: »Noch einen?«

»Scheiße, nein«, sagte Jesus Diaz. »Ich will raus aus dieser verdammten Kneipe.«

»Wir müssen etwas essen«, sagte Karen. »Drei Martinis – wissen Sie, was die bei mir anrichten?«

»Vier«, sagte Maguire. »Und Sie fühlen sich jetzt besser.«

Sie standen auf dem Patio und überlegten, ob sie sich hierhin setzen oder ins Haus gehen sollten. Vom Kanal wehte eine Brise herüber, die an den nahen Ozean erinnerte.

»Keine Sorgen«, sagte Karen. »Nein, man macht sich noch Sorgen, aber sie kommen einem nicht mehr so wirklich vor. Vielleicht ist das die Antwort. Im Bett bleiben und die ganze Sache vergessen. Wann immer er hierher kommt, kann Marta ihm sagen, die Missus sei ohnmächtig geworden. Also – wollen Sie noch einen Drink?«

»Im Augenblick nicht.«

»Dann etwas zu essen? Warum haben wir nichts gegessen?«

»Ich hatte wohl keinen Hunger. Ich habe immer noch keinen.«

Maguire sah zum Haus hinüber, zu dem dunklen Bogengang und der Glastür. Im Wohnzimmer brannte eine Lampe. Er konnte die Rücklehne des Louis-seize-Bergeres sehen. Die Fenster des zweiten Wohnzimmers daneben waren dunkel, wie auch, von einem abgesehen, die in der ersten Etage. Er fühlte sie neben sich. Sie trug jetzt einen dunklen, hochgeschlossenen Pullover über dem Kleid, das nun wie ein langer Rock wirkte; es hatte einen beträchtlichen Ausschnitt, und als sie an dem Tisch gesessen hatten, hatte er den sanft geschwungenen Ansatz ihrer Brust sehen können. Er nahm ihren Arm, und sie gingen über den Rasen zu der Ufermauer.«

»Das ist eine Möglichkeit«, sagte er. »Betrinken Sie sich. Aber die andere Möglichkeit, zur Polizei zu gehen . . . Ich bin nicht voreingenommen, ich sehe bloß nicht, was das bringen würde. Wenn er nicht schrecklich dumm ist.«

»Er benimmt sich dumm«, sagte Karen, »aber ich habe Angst. Er ist so selbstsicher.«

»Ich bezweifle, daß die Bullen ihn unter Beobachtung stellen. Sie werden Ihnen sagen, sie würden einen Gerichtsbeschluß erwirken, der ihm verbietet, sich Ihnen zu nähern, und das würde genügen. Wie die Warnung: Halten Sie sich von ihr fern. Aber solch ein Gerichtsbeschluß hat gar nichts zu bedeuten; wie sollen sie ihn durchsetzen? Er kommt hierher. Sie rufen die Bullen an. Sie kommen, und er ist fort. Sie greifen ihn sich, und er sagt: ›Was, ich? Ich habe die Dame nicht bedroht.‹ Sie drohen ihm mit dem Zeigefinger: ›Kommen Sie der Dame nicht zu nahe.‹ Mehr können sie nicht tun. Außerdem hat er noch keine Forderung gestellt.«

»Nein.«

»Also ist es keine Erpressung. Woher wissen Sie, daß er Geld will?«

»Was sollte er sonst wollen?«

»Keine Ahnung«, sagte Maguire. »Aber ich glaube, er ist mehr an Ihnen als an dem Geld interessiert. Oder an Ihnen *und* dem Geld.«

»Sie machen Witze.«

»Warum denn nicht? Was macht er so? Er hat für Ihren Mann gearbeitet?«

»Er arbeitet für Ed Grossi, doch ich bezweifle, daß das noch lange so bleiben wird.«

»Warum?«

»*Warum*? Nach dem, was er getan hat?«

»Er ist auf Ihr Bett gesprungen«, sagte Maguire. »Sie können zwar behaupten, daß in seinen Augen, ›Vergewaltigung‹ geschrieben stand, doch angesichts dessen, was er für Ed Grossi tut – wir wissen es nicht, aber es könnte ein wichtiger Job sein, ein Schlüsseljob – ist er eben nur auf Ihr Bett gesprungen. ›Du mußt dir keine Sorgen machen‹, sagt Ed Grossi. ›Ich werde mit ihm sprechen.‹ Und zu Roland sagt er: ›Hör auf damit, der Lady auf das Bett zu springen, du Arschloch.‹ Und das ist alles.«

»Ed ist ein Freund von mir«, sagte Karen.

»Wie schön«, sagte Maguire, »aber in seinem Geschäft ist man ein Freund, wenn er gerade Zeit hat und es nicht viel Ärger macht; außer, man ist in der gleichen Branche wie er und hat den Eid abgelegt, oder was immer sie machen – und selbst dann würde ich nicht darauf wetten.«

Karen dachte darüber nach, schritt langsam in der Dunkelheit auf und ab, verschränkte nun die Arme vor der Brust, lauschte in sich hinein.

»Und wenn ich Ed sage, ich bestünde darauf, dabeizusein, wenn er mit Roland spricht?«

»Na schön«, sagte Maguire, »dann ziehen sie eben eine Show ab. *Untersteh dich*, und *wehe*! Ed macht ihn ganz klein, und Roland ballt die Fäuste zusammen. Selbst, wenn Ed es ernst meint, wenn er will, daß sich der Bursche von Ihnen fernhält – wie wichtig ist er für Ed? Und wie gut hat er ihn im Griff? Das ist die Frage.«

Sie blieben neben der Uferbefestigung stehen und blickten auf die Lichter der Häuser hinter dem Kanal.

»Ist Ihnen kalt?«

»Nehmen Sie mich in den Arm«, sagte Karen. »Bitte.«

Er legte die Arme um sie, und sie drückte sich gegen ihn. Sie kam sich ganz klein vor. Er dachte, sie wäre in etwa so gebaut wie Lesley und würde sich auch wie Lesley anfühlen, aber sie war kleiner, zierlicher; sie fühlte sich an seinem Körper gut an. Er wollte sie sehr fest umarmen, ohne ihr weh zu tun. Er wurde sich einer anderen Sache bewußt, nämlich, daß dies eine Frau und Lesley ein Mädchen war. Gab es da einen Unterschied? Er schob mit der Hand ihr Gesicht hoch und küßte sie. Sie legte den Kopf gegen seine Wange, blickte dann auf, sah ihm einen Moment in die Augen, lächelte beinahe, und sie küßten sich erneut; ihre Münder fanden zusammen und bewegten sich, nahmen vom Mund des anderen Besitz, und jetzt verglich er sie nicht mehr mit Lesley. Lesley war verschwunden, nur diese Frau war noch da, eine Frau, in der das Verlangen brannte; er konnte es spüren, hielt sich jedoch noch eine Weile zurück, hatte Geduld. Es gab einen Unterschied.

»Warum zeigst du mir nicht das Bett?« sagte er.

»Einverstanden«, sagte sie.

»Weißt du, woran ich gedacht habe? Daß das Mädchen uns sehen wird. Warum nur? Es ist mein Haus, ich kann tun, was ich will.«

»Du hast Angst, daß sie ins Kubanerviertel gehen wird, auf die Southwest Eighth Street, und es allen erzählen.«

Sie lagen nebeneinander; ihre Beine berührten sich, die Bettdecke war nun hochgezogen.

»Aber nur einen Augenblick lang«, sagte Karen.

»Was?«

»Habe ich mir wegen des Mädchens Sorgen gemacht. Als wir an der Treppe waren, konnte ich es nicht mehr erwarten.«

»Ich konnte es auch nicht erwarten, dich zu sehen«,

sagte Maguire. Seine Hand bewegte sich über ihren Schenkel zu ihrem Schamdreieck und blieb dort sanft liegen. »Dein Gesicht zu sehen, dich hier zu sehen« – seine Hand bewegte sich, streichelte sie – »und beides von dir sehen zu können. Ich habe mir vorher vorgestellt, wie es wohl ausschauen würde.«

»Wirklich? So was machst du?«

»Nein, nicht immer. Die meisten Mädchen, die sehe ich mir an, und es interessiert mich nicht, wie es aussieht. Aus irgendeinem Grund weiß *ich* es, und, na ja, es ist einfach da. Es ist okay, aber es ist nicht so wichtig. Aber dann und wann sehe ich ein Mädchen, eine Frau, und ich weiß nicht, wie es aussieht, weil es nämlich eine ganz besondere Frau ist, und es gehört *ihr,* es ist ein Teil von ihr, und . . . ich kann es nicht erklären. Aber bei dieser ganz besonderen Frau weiß ich, daß ich ihr sehr nahestehen kann.«

»Und gehöre ich dazu?«

»Es gibt nicht viele davon. Nur selten begegne ich so einem Mädchen, so einer Frau . . .«

»Du hast Schwierigkeiten, mich in eine Altersgruppe einzuordnen«, sagte Karen. »Das ist schon in Ordnung, Mädchen, Frau. Zu welcher Gruppe soll ich denn gehören?«

»Nein, schau, ich mag das Wort *Mädchen.* Määädchen, das ist ein gutes Wort. Bei Frau denke ich an eine Putzfrau.«

»Und du magst Mädchen.«

»Ja, aber ich bin nicht voreingenommen, wenn du das meinst.«

»Was ist mit dem Hai-Mädchen? Gehen wir ihr mit einem kräftigen Applaus zur Hand, solange sie noch eine hat.«

»Oh. Lesley.« Das war die eine Sache an Mädchen, an Frauen, die er nie verstehen würde. Wie sie seine Gedanken lesen konnten. »Lesley ist« – was war sie? – »irgendwie verdorben. Sie schmollt und macht einen Aufstand, wenn sie ihren Willen nicht kriegt. Sie ist arrogant, hat immer dramatische Auftritte, und es dauert 'ne Weile, bis man wieder vernünftig mit ihr reden kann.«

»Gehst du mit ihr aus?«

»Na ja, ich bin mal ihr ausgegangen. Sie ist die, die direkt nebenan wohnt. Eigentlich ist es das Haus ihrer Tante, das ›Casa Loma‹. Sie hat mir das Apartment besorgt. Es war wirklich ein Schnäppchen.«

»Ach«, sagte Karen.

»Das ist alles. Ich fahre mit ihr zur Arbeit.«

»Sie ist ein nettes Mädchen.«

»Ich glaube schon. Wenn man diesen Typ mag.«

»Stellst du dir ihr Schamhaar vor?«

Gott im Himmel . . .

»Nein. Nein, sie ist nicht der Typ, den ich mir vorstelle. Sie ist eher so ein Mädchen von heute. Nicht viel Persönlichkeit, aber 'ne Menge Haar und ein süßer Hintern. Wenn einen das anmacht, schön.«

»Macht dich das an?«

»Lesley? Ich fahre mit ihr zur Arbeit und wieder nach Hause. Wir unterhalten uns ab und zu mal.«

»Aber macht sie dich nun an?«

»Du hast sie dir doch nur rausgegriffen, weil du mich zufällig mit ihr gesehen hast.«

»Gibt es viele andere?«

»Nein, ich meine damit, genauso könnte ich mir Roland rausgreifen, weil wir über ihn gesprochen haben, und dich fragen, ob er dich angemacht hat, als er zu dir ins Bett gesprungen ist.«

»Er ist *aufs* Bett gesprungen.«

»Ja, aber macht er dich an?«

»Wir hören uns an, als wären wir verheiratet«, sagte Karen.

»So ist das also, was? Ich habe mich immer gefragt, ob ich was verpaßt habe.«

Sie drehte ihren Kopf auf dem Kissen und sah ihn an. »Ich glaube, man hat dir eine unpassende Rolle zugeteilt. Du müßtest ein ganz anderer sein.«

»Ach, wer denn?«

»Das weiß ich noch nicht. Aber ... du hättest im Gefängnis geendet. Du bist intelligent genug, um das zu wissen.«

»Deshalb habe ich ja auch damit aufgehört.«

»Nein, ich glaube, du hast damit aufgehört, weil du schließlich erkannt hast, daß du niemals hättest damit anfangen dürfen. Irgendein verrückter Gedanke hat dich beeinflußt.«

»Geld«, sagte Maguire.

»Du gibst vor, zynisch zu sein, bist es aber nicht. Es war nicht nur Geld. Vielleicht das Risiko, oder der Reiz.«

»Vielleicht«, sagte Maguire. »Ich weiß noch, wie ich mal zu André sagte, ich könne ohne diesen Reiz nicht mehr auskommen. ›Ja, vielleicht hast du recht‹, sagte er.« Seine Stimme war nachdenklich, und er versuchte, sich zu erinnern und fragte sich, wie er in dieses Leben hineingerutscht war – immer ein weiterer Bruch, nur, um sich Geld fürs Reisen zu beschaffen – und wie diese Jahre so schnell verstrichen waren. »Das war nicht ich, von dem ich dir erzählt habe«, sagte er. »Das muß ein anderer gewesen sein.«

Als sie ihn ansah, wie er dort neben ihr im Bett lag, hätte sie sich antworten können: Jemand, den ich seit langem kenne. »Du spürst es, nicht wahr?« sagte sie zu ihm. »Du hast gesagt, du stündest mir nahe.« Und sie legte ihre Hand auf die seine.

»Als wäre dieser andere Abend Jahre her«, sagte Maguire. »Selbst das Abendessen, das, das wir nicht gehabt haben, scheint jetzt lange her zu sein.«

»Genau das werde ich Marta sagen«, meinte Karen und lächelte. »Wir sind alte Freunde. Warum mache ich mir wegen Marta Sorgen? Selbst bei Frank hatte ich nie Angst, ihr gegenüberzutreten.«

»Das kann ich mir vorstellen«, sagte Maguire.

»Aber ich habe mir immer Sorgen gemacht – nein, nicht Sorgen, Gedanken, was das Mädchen wohl von mir halten würde.«

»Weil du sie als Mensch ansiehst und nicht nur als Dienstmädchen«, sagte Maguire. »Du hast auch die falsche Rolle ... die Dame des Hauses. So sehe ich dich überhaupt nicht. Eine *Dame,* ja, das stimmt wohl schon. Aber ich kann mir nicht vorstellen, wie du hier herumsitzt und dem Besuch Tee einschenkst.«

»Wie siehst du mich denn?«

»Na ja, etwa in einem Pulli und Jeans, unter freiem Himmel.« Er hielt inne. »Soll ich dir mal ganz ehrlich was sagen?«

»Ja, aber sicher.«

»Ich sehe *uns*«, sagte Maguire. »Ich sehe uns, wie wir durch Spanien fahren. Ich sehe uns am Tisch eines Straßencafés, unter einer roten Markise. Ich sehe uns, wie wir jemanden beobachten, einen Touristen vielleicht, uns heimlich anstoßen und lachen.«

Sie drehte sich zu ihm um, als er sprach, rückte näher und legte ihm die Hand auf die Brust.

»Ich sehe uns, wie wir uns Straßenkarten und ein paar Flaschen Rotwein aussuchen, die wir mitnehmen.«

»Was für einen Wagen fahren wir?«

»Einen Alfa Romeo. Ein Cabrio, das Verdeck heruntergeklappt.«

»Wohin fahren wir?«

»Von Madrid zur Costa del Sol. Und wenn es uns da nicht gefällt, fahren wir an eine andere Costa.«

»Ich glaube, das wird uns gefallen«, sagte Karen.

Doch wer bezahlt es? dachte sie kurz.

Dann ließ sie den Gedanken fallen. Sie fühlte sich geborgen. Zum ersten Mal seit geraumer Zeit konnte sie die Augen schließen, ohne sich vorzustellen, wie ihr etwas zustieß. Sie konnte sich vorstellen, wie sie tat, was sie wollte. Sie versuchte, sich das Straßencafé und den Alfa Romeo vorzustellen. Doch sie sah, wie sie aus einem Laden auf der Worth Avenue in Palm Beach trat und die Sonnenbrille aufsetzte, und jemand sagte: Das ist Karen DiCilia.

11

»Dann sind sie zu ihrem Haus gefahren«, sagte Jesus Diaz zu Roland. »Dann, na ja, Sie wissen schon, nach einer Weile ist er nach Hause gefahren.«

Roland machte in seiner Unterwäsche, mit rotem Gesicht und verkniffenem Mund, auf dem Boden seiner Wohnung Liegestütze. Er zählte sie – »Fünfundneunzig . . . sechsundneunzig . . .« – und mußte sich anstrengen, um Jesus zu fragen: »Wo wohnt er?«

Wie damals auf der Toilette, dachte Jesus Diaz. Damals, als Roland auf dem Klo saß, grunzte und furzte, und er auf der Schwelle des Badezimmers stehen mußte, während Roland mit ihm sprach.

»Er wohnt oben in Fort Lauderdale, Northeast Twenty-ninth Street.«

»Hundert«, sagte Roland, erhob sich, stand schwer atmend da, die Hände auf den Hüften. Jesus Diaz versuchte zu lesen, was in roter Schrift vorn auf Rolands weiße Shorts gedruckt war, ohne auf seinen Schritt zu starren.

»Du sagst also, sie hat sich mit ihm in dem Restaurant getroffen. Dann sind sie beide zu ihr nach Hause gefahren?«

»Nein, er fuhr mit ihr in ihrem Wagen, dem Mercedes.«

»Wie ist er dann nach Hause gekommen?«

Rolands Shorts waren mit den Worten *Willst du mal fünf Kilo stemmen?* bedruckt. »Er fuhr mit ihrem Wagen nach Hause«, sagte Jesus Diaz.

»Sie hat ihn ihren Wagen benutzen lassen?«

»Ich glaube schon. Er fuhr damit auch zur Arbeit, zu diesem Park, Seascape.«

Roland kniff die Augen zusammen. »Seascape? Was zum Teufel ist Seascape?«

»Dieser Delphin-Park. Sie führen da Delphin-Shows vor.«

»Gott im Himmel«, sagte Roland. »Ja, Seascape. Ich glaube, der Park gehört Dorado, oder hat der Firma mal gehört. Was macht er da?«

»Die Dressuren, Sie wissen schon, mit den Delphinen. Sie springen hoch, schnappen sich ein Stück Fisch aus seinem Mund. So was macht er.«

»Hm, fahre zurück und besuche ihn mal«, sagte Roland. »Und nimm jemand mit, der ihm die Arme festhält.«

»Heute, meinen Sie?«

»Ich meine sofort, Partner. Na los, halt dich ran.«

»Mann, ich würde zuerst gern mal schlafen.«

»Wieso brauchst du denn Schlaf? Bist du nicht ins Bett gekommen?«

»Ich bin einfach müde«, sagte Jesus Diaz und ging los, um seinen Job zu erledigen, ob er nun müde war oder nicht.

Wenn er es versaute, würde Roland ihm den Arsch aufreißen und ihm sagen, er sollte damit aufhören, diesen kubanischen *Cochas* nachzujagen. Er sollte lieber in Form bleiben, wie er.

Klar, aber wenn er sagen würde, er sei die ganze Nacht aufgeblieben und nur ein paarmal eingenickt – als er in den Mangrovenbüschen hinter der Straße hockte, damit man ihn vom Wagen der Wachgesellschaft aus nicht sehen konnte – dann würde Roland sagen: Die *ganze* Nacht? Du willst sagen, der Mistkerl hat die *Nacht* dort verbracht? Und dann würde Roland rüberfahren und vielleicht wieder was mit der Frau anstellen.

Mann, war er erledigt.

Nach Hause fahren, die Browning unter die Jacke schieben, für alle Fälle. Dann Lionel Oliva am Wohnwagenpark Tall Pines aufgabeln, ihn aus dem Bett holen. He, Lionel, willste jemand für hundert Eier zusammenschlagen? Wie groß? Nicht groß. Scheiße, ja, er würde in den Wagen springen. Es würde keine Probleme geben. Der Delphin-Mann sah nicht sehr stark aus. Und er würde nach seiner Nacht in dem zweihundert Jahre alten Bett auch völlig erledigt sein.

»Wenn es vorher noch nicht kaputt war«, hatte Marta zu ihm gesagt, als sie ihm ganz früh am Morgen am Nebeneingang eine Tasse Kaffee reichte, »dann ist es jetzt kaputt.« Sie sagte dies nicht als Feststellung, sondern, weil sie sich für die Frau freute.

Auch Jesus Diaz freute sich für sie. Zu schade, daß er sich ihren alten Freund mal vorknöpfen mußte.

»Wir haben achtzehn Monate gebraucht, um ihm diesen Trick beizubringen«, sagte Maguire zum Publikum am Delphin-Bassin. »Er legt sich auf die Seite, hebt eine Flosse, und . . . das war's. Jetzt verstehen Sie, warum wir ihn . . . *Mopsy* Dick nennen. Einen Applaus für Mopsy. Das muß sehr anstrengend gewesen sein.«

Ihm war der kubanisch aussehende Bursche in der Menge an der Betonbrüstung schon aufgefallen. Gelbes Hemd, weiß Jacke. Der gleiche, den Karen ihm gestern abend an der Bar gezeigt hatte. Martas Bruder.

Maguire stand auf dem Aluminiumpfosten, ließ Bonnie und Pebbles gleichzeitig aus dem Wasser springen, damit sie ihm die Fischstücke aus der Hand holten, und fragte sich, ob Martas Bruder hier war, um ihm eine Nachricht zu überbringen.

Und der andere kubanisch aussehende Bursche neben ihm, warum war der mitgekommen, was? Um aufzupassen?

Maguire fragte das Publikum, die kleinen Kinder, ob

sie sehen wollten, wie die Delphine ihm ein Stück Fisch aus dem Mund holte. »Jaaaaa!«, riefen sie.

Nein, er hatte zu viele Burschen wie den anderen Kubanischen gesehen. Sie waren Rausschmeißer in Go-Go-Kneipen. Sie hingen in Sportstadien herum. Martas Bruder sah aus, als sei er mal Boxer gewesen: am Hals und um die Augen herum Spuren von Narbengewebe. Der andere Kubaner war größer: Er könnte einen Sparringpartner für einen guten Mittelgewichtsboxer abgeben.

»Und das war unsere erste Delphin-Show für diesen Nachmittag«, sagte Maguire und bat das Publikum, doch freundlicherweise zur Hai-Lagune zu gehen. Dort würde Hooker heute die Ansage machen. Maguires nächste Aufgabe bestand darin, in etwa zwanzig Minuten Brad Allen anzusagen, und dann war er für heute fertig. Er hob den Kübel mit den Fischstücken auf und blickte zu den beiden Burschen hinüber, als er von der Plattform auf die Zementbrüstung trat.

Sie warteten auf ihn. Die einzigen, die noch hier waren.

Maguire ging zur Treppe. Er hörte, wie einer von ihnen sagte: »Einen Augenblick.«

Und dachte: Leck mich.

Er setzte den Kübel ab, ohne langsamer zu gehen, bewegte sich zielstrebig, aber ohne zu laufen oder sich umzudrehen, die Treppe hinab auf die düstere zweite Ebene, wo die Unterwasserfenster des Beckens ein trübes Grün zeigten.

Erst dann laufen. Und wenn sie ihm nachliefen, stand eindeutig fest, daß sie ihm eine Nachricht überbringen wollten, die er nicht hören wollte. Er fing an zu laufen, als er sie auf der Treppe hörte; seine bloßen Füße scharrten über den Beton, ihre schnellen Schritte folgten ihm nun und schlugen ein hartes Echo. Er lief an dem Becken entlang und sah graue Körper im Wasser, Bonnie und Pebbles, die das Glas streiften, ihm folgten, während er um die gesamte kreisrunde zweite Ebene zur Treppe zurücklief und wieder hinauflief.

Der Kübel mit den Fischteilen stand noch an Ort und Stelle. Maguire nahm ihn und trat von dem offenen Durchgang zurück, hörte nun, wie ihre Schritte zu ihm hinaufkamen, streckte den Arm mit dem Kübel aus, ließ den ersten, Martas Bruder, vorbei und schlug dem anderen Kubaner den Kübel ins Gesicht, riß ihn damit herum, nahm den Kübel in beide Hände, Fischstücke fielen heraus, rammte ihn dem Burschen über den Kopf und zerrte ihn zum hüfthohen Geländer, drückte ihn gegen den Beton, griff seine Beine und warf ihn in das Becken.

Martas Bruder stand da und sah zu.

Maguire trat zu dem Gittertor im Geländer, das sich zu einer kleinen Plattform auf der anderen Seite öffnete, direkt neben dem Wasser, von wo aus Hooker mit Taucherbrille und Schnorchel ins Becken stieg. Maguire wartete ab und sah von dem Tor zu Martas Bruder hinüber, der fünf, sechs Meter von ihm entfernt war.

»Was wollen Sie?«

»Das ist eine Warnung«, sagte Jesus Diaz. Er wußte nicht, was er sonst sagen sollte. »Halten Sie sich von der Frau fern.«

»Was?« sagte Maguire. Er war sich nicht sicher, ob er ihn richtig verstanden hatte. Er schaute am Tor vorbei und sah, wie sich der andere Kubaner auf die Plattform zog. Naß-graue Tümmlerköpfe kamen aus dem Wasser, um zuzusehen. Maguire wartete, bis der Kubaner nach dem Tor griff, sein Gesicht erschien und sich langsam über den Beckenrand hob, schlug dann in das Gesicht und schickte den Mann ins Becken zurück. Die Delphinköpfe verschwanden wieder.

»Ich spreche von Missus DiCilia«, sagte Jesus. »Halten Sie sich von ihr fern, oder man wird Sie in diesem Becken finden.«

Maguire runzelte die Stirn. Die Hand tat ihm schrecklich weh. »Arbeitest du für Roland, oder was?« sagte er.

»Sei nicht blöd«, sagte Jesus. »Halt dich von ihr fern.«

Oder was? dachte Maguire. Er machte zwei Schritte auf Jesus zu, sah, wie die Hand des Mannes hinter seinen Rücken fuhr und mit einer Pistole wieder erschien, einer schweren Automatik, einem Colt oder einer Browning. Der andere Typ stieg gerade wieder aus dem Wasser.

»Ich hab' noch zu tun«, sagte Maguire.

»Überanstreng' dich nicht«, sagte Jesus.

Maguire hielt sich die schmerzende Hand und ging kopfschüttelnd die Treppe hinab.

12

»Zuerst feuerst du am besten dein Mädchen«, sagte Maguire, »und alle anderen hier. Was ist mit dem Bruder?«

»Nein, er arbeitet nicht für mich.«

Karen trug eine große runde Sonnenbrille und einen braun-weiß gestreiften, aufklaffenden Bademantel. Maguire konnte ihr Gesicht nicht sehen, den Ausdruck, als sie ihn ansah und dann über den Rasen schaute; aber er konnte ihre braunen Beine, den festen kleinen Bauch und den gelbbraunen Stoffstreifen sehen, der zum Teil ihre Brüste bedeckte. Maguire trug Jeans und ein Hemd über seinem roten T-Shirt von Seascape. Er war direkt von der Arbeit hierher gekommen und versuchte nun, auf dem Patio, Gretchen zu verscheuchen, damit er sich auf Karen konzentrieren konnte.

»Ich kann es nicht glauben«, sagte sie. »Marta ist genauso lang hier wie ich. Ich glaube, sie war siebzehn, als wir sie eingestellt haben.«

»Dann stelle ihr ein gutes Zeugnis aus«, sagte Maguire. Er stieß Gretchen zurück, und sie kam wieder zu ihm, dachte, er würde spielen.

»Ich kann sie nicht einfach feuern.«

»Kannst du sie eine Weile loswerden? Sag ihr, sie soll einkaufen gehen.«

»Sie war erst gestern einkaufen . . .«

»Sag ihr, du willst ein paar Miracoli haben, irgendwas. Wir müssen sie von hier fortschaffen.«

»Für wie lange?«

»Mindestens eine Stunde.«

Karen stand auf und ging ins Haus.

Maguire beobachtete sie. Sie wirkte nicht besorgt oder nervös. Sie ging ganz ruhig, und ihre Hände zitterten nicht. André Patterson hätte versucht, sie für irgendein Ding anzuheuern.

Maguire hatte ihr von Jesus Diaz und dem anderen Burschen erzählt, ihr zwar nicht alles gesagt, aber besonders die Warnung betont. Das war doch deutlich genug, oder? Jesus arbeitete für Roland. Wenn sie etwas über Karen wußten, dann hatten sie es von Marta. Und wenn sie etwas wußten, das Marta nicht wissen konnte, dann wurde das Haus beobachtet, oder sie hatten das Telefon angezapft. Wahrscheinlich war das Telefon angezapft. »Wirklich?« hatte Karen gesagt, ziemlich interessiert. War sie schon wieder eine andere? Jedesmal, wenn er sie sah, schien sie eine andere zu sein.

Auf dem Gartentisch lag eine Zeitung, ein Teil des *Miami Herald,* die Gesellschaftsseite. Maguire griff danach. Aber es war nicht die Gesellschaftsseite von heute. Es war die vom letzten Sonntag, und er erkannte die Frau auf dem Foto nicht sofort. Karen DiCilia und ein Mann, ihr verstorbener Gatte – ja, Maguire erinnerte sich von Zeitungsfotos her, die er vor Jahren mal gesehen hatte, noch schwach an ihn – Frank DiCilia. Beide in Abendgarderobe, beide mit Sonnenbrille, kamen sie aus einem Hotel; ein Portier stand hinter ihnen.

Die Überschrift lautete: WAS FÜR EIN GEHEIMNIS HAT KAREN DiCILIA? Darunter stand, in kleineren Buchstaben: DIE WITWE DES GANGSTERS WILL NICHT REDEN.

Und das in der Zeitung von Miami, die gesamte obere Hälfte der Seite einnehmend. Er verstand nicht, wie er das übersehen haben konnte.

Die Überschrift darunter lautete: NACH ZWANZIG JAHREN KAMPF GEGEN DAS ÜBERGEWICHT ENDLICH DER SIEG; der Artikel enthielt Fotos von einer Frau vor und nach ihrem Kampf. Vielleicht hatte Tante Leona die Seite herausgerissen. Wenn er den *Herold* am Sonntag abend bekam, waren immer irgendwelche Seiten herausgerissen.

»Witwe des Gangsters ...« Gott im Himmel, das würde ihr gefallen! Das Foto mit Frank war vier Jahre alt. Sie sah genauso aus wie jetzt.

»Warum sollte eine attraktive, vierzig Jahre alte Witwe, die keine finanziellen Zwänge kennt, immer chic gekleidet ist, gern ausgeht ...«

Vierzig Jahre alt?

Und das war vier Jahre her.

»... ihre Unabhängigkeit aufgeben, um einen ehemaligen (?) Gangsterboß aus Detroit zu heiraten, der sich in Fort Lauderdales exklusivem Vorort Harbor Beach niedergelassen hat?«

Maguires Augen bewegten sich die Spalten entlang. Hintergrundmaterial. Ehemals Karen Hill. Mit einem Ingenieur verheiratet. Tochter Schauspielerin.

»Seit Frank DiCilias Tod ist Karen praktisch zur Einsiedlerin geworden, besucht kaum noch die exklusiven Clubs oder die Wohltätigkeitsveranstaltungen, die sie früher niemals versäumt hat. Fortsetzung Seite 2D, Spalte 1.«

Maguire blätterte um.

»Eine faszinierende Frau.«

Und ein neueres Foto von Karen in einem hellen Bikini, die Hände auf den Hüften, mit weißem Sonnenhut und Sonnenbrille, ein grobkörniges Foto, das stark vergrößert oder aus einiger Entfernung aufgenommen worden war.

Maguire schaute über den Rasen hin zur Begrenzungsmauer, wo sie auf dem Foto vielleicht gestanden hatte.

Die Hände auf den Hüften wirkten eher trotzig als herausfordernd. Die breite Hutkrempe direkt über ihren Augen, die Sonnenbrille mit den runden Gläsern. Ein schönes Foto. Der schlanke Körper leicht vornübergebeugt, aber nicht lässig; ja, mit einer Spur von Trotz.

Eine Zeile erregte seine Aufmerksamkeit: »Die geheimnisvolle Lady von der Isla Bahia«, und er dachte: Gut, daß sie nicht auf der Northeast Twenty-ninth Street wohnt.

Es erweckte nicht den Anschein, als habe die Reporterin viel über sie herausbekommen. Der Artikel schien mehr aus Fragen denn aus Fakten zu bestehen. Maguire las ihn noch immer, als Karen wieder herauskam.

»Oh«, sagte sie, hatte einen Augenblick lang ihre Beherrschtheit verloren.

»Ich wußte gar nicht, daß ich so eine Berühmtheit kenne«, sagte Maguire. Er legte die Zeitung beiseite und sah zu ihr auf.

»Das wußtest du nicht?« sagte Karen. Sie nahm die Zeitung, faltete sie zu einem kleinen Viereck, verbarg etwas, das schon Tausende Leute gesehen hatten.

»Das Foto von dir in dem Bikini ist schön.« Der gleiche, den er jetzt sah; der Bademantel klaffte auf, eine sehr schmale Taille, ein kleiner, fester Bauch, der sich bis zu dem braunen Höschen schwang, das eng auf ihren Lenden saß. Maguire bewegte sich auf dem Segeltuchstuhl, verlagerte sein Gewicht.

»Es wurde hier aufgenommen, nicht wahr?«

»Von einem Boot aus. Ich wußte nicht, daß es ein Zeitungsfotograf war.«

»Sie kreisen dich allmählich ein.«

Sie sah ihn an, sagte aber nichts. Ihr Gesichtsausdruck war fast der gleiche wie auf dem Foto.

»Die Frau, die das geschrieben hat«, sagte Maguire, »warum hast du ihr nicht gesagt, was los ist?«

»Wie konnte ich das?«

»Warum denn nicht? Bringe es an die Öffentlichkeit.«

»Meinst du nicht, ich würde ein wenig dumm dastehen? Die blöde Witwe, die es mit irgendeinem sizilianischen Eid zu tun hat?«

»Naja, du bist nicht blöd, und es ist so, nicht wahr? Ich hab' mir überlegt, stelle Roland bloß, und er wird verschwinden.«

»Und damit stelle ich auch Karen DiCilia bloß«, sagte Karen. »Oder würdest du gern etwas über dich in der Zeitung lesen, wenn du in so etwas verwickelt bist?«

»Ich weiß nicht«, sagte Maguire. »Wenn die Sache damit aus der Welt geschaffen ist.«

»Wenn Ed Grossi nicht mit Roland fertig wird«, sagte Karen, »muß ich eben mit ihm fertig werden.« Sie faltete den Zeitungsteil wieder zusammen und schob ihn in die Tasche ihres Bademantels. »Ich habe Marta den Abend freigegeben.«

»Gut«, sagte Maguire.

»Sie wollte nicht gehen.« Karen beobachtete ihn nun durch ihre Sonnenbrille. »Ich habe ihr gesagt, wir wollten allein sein. Es spielt jetzt keine Rolle mehr, was sie denkt, oder?«

»Es hat nie eine Rolle gespielt«, sagte Maguire.

Er fand die Telefonleitung, die von der Straße durch die Mangrovenbüsche ins Haus führte, und deutete auf ein Stück Metall, das an der Leitung klemmte, ein Hochleistungssender. Eine zweite Leitung führte von der Außenbuchse am Haus zu einem Eckfenster und zwischen dem Ziegel und dem Fensterfutter in Martas Zimmer.

Im Zimmer selbst führte die Leitung zu einem Tonbandgerät unter Martas Bett, das durch elektrische Spannung eingeschaltet wurde. Maguire erklärte es – es gehörte zu dem Wissen, das er auf dem Weg zum Nichts aufgeschnappt hatte, und manchmal kamen ihm einzelne Brocken sehr gelegen.

»Das Telefon läutet, die Stromspannung in der Leitung schaltet das Gerät automatisch ein, und das Telefongespräch wird auf Band festgehalten. Marta gibt das Band ihrem Bruder oder Roland, und sie wissen, mit wem du sprichst, wohin du gehst – ich glaube, sie erfahren alles, was sie wissen müssen.«

Karen sagte nichts. Sie starrte den Recorder an, ihre Worte darin, der Klang ihrer Stimme in dem Aufzeichnungsgerät mit seinem Fenster und den beiden runden Löchern. Was war gerade auf Band?

»Willst du Roland eine Nachricht hinterlassen?« Maguire schaltete das Gerät ein und wieder aus.

Sie sagte noch immer nichts.

»Du mußt Marta loswerden«, sagte Maguire.

»Oder sie behalten. Sollen sie doch zuhören«, sagte Karen. »Was ist besser, wenn Roland herausfindet, daß wir davon wissen, oder nicht?«

»Daran habe ich auch schon gedacht«, sagte Maguire. »Das gefällt mir nicht.«

Karen blickte von dem Tonbandgerät auf. »Es könnte zu unserem Vorteil sein.«

»Wir haben miteinander gesprochen«, sagte Maguire. »Ich habe angerufen – daher wußten sie, daß wir uns gestern abend getroffen haben.«

»Aber was würden sie wirklich herausbekommen? Wir könnten einen Kode benutzen.«

Sie meinte es ernst, nahm jetzt die Sonnenbrille ab; ihre Augen erwachten langsam zum Leben.

»Die Frage ist, was hat Roland zuvor gehört«, sagte Maguire. »Etwas, das er auf diese Art erfahren hat, hat ihn vielleicht dazu bewogen, na ja, selbständig zu arbeiten.«

»Was meinst du, hat ihn dazu bewogen?«

»Geld vielleicht«, sagte Maguire. Er zögerte, nahm die Gelegenheit dann wahr. »Vielleicht hat er gehört, wie du jemandem gesagt hast, daß du Geld im Haus aufbewahrst.« Sie sah nun ihn an, und er schaute wieder auf das Tonbandgerät hinab, berührte die verschiedenen Knöpfe. »Nur ein Gedanke. Oder er hat gehört, wie du mit deinem Börsenmakler, deiner Bank gesprochen hast, irgend so was. So hat er vielleicht herausgefunden, wieviel Geld du hast.«

»Vielleicht ist er nicht der einzige, der sich dafür interessiert«, sagte Karen.

»Nein, dein Mädchen, ihr Bruder . . .«

»Was glaubst du denn, wieviel Geld ich habe?« sagte Karen.

»Keine Ahnung, drei Millionen, dreißig Millionen«, sagte Maguire. »Wenn man in diese Regionen kommt, sehe ich keinen großen Unterschied mehr. Aber wie will er an das Geld herankommen, wenn du es nicht im Haus hast? Du wirst ihm doch keinen Scheck ausschreiben.«

»Er hat noch nichts gefordert.«

»Nein, aber er hat irgendwas vor. Das wissen wir ziemlich sicher.«

»Du hast auch noch nichts verlangt«, sagte Karen.

»Wer bin ich, dein Dienstbote? Hast du mich angeheuert?«

»Das ist keine Antwort«, sagte Karen.

»Warum fahre ich nicht nach Hause und ziehe mich um«, sagte Maguire. »Wir gehen aus, essen zu Abend, halten Händchen, sehen einander an. Du kannst mir sagen, was du willst, und ich sage dir, was ich will. Wie hört sich das an?«

»Ich sage dir sofort, was ich will«, sagte Karen.

Maguire nahm sich auf dem Nachhauseweg eine Pizza mit (würden sie jemals ausgehen und zu Abend essen?), zog sein Hemd aus, stellte ein kaltes Bier auf den Tisch und machte sich über die Pizza her; er war halb verhungert.

Es klopfte dreimal scheppernd an der Jalousie der Eingangstür. Lesley kam herein; sie trug noch ihre weißen Shorts, keine Schuhe und ein gestreiftes Top. »Ich bin auch gerade nach Hause gekommen«, sagte sie. »Ich war den ganzen Abend aus. He, kann ich ein Stück haben?«

»Bedien' dich.«

»Was ist denn drauf?«

»Pepperoni, Zwiebeln, Käse, alles mögliche.«

»He, Anschovis.«

Sie sahen wie Würmer aus. Lesley war feinfühlig, schlau. Er fragte sich, wann sie ihn auf den Wagen ansprechen würde, den silbergrauen Mercedes 450 SEL, der vor der Tür stand. Sie biß herzhaft zu, hielt die flache Hand unter die Pizzaecke und beugte sich über den Tisch, um ihm mal kurz ihre Brüste zu zeigen, die frei in dem Top hingen.

»Hast du noch die Zeitung vom Sonntag?«

»Woher soll ich das denn wissen?«

»Tante Leona verwahrt die Zeitungen doch, oder? Gibt sie sie an die Altpapiersammlung für die Wohlfahrt?«

»Sie verkauft sie. Sie ist so verdammt geldgierig. Wohin willst du?«

»Ich bin gleich zurück.«

Maguire ging zur Wohnung der Hausverwalterin, an Leona vorbei, die in ihrem Sessel schlief, während der Fernseher lief, und weiter zum Abstellraum neben der Küche. Dort stapelten sich die Zeitungen mehrerer Wochen an der Wand. Er sah den ersten Stapel durch, und da war sie, der *Herald* vom letzten Sonntag; er fand sie sofort. Er zog den Teil mit den Gesellschaftsseiten heraus, warf einen Blick auf Karen und Frank DiCilia, nahm dann auch den Sportteil und steckte den Gesellschaftsteil hinter die Sportseiten.

Lesley hatte sich nun gesetzt, den Stuhl vom Tisch weggedreht, einen Fuß auf dem Sitz, und er konnte ihren gebräunten Schenkel sehen. Eine Menge gebräunten Schenkel.

»Warum interessiert dich die Zeitung so?«

»Ich habe eine Story über die Tigers verpaßt.«

»Baseball ist langweilig. Da passiert doch gar nichts.«

Maguire aß weiter. Es war ihm egal, was Lesley dachte. Er fragte sich jedoch, wann sie zu dem Wagen kommen würde.

»Brad ist wirklich sauer auf dich, weißt du das?« sagte sie.

»Warum?«

»Du solltest nach der Show noch dabeisein und mit Bubbles arbeiten.«

Es klang ganz so, als würde sie über die Schule sprechen.

»Das habe ich vergessen«, sagte Maguire. Er war gegangen, ohne sich abzumelden; er wollte nicht noch einmal den beiden Kubanern begegnen.

»Brad hat dich gesehen, wie du in dem Wagen fortgefahren bist. ›Großer Gott‹, sagte er, ›wo hat er den denn her? Gestohlen?‹«.

So fing sie es also an, hinten herum. Maguire arbeitete sich zu einer weiteren Pizzaecke durch und erwiderte nichts darauf.

»Gestern hatte er ihn noch nicht«, sagte Brad. »Er muß ihn gestern abend bekommen haben.«

Maguire trank einen Schluck von dem kalten Bier; es tat nach den salzigen Anschovis wirklich gut.

»›Jemand muß ihn ihm geliehen haben.‹ Aber dann sagte er: ›Aber wen kennt der schon, dem ein verdammter Mercedes gehört?‹«

»Ich wette, das hast du gesagt und nicht Brad«, sagte Maguire.

»Kann schon sein. Vielleicht aber auch sonst jemand.«

»Er gehört einem Freund von mir«, sagte Maguire. »Ich kann ihn fahren, solange er verreist ist.«

»He, dann fahren wir doch irgendwohin.«

»Ich darf niemanden mitnehmen. Er hat Angst, daß er schmutzig wird.«

»Du verdammter Mistkerl, das sagst du doch nur so.«

»Es ist die Wahrheit.«

»Wie heißt er?«

»Ein Typ namens André Patterson.«

»Der, mit dem du telefoniert hast?«

Über den er am Telefon mit Andrés Frau gesprochen habe, aber das spielte keine Rolle. »Genau. Er ist verreist.«

Gott im Himmel, zwanzig Jahre bis lebenslänglich. Er mußte André unbedingt schreiben, ihm sagen, wie es so lief. Er wollte noch mal die Story in der Zeitung lesen und sich das Bild von Karen an der Mauerbrüstung ansehen.

»Aber wie soll er denn davon erfahren?« sagte Lesley. »Ich meine, du nimmst doch nur mich mit, und keine anderen Leute.«

»Vielleicht«, sagte Maguire. »Willst du noch ein Stück?«

»Nein, ich bin . . .« Sie warf ihm einen durchtriebenen Blick zu. »Weißt du, was ich bin?«

»Was?«

»Geil. Ist das nicht komisch? Ich weiß nicht, warum.« Sie sah zum Bett hinüber. »Wollen wir uns nicht hinlegen und sehen, was passiert?«

»Deine Füße sind schmutzig«, sagte Maguire.

»Meine *Füße*?«

»Eigentlich bin ich schrecklich müde. Verstehst du?«

»Gott im Himmel«, sagte Lesley und stand auf. »Hast du auch noch Kopfschmerzen?«

»Nein, aber ich fühle mich nicht besonders. Das liegt vielleicht an der Pizza. Warum kommst du nicht ein anderes Mal vorbei?« fragte er.

»Warum leckst du mich nicht am Arsch?« antwortete

Lesley, zeigte ihm einen Vogel und schlug so heftig die Tür zu, daß die Jalousie erzitterte.

Es gab Zeiten, ja, da hatte er nichts gegen schmutzige Füße gehabt. Oder besser, es hatte Zeiten gegeben. Doch wenn er die eine mit der anderen verglich, die Frau mit dem Mädchen, konnte er sich nicht vorstellen, sich noch jemals mit ihr abzugeben. Wenn er schon Lesleys Stimme hörte . . . »Brad ist wirklich sauer auf dich.« So ernst. Eine Krise, weil er vergessen hatte, nach der letzten Vorstellung mit den jungen Delphinen zu arbeiten. »Brad sagte, ›Wo hat er den denn her? Gestohlen?‹« Brad und Lesley, der ganze Park, wie ein Ferienlager für Kinder. Dann hörte er Karens Stimme:

»Was glaubst du denn, wieviel Geld ich habe?«

Karens Stimme:

»Ich sage dir sofort, was ich will.«

Sie machte ihm nichts vor, versuchte nicht, sich schwülstig zu geben, sondern war geradeheraus. Sie sah ihn ohne die Sonnenbrille an. »Ich sage dir sofort, was ich will.«

Sie wollte es auch. Beim ersten Mal hatte sie gesagt: »Ich konnte es kaum erwarten.« Diesmal war es wie beim ersten Mal, nur viel mehr, viel besser, sei waren viel ungezwungener miteinander, tollten in diesem großen, kaputten Bett herum und fingen dann an, wurden immer schneller, fühlten den Drang. Sie waren so unterschiedlich wie Tag und Nacht, das Mädchen und die Frau. Mit dem Mädchen war es schon okay, eigentlich sehr gut, aber vorhersagbar: die ganze Zeit über die gleiche Person, die immer die gleichen leisen, aufgesetzten Geräusche machte – »Oh, oh, oh, hör' jetzt nicht auf, mein Gott, hör' nie auf« – sie mußte das irgendwo gelesen haben und zu dem Schluß gekommen sein, daß das einem Mann gefiel. Die Frau, die vierundvierzig Jahre alte Frau, täuschte nichts vor. Sie beobachtete ihn mit einem weichen, leicht lächelnden Ausdruck, der völlig natürlich war. Sie streichelte ihn, überall, was das Mädchen niemals tat – als erwartete das Mädchen, daß er das bei ihr machen mußte, sie aber nicht bei ihm, daß sie nehmen konnte, aber nicht geben mußte, außer, wenn sie ihm einen ganz besonderen Gefallen tun wollte; das Mädchen war sehr offen und sagte durchaus schon mal: ›Willst du vögeln?‹, wenn sie sich danach fühlte; aber das ließ nicht darauf schließen, wie sie im Bett war – das Mädchen war sich ihrer beider nicht so bewußt wie die vierundvierzigjährige Frau. Die Frau auf dem Foto. Die Dame in dem Haus für eine Million Dollar. Die Dame. Das war vielleicht der Schlüssel. Die Dame, mit einem ausgeglichenen und ruhigen Ton, die allmählich ihre Rolle ablegte, während sie sich aufeinander und nebeneinander im Bett bewegten, die ihm nichts vormachte, sondern ganz natürlich war, als er in die besondere Stelle der schlanken, gutaussehenden Dame eindrang, als er dort eindrang und die Stelle für eine Weile beherrschte, genau dort unten, an Ort und Stelle, und die Lady versuchte, ihn dort zu halten, ihn dort festzuhalten. Ja, dort. Das war etwas ganz anderes. Er war ihr so nahe, wie man einem Menschen nur nahe sein konnte, ohne sich völlig in diesen Menschen zu verwandeln, sich aufzugeben. Mann. Und sich darauf noch für – ja, für wie viele Jahre noch? – freuen zu können. Sich zu fragen, ob dies zur Debatte stand, möglich war. Vielleicht nicht. Doch zumindest fühlte er sich ihr nahe genug, um sagen zu können: »In der Zeitung haben sie dein Alter falsch angegeben.« Lächelnd.

»Sie haben eine Menge falsch gemacht«, sagte Karen, »einschließlich des Artikels selbst.«

»All die Fragen. Es war wie ein Quiz.« Er küßte ihre Schulter, ihren Hals, stellte fest, daß er feucht war. »Mir ist es egal, wie alt du bist . . . wie alt wir sind. Was für eine Rolle spielt das?«

»Gar keine«, sagte Karen.

Ihr Tonfall war in Ordnung, doch was hatten die Worte zu bedeuten? Spielte es keine Rolle, weil sie etwas füreinander empfanden? Oder, weil sowieso nichts daraus werden würde?«

»Ich bin fast vierzig«, sagte Maguire. »Das ist einfach eine Zahl. Vierzig, mehr nicht.«

»Warum sprichst du denn darüber?« sagte Karen.

Sie gingen hinunter und setzten sich ins Wohnzimmer. Karen holte einige Flaschen aus dem eingebauten Marmor-Barfach und mixte Drinks. Maguire suchte den Raum nach verborgenen Mikrofonen ab, die man vielleicht hinter Figurinen oder Gemälden oder in dem weißen Sofa oder den Sesseln versteckt hatte. Sie sprachen über Roland, was er vielleicht verlangen würde, ob sie ihn vielleicht dazu kriegen würde, am Telefon darüber zu sprechen; wenn sie dann vor Gericht gingen, könnten sie ihn mit seinen eigenen Waffen schlagen. Was allerdings nicht sehr wahrscheinlich war. Irgendwann, sagte Karen, sollte er sich mal die Antiquitäten und Kunstgegenstände ansehen und ihr sagen, was sie wert seien. Maguire wollte es sofort tun, doch sie gingen statt dessen hinaus, über den Rasen bis zur Mauer. Sie blieben eine Weile dort stehen, sahen zu den abgetönten Lichtpunkten der Häuser hinter dem Kanal hinüber, betrachteten die kalten Reflektionen im Wasser. Er dachte erneut an das Foto, das hier aufgenommen worden war, Karen, wie sie hier stand, die Hände auf den Hüften, die Beine etwas gespreizt, mit Sonnenhut und Sonnenbrille – die schlanke, gutaussehende Frau, die neben ihm stand, nun in einem Rock, mit bloßen Füßen.

Er mochte Röcke. Er mochte die Vorstellung, einen Rock hochzuschieben, die irgendwie aus seiner Kindheit stammte; das war etwas, was man mit Mädchen machte. Sie drückte sich an ihn, als er sie küßte. Sie ließ sich auf das Gras hinabziehen, wo er ihr die Hand unter den Rock schob und ihn dann bis zu den Hüften hochzog.

Gretchen kam und sprang um sie herum, schnüffelte an ihren Beinen. Maguire sagte dem Hund, er solle sich zum Teufel scheren.

Sie saßen auf dem Patio, tranken noch ein Glas; wollten sie jetzt essen gehen oder nicht? Es war seltsam, überraschte ihn, wie sie plötzlich den Hund ansprach, ihn fragte, weshalb er zu Gretchen nicht nett gewesen sei.

»Was meinst du, ich sei nicht nett zu ihr gewesen?« sagte er. »Wie kann man zu einem Hund etwas sagen, das nicht nett ist?«

»Du ignorierst sie«, sagte sie. »Bis heute abend hast du erst einmal etwas zu ihr gesagt, damals, als du zum ersten Mal hier warst; da hast du ihr gesagt, sie solle brav sein.«

»Na ja, das war doch nett«, sagte Maguire. »Was soll ich sonst zu einem Hund sagen? Ich spreche den ganzen Tag mit Delphinen, und du hast recht, normalerweise spreche ich gar nicht mit Tieren. Ich habe ihnen nicht viel zu sagen.«

»Weißt du, wer nett zu Gretchen ist?« sagte sie.

»Ich spreche mit dem Hund, wenn sich die Gelegenheit ergibt«, sagte er. »Das mache ich gern, wenn es du willst.«

»Roland«, sagte Karen. »Er kann die Hände nicht von ihr lassen.«

»Na ja«, sagte Maguire, »wenn ich du wäre, würde ich ein Auge auf ihn halten.«

Das sagte er, und sie waren wieder Freunde. Seltsam war nur, daß es wegen des Hundes zu einer kleinen Spannung zwischen ihnen gekommen war. Oder hatte er sich das nur eingebildet?

Nein, der Hund war kein Problem. Wichtig war, daß sie immer wieder auf Roland zurückkamen.

»Ich werde mich wohl mal mit ihm unterhalten müssen, was?« sagte er zu ihr. Und einen Augenblick später sagte er: »Ich habe noch gar nicht gesehen, daß du mal mit dem Hund gesprochen hast.«

13

Der Grund, weshalb Roland sechs Monate im Gefängnis Lake Butler einsaß:

Die Staatsanwaltschaft des Bezirks Dade hatte Jimmy Capotorto dreimal des Mordes zweiten Grades und einmal des Mordes ersten Grades angeklagt: die Opfer waren drei Angestellte des Supermarktes Coral Gables und ein Kronzeuge, der auf dem Parkplatz des Veteranen-Krankenhauses an Schußverletzungen verstorben war. Die Staatsanwaltschaft *wußte* zufälligerweise, daß sich der Supermarkt von Jimmy Cap Geld zu Wucherzinsen geliehen hatte. Sie hatten die schriftliche Aussage des ermordeten Kronzeugen, des ehemaligen Supermarktbesitzers, die erklärte, daß Jimmy Cap die Leitung der Firma übernommen und beschlossen hatte, das Unternehmen zu liquidieren.

Die Staatsanwaltschaft hatte ihren Kronzeugen auf dem Parkplatz des Veteranen-Krankenhauses auf der Eighteenth Street Road verloren. Doch es meldete sich ein Zeuge, der Jimmy Cap beschreiben und das Kennzeichen des zweifarbigen, roten und weißen Sedan d'Ville nennen konnte, der, kurz nachdem mehrere Schüsse gefallen waren, den Parkplatz verlassen hatte; und dies in unmittelbarer Nähe des Ordnungsamtes des Bezirks. Jimmy Caps Anwälte wiesen darauf hin, daß der erste Kronzeuge ein Drogensüchtiger war, der den Parkplatz des Veteranen-Krankenhauses aufgesucht hatte, um gestohlenes Morphium zu erwerben. Der zweite Kronzeuge war jedoch ein einbeiniger ehemaliger Marineinfanterist, der im Krankenhaus einen alten Kumpel besucht hatte. »Jawohl, Sir, das ist er«, sagte er auf dem Zeugenstand und zeigte auf Jimmy Capotorto.

Jimmy Caps Rechtsanwälte riefen Roland Crowe auf den Zeugenstand, und Roland sagte, Jimmy Cap habe den Abend mit ihm verbracht; sie hätten im Sperrbezirk auf dem Tamiami Trail eine kubanische Lady besucht. Die kubanische Dame wartete draußen, um ebenfalls als Zeugen aufgerufen zu werden, falls es nötig sein sollte.

Der Anklagevertreter zweifelte Rolands Glaubwürdigkeit an und wies auf die Tatsache hin, daß Roland wegen Mordes zweiten Grades acht Jahre in Raford eingesessen hatte – der Verteidiger erhob Einspruch, der gewährt wurde, aber die Geschworenen hatten es gehört – und fragten Roland dann, ob er auf dem Gang mit ihrem Zeugen, dem ehemaligen Marineinfanteristen, gesprochen habe. »Nein, Sir«, sagte Roland. Der Staatsanwalt fragte ihn, ob er, Roland, nicht zu dem Zeugen gesagt habe: »Du hast nur noch ein Bein. Wie würde es dir gefallen, keins mehr zu haben, wenn du redest?« Roland sagte, wenn der Marineinfanterist das behauptet habe, dann sei er ein verdammter Lügner. Der Richter warnte Roland, er solle auf seine Ausdrucksweise achten. Der Anklagevertreter beschäftigte sich weiterhin mit Roland und versuchte, ihn auseinanderzunehmen. Doch Roland blieb ganz cool. »Was Sie da sagen, Sir«, sagte er zu dem Staatsanwalt, »ist Ihre Meinung. Doch mit Meinungen ist es wie mit Arschlöchern. Jeder hat eins.«

Roland wurde wegen Mißachtung des Gerichts zu einem Jahr und einem Tag verurteilt; in der Berufung wurde die Strafe auf ein halbes Jahr reduziert. Doch er hatte diesen einbeinigen Marineinfanteristen lange genug angestarrt, daß der schließlich sagte, vielleicht habe er sich bei seiner Aussage geirrt.

Jimmy Cap erzählte seinen Freunden von der Verhandlung, beschrieb Roland auf dem Zeugenstand, beschrieb sogar Roland selbst, wie er dort gesessen habe, wie der Staatsanwalt sie mit seinem Sie-haben-das-und-das-auf-dem-Kerbholz-Scheißdreck ganz wirr im Kopf gemacht und von der eigentlichen Anklage sogar *abgelenkt* habe. Jimmy Cap hatte sogar einmal zu Roland gesagt: »He, ich schulde dir sechs Monate.«

Als Roland Jimmy Cap in seinem Büro in den Geschäftsräumen der Dorado Management aufsuchte, sagte Jimmy Cap: »Kumpel« – und das meinte er auch so – »was kann ich für dich tun?«

»Ich wollte eigentlich Ed sprechen«, sagte Roland, »aber ich glaube, er ist verreist.«

»Dann sprich mit Vivian.«

»Vivian ist auch nicht da.«

»Ist es wichtig?«

»Wenn ich ihn nicht auftreiben kann, wird er mir den Arsch aufreißen.«

»Wenn sie beide nicht da sind«, sagte Jimmy Cap, »haben sie sich für ein paar Tage bei Vivian verkrochen. Ed sagt Clara, daß er nach Pittsburgh oder irgendeiner anderen verdammten Stadt fährt, aber sie sind oben in Keystone.«

»Ach?« Roland grinste, schob seinen Ox Bow zurück und setzte sich. »Da fällt mir was ein. Die Firma verwaltet doch ein paar Eigentumswohnungen oben in Boca, nicht wahr?«

»Oceana«, sagte Jimmy Cap.

»Und wenn ich mich nicht irre, hatte Frank DiCilia da oben eine Wohnung, die er gelegentlich mal benutzte.«

»Das stimmt.«

»Ich kann mir nicht vorstellen, daß die heute noch jemand benutzt. Die Lady auf keinen Fall; das weiß ich, weil ich sie ja beobachte. Das weißt du ja, oder?«

»Mein Gott«, sagte Jimmy Cap, »das ist 'ne komische Sache. Ed hat mir davon erzählt, und ich sagte, ›Gott im Himmel, leben wir in den verdammten Bergen Siziliens oder in Miami, Florida?‹ Die Schnecke sieht nicht schlecht aus, weißt du das?«

»Ansehen, aber nicht anfassen«, sagte Roland. »Ich hab' 'ne knackigere und jüngere oben in Boca, die gar nicht genug kriegen kann. Die Sache ist nur, daß sie da oben Kellnerin in irgend so 'nem Bums ist. Und sie ist verheiratet, verstehst du? Sie kann sich kaum freimachen, nur mal ein paar Stunden am Abend vielleicht; aber ich weiß nicht, wo ich mit ihr hin soll. Du verstehst, was ich meine? Eine schöne Wohnung, mit der ich bei ihr ein bißchen Eindruck schinden kann.«

»Und du denkst an Franks Wohnung«, sagte Jimmy Cap.

»Wär' doch 'ne Schande, wenn die leersteht«, sagte Roland. »Ich weiß noch, ich war da mal pissen, die hat diese tolle, große Badewanne, in die man ein paar Stufen hinabsteigen muß.«

»Mach die kleine Kellnerin ordentlich naß«, sagte Jimmy Cap. »Klar, du kannst den Schlüssel haben, wenn du willst.«

»Ist ja hervorragend«, sagte Roland. Er wartete einen Augenblick. »Ach ja, hast du Vivians Privatnummer oben in Keystone?«

»Ist es wichtig?«

»Es geht um Leben oder Tod«, sagte Roland. Er grinste, doch er meinte es ernst.

»Ich muß nur mal kurz telefonieren, mehr nicht«, sagte Maguire. »Ich komme gleich.«

»Du kommst sofort in mein Büro, oder du kannst dir einen neuen Job suchen«, sagte Brad Allen.

Der Schuldirektor. Der Boß vom Ferienlager. Sag ihm, wohin er sich den Job stecken kann.

Maguire sah ihm nach, wie er davonging. Nicht mehr lang, dachte er. Er folgte Brad in das Büro unter der Haupttribüne, drei mal vier Meter, mit einem hölzernen Schreibtisch, einem Stuhl, vier gekalkten Wänden, die mit Fotos von Brad Allen und Delphinen bepflastert waren – Brad & Pepper, Brad & Dixie, Brad & Bonnie, Brad, wie er Dutzende verschiedener Delphine mit einprägsamen Namen, die für Maguire alle gleich aussahen, fütterte, tätschelte, küßte, vorstellte, ermahnte oder lobte.

Brad, der schon saß, blickte zu Maguire hoch, der in der Rührt-Euch-Stellung vor ihm stand, und sagte: »Also gut, das ist der neue Programmablauf. Bist du soweit?«

»Ich bin soweit«, sagte Maguire.

»Wenn wir mit der ersten Delphin-Show anfangen, sind die meisten Leute gerade erst gekommen. Richtig?«

»Richtig.«

»Du sagst also: ›Haben Sie schon die neue Attraktion unserer Show gesehen – Willy, den Pinguin?‹«

Großer Gott, dachte Maguire.

»Dann drehst du dich um, als würdest du den Pinguin suchen. Du siehst ihn natürlich nicht und wendest dich wieder ans Publikum. ›Das ist das Problem mit Willy – bei diesen Temperaturen schmilzt er einfach weg‹, sagst du und wartest die Lacher ab. ›Aber wissen Sie, wie wir Willy bekommen haben?‹ sagst du dann. ›Ein Polizist hat ihn uns gebracht. Ja, ein Polizist, und zwar der, der auf der Northeast Twenty-ninth Street den Verkehr regelt. Und wissen Sie, wie der Polizist an den Pinguin gekommen ist?‹ Du wartest wieder einen Augenblick ab, und dann sagst du: ›Das war so. Der Polizist stand also auf der Kreuzung und regelte den Verkehr, als plötzlich ein Mann vorbeikam, mit Willy, unserem Pinguin, an der Leine. Dem Polizisten fielen beinahe die Augen aus dem Kopf; das kann doch nicht wahr sein, dachte er, und winkte den Mann zu sich. ›Was machen Sie denn hier mit einem Pinguin?‹ fragte er ihn. ›Keine Ahnung‹, sagte der Mann, ›der Pinguin ist mir einfach zugelaufen, und jetzt weiß ich nicht, was ich mit ihm machen soll.‹ – ›Na, gehen Sie doch mit ihm zum Zoo‹, sagte der Polizist. ›Eine gute Idee‹, sagte der Mann, und jetzt muß sich dein Gesicht aufhellen, als wäre dir gerade die Erleuchtung gekommen. Und dann sagst du: ›Am nächsten Tag kam der Mann mit dem Pinguin wieder vorbei. Der Polizist winkte ihn natürlich sofort zu sich. ›Ich habe Ihnen doch gesagt, Sie sollen mit dem Pinguin zum Zoo gehen‹, sagte er. Und der Mann sagte: ›Da waren wir gestern auch; und heute gehen wir ins Kino.‹ Und dann wartest du wieder die Lacher ab und sagst dann: ›Na ja, und so kamen wir zu Willy.‹« Brad Allen grinste. »He? Was hältst du davon?«

»Kann ich mal telefonieren?« sagte Maguire.

»Wie geht es dir, Karen?«

»Wer spricht dort?«

»Du weißt, wer hier ist.«

»Mal überlegen. Bist du es, Howard?«

»Hör' schon auf . . .«

»Du kannst auch keinen Scherz vertragen, was?«

»Na ja, ich hatte mal Sinn für Humor, aber der ist mir abhanden gekommen, als mir ein paar Scherzkekse mal Zucker in den Benzintank meines Wagens geschüttet haben.«

»Wo bist du?«

»In der Arbeit. Hör zu, wollen wir uns heute abend treffen?«

Stille. Karen fragte sich, was sie sagen sollte.

»Im Yankee Clipper. Nein, ich versuche, dich so gegen acht abzuholen, und dann fahren wir zusammen hin. Einverstanden?«

Zögernd: »Einverstanden.« Eine Pause. »Bist du sicher?«

»Ja, da ist jemand, den ich sprechen will. Also, ich hole dich dann ab.«

»Ich verstehe«, sagte Karen.

Jesus Diaz hatte Lionel Oliva zum Abbey Hospital gefahren, wo man ihm mit dreizehn Stichen eine Platzwunde am Kopf und mit vier eine an der Unterlippe nähte. Tags darauf saßen sie am frühen Abend im Centro Vasco; Jesus aß etwas, und Lionel Oliva trank Bier, und spülte den geschwollenen Riß in seinem Mund damit, als Roland hereinkam. »Was ist los mit ihm?« sagte Roland.

»Er hat sich den Kopf gestoßen«, sagte Jesus.

»Holt nach dem Essen das Band ab und bringt es mir vorbei«, sagte Roland.

Jesus sah zu Roland auf und sagte: »Ich fahre nach Kuba.«

»Was soll das heißen, du fährst nach Kuba? Scheiße, niemand fährt nach Kuba. Das ist gegen das Gesetz.«

Jesus war Kuba in diesem Augenblick eingefallen. Wenn er nicht nach Kuba fahren würde, dann irgendwo anders hin. »Man kann jetzt nach Kuba fahren«, sagte er. »Ich muß meine Mutter besuchen. Sie liegt im Sterben.«

»Mann, Scheiße«, sagte Roland. »Ich hab' was anderes zu tun, ich muß rauf nach Hallandale . . .« Roland runzelte die Stirn. Ihm gefiel das nicht. »Wann kommst du zurück?«

»Keine Ahnung«, sagte Jesus. »Das hängt davon ab, wie lange sie es noch macht.«

»Na ja, hör' zu, du holst das Band ab und bringst es mir vorbei, bevor du nach Kuba fährst. Und vergiß es nicht, klar?« Roland drehte sich um und verließ das ruhige, fast leere Restaurant wieder.

»Wo hat er nur diesen Anzug aufgetrieben?« sagte Lionel Oliva, ohne die Lippen zu bewegen. »Der tut einem ja in den Augen weh.«

Jesus Diaz beobachtete Roland noch immer, den Hut, die hohen runden Schultern, das Licht hinter ihm, als er durch ein Eingang trat.

»Ich würde ihm gern eine knallen«, sagte Jesus. »Ehrlich, weißt du? Wenn ich nur an ihn herankäme.«

»Wann fährst du nach Kuba?« sagte Lionel Oliva.

»Zum Teufel mit Kuba«, sagte Jesus. »Mann, ich würde ihm gern mal eine knallen. Und ich hätte gern noch einen Tom Collins.«

Roland gefiel die Aussicht, die man von Arnold Rapps Balkon hatte, viel besser als die, die man von seiner Wohnung aus hatte. Man konnte direkt auf den Swimmingpool und einige Palmen hinabsehen oder den Kopf eine Winzigkeit drehen, und da war dann der Atlantik. Die Dinge lagen doch völlig falsch: Hier war Arnold, der einem Nervenzusammenbruch nahe war, aber die gute Aussicht hatte. Roland jedoch, der die Welt im Augenblick fest im Griff hatte, mußte sich mit einem beschissenen Blick auf den Ozean begnügen, den man nur hinter einer Straße und ein paar Häusern ausmachen konnte.

»Du kommst nicht genug an die frische Luft«, sagte er zu Arnold. »Sieh dich doch mal an.«

»*Mich* mal ansehen?« sagte Arnold. »Wie soll ich denn an die frische Luft kommen, ich hänge den ganzen Tag an dem verdammten Telefon. Wissen Sie, was ich gerade mache? Ich leihe mir Geld, um Himmels willen, hundert Riesen, von einem Typ, den ich in New York kenne – wenn er jetzt hier wäre, würde ich ihn küssen, ich würde ihm einen blasen, er rückt mit dem Geld rüber. Das mache ich gerade, mich immer tiefer in die Scheiße reiten, damit ich mir genug Zeit kaufen kann, ein paar Deals durchzuziehen. Und ich soll an die frische Luft gehen?«

»Hast du das Geld für diese Woche?« fragte Roland.

»Was reden Sie denn da von Geld? Ich schulde es ihnen erst am Freitag.«

»Ein paar Tage, was macht das schon?«

»Machen Sie Witze? Fast acht Riesen am Tag, Mann; Sie können sich gar nicht vorstellen, was das ausmacht.«

»Ed befürchtet, du willst nicht mehr bezahlen.«

»Das befürchtet er, was?«

»Er glaubt, du würdest dich eines schönen Tages an Bord eines Flugzeugs setzen«, sagte Roland. »Er meint, wir sollten die Sache regeln. Also sagte er, geh mal zu Arnie, sieh zu, daß die Sache klarkommt.«

»Das was klarkommt? Großer Gott, jetzt warten Sie mal . . .«

Roland griff unter seine Anzugjacke und holte einen

.45er Smith & Wesson-Revolver mit einem Sechseinhalb-Zoll-Lauf hervor, eine jener Waffen, die er gern bei solchen Aufträgen benutzte.

»Jetzt kommen Sie schon . . . Mein Gott, stecken Sie das Ding weg.«

Auf Arnold gerichtet, der auf der Couch war, verdeckte der große Smith Arnolds Gesicht und den halben Oberkörper. Roland griff zu dem Stuhl neben ihm hinab und hob ein Satinkissen hoch. Er hielt es vor die Mündung und zeigte Arnold auf diese Art, wie er ihn umbringen würde, während er auf ihn zuging; der arme kleine Kerl drückte sich gegen die Couch, konnte nicht davonlaufen, sah aus, als würde er gleich heulen.

»Ich werde Sie bezahlen. Mann, ich *bezahle* Sie doch, habe ich Sie nicht bezahlt? Ich hab' schon etwas Geld aufgetrieben, das können Sie haben.«

»Schließ die Augen, Arnie.« Roland nahm das Kissen herunter, damit Arnie in die Mündung des .45ers sehen konnte, die sich wie ein Tunnel vor seinem Gesicht öffnete.

»Schließ deine kleinen Augen, sag schön auf Wiedersehen.«

Diese wilden, hektischen Augen, der Revolver direkt vor seinem Gesicht.

»Bist du soweit?« sagte Roland. »Mach sie ganz fest zu.«

Arnold griff nach dem Lauf, schob und zog daran, rollte sich über das Satinsofa. Roland schrie irgend etwas, sein Finger verklemmte sich im Abzugsbügel; als er wieder freikam, hielt er ihn fest, der Finger tat schrecklich weh, und dann richtete Arnold die Waffe auf ihn, richtete sie direkt auf seine Brust, und Arnold schloß die Augen, die blöde Sau, während er den Smith mit beiden Händen hielt und den Abzug durchzog.

Klick.

Er zog ihn noch einmal durch.

Klick.

Und wieder und wieder.

Klick, klick.

Roland grinste.

Arnold beugte sich vor und fing an zu weinen.

Roland nahm ihm den Revolver ab, hielt ihn mit dem Daumen und zwei Fingern am mit Nußbaum beschlagenen Griff und schob ihn wieder in die Innentasche seiner Anzugjacke. Er schlug Arnold leicht auf die Schulter.

»Ist heute nicht dein Tag, was, Arnie? Komm raus auf den Balkon.«

Arnold wich vor ihm zurück, den Mund häßlich verzogen, als er weinte, ohne dabei ein Geräusch von sich zu geben.

»Du Blödmann, ich werf' dich schon nicht runter. Wir setzen uns an die frische Luft, während ich dir sage, wie du wiedergeboren werden kannst.«

»Ich verstehe nicht, wieso ich ihn hier nicht irgendwo treffen kann«, sagte Arnold. Er seufzte, doch sein Atem ging allmählich wieder normal.

Der arme kleine Kerl, er hatte Rotz und Wasser geheult. Roland reichte ihm ein großes, weißrot geflecktes Taschentuch.

»Du hast die Drogenfahndung am Arsch, du Blödmann. Ed will das Risiko nicht eingehen, hier mit dir gesehen zu werden.«

»Aber ich sehe nicht ein, warum es ausgerechnet Detroit sein muß.«

»Arnie, mir ist es scheißegal, was du einsiehst und was nicht. Ed hat gesagt, er will dich dort treffen.«

»Wann?«

»Morgen, vielleicht übermorgen. Du quartierst dich im Flughafen-Hotel ein und wartest auf den Anruf. Ed wird sich mit dir in Verbindung setzen.«

»Ja, aber wann?«

»Wann er dazu Lust hat, du Blödmann.« Scheiße, vielleicht sollte er die ganze Sache vergessen und den Mistkerl vom Balkon werfen.

»Und dann?«

»Dann fährst du irgendwohin und erklärst ihm deinen Vorschlag.«

»Was für einen Vorschlag?«

»Gott im Himmel, du wolltest Ed doch überreden, dir noch ein paar Lieferungen zu finanzieren, und er könnte den gesamten Gewinn einstreichen. Hast du mir das nicht erzählt?«

»Ja, klar. Ich war mir nicht sicher.«

»Hör zu, du Granate, wenn du uns verscheißern willst, kannst du was erleben. Du hast ihm doch einen Vorschlag zu machen?«

»Machen Sie sich darüber keine Sorgen.«

Roland freute sich, daß allmählich wieder Selbstvertrauen in Arnolds Stimme zurückkehrte. Der kleine blöde Kerl. Er holte einen zusammengefalteten Umschlag der Fluggesellschaft Delta aus der Jackentasche und gab ihn Arnold.

»Das ist dein Flugschein. Morgen Mittag. Du fährst mit deinem Jaguar zum Flughafen, ja? Nummernschild ARN-268?«

»Ich nehme mir lieber ein Taxi.«

»Nimm den Jaguar«, sagte Roland, »für den Fall, daß dir jemand folgen und sich überzeugen will, daß du wirklich zum Flughafen fährst und nicht in den großen Sümpfen untertauchen willst.«

»An der Sache ist was komisch«, sagte Arnold.

»Okay, du Arschloch«, sagte Roland, »vergessen wir es eben. Ich komme dann in zwei Tagen und hole die Zinsen ab. Und ich komme nächste Woche, und übernächste . . .«

»Es ist nur ein klein bißchen komisch«, sagte Arnold. »Ich meine, so komisch nun auch wieder nicht. Ganz und gar nicht so komisch wie der Scheiß, den Sie mit dem Revolver durchgezogen haben. Sie haben einen ziemlich seltsamen Sinn für Humor, wenn ich das sagen darf.«

»Das darfst du ruhig sagen«, entgegnete Roland. »Wir beide haben uns doch nur ein Späßchen erlaubt, nicht wahr?«

14

Martas Bruder, Jesus, kam kurz nach sieben, während Mrs. DiCilia oben war, um die Kassette abzuholen. Er sagte, dies sei das letzte Mal. Endgültig.

Marta fragte ihn, ob er getrunken habe. Er sagte, ja, mit Lionel Oliva. »Warum machen wir das?« fragte er. »Warum sollen wir der Frau das Leben schwermachen? Was hat sie uns getan? Warum sollten wir sie hereinlegen?« Marta hörte zu. »Schluß damit«, sagte Jesus. »Du bist betrunken«, antwortete Marta. »Und was ändert das? Schluß damit. Ich arbeite nicht mehr für Roland. Wie kann man für Roland arbeiten und noch Selbstachtung haben?« »Ich gebe dir doch nur die Kassetten«, sagte Marta, »sonst nichts.« »*Schluß damit!*« sagte Jesus. »Du denkst doch genauso wie ich.« (Was der Wahrheit entsprach.) »Also Schluß damit. Ich gehe fort.« »Aber wenn ich fortgehe . . .«, sagte Marta. »Ich gehe fort, um nichts mehr mit Roland zu tun haben zu müssen. Du mußt nicht fortgehen. Sprich mit der Frau. Hilf ihr.« »Wohin gehst du?« fragte sie ihren Bruder. »Nach Kuba«, antwortete er. »Warum bringst du ihm dann noch diese Kassette?« sagte Marta. »Wenn ich sie ihm bringe und ihn noch mal sehe«, sagte Jesus, »habe ich vielleicht den Mut, ihn zu erschießen. Vielleicht auch nicht. Aber ich glaube, ich gehe nach Kuba.«

Um fünf vor acht kam dann der Mann namens Maguire mit Mrs. DiCilias Wagen.

Marta nahm an, Mrs. DiCilia würde mit ihm ausgehen, doch die beiden sprachen im Garten ein paar Minuten miteinander, und dann fuhr der Mann wieder fort. Mrs. DiCilia kehrte ins Haus zurück und ging in das Zimmer hinauf, das Mr. DiCilias Büro gewesen war, direkt neben dem großen Schlafzimmer. Mrs. DiCilia war heute mehrere Stunden lang in der Stadtbibliothek gewesen – das hatte sie Marta zumindest gesagt – und hatte nach ihrer Rückkehr den größten Teil des Tages in diesem Zimmer verbracht.

Marta blieb fast eine Stunde in ihrem Zimmer und redete sich ein, es sei nichts Schlechtes, Mrs. DiCilias Anrufe aufzunehmen; es sei zu ihrem eigenen Schutz – das hatte man ihr nämlich gesagt – um schlechte Männer von ihr fernzuhalten. Doch wenn die Männer, die sie beschützen sollten, schlechter waren als die, die sie fernhielten – wenn sie *das* wußte ... Ja, dann konnte sie Mrs. DiCilia sagen, sie habe es gerade erst herausgefunden oder gemerkt, daß das Telefon abgehört wird. Kein Geständnis, sondern eine Entdeckung. Das war der große Unterschied. Denn dann würde Mrs. diCilia ihr vertrauen und hatte keinen Grund, sie zu feuern. Marta wollte Mrs. DiCilia helfen. Doch in erster Linie wollte sie ihren Job behalten.

Sie ging hinauf zu dem Büro, wo Mrs. DiCilia am Schreibtisch saß, in der einen Hand das Telefon und in der anderen eine Schere.

Etwas an dem Zimmer hatte sich verändert. Die weißen Wände waren kahl. Die eingerahmten Fotos von Mr. DiCilia und anderen Männern – Mr. DiCilia schüttelte ihnen die Hand oder stand lächelnd neben ihnen – waren verschwunden. Die Missus hatte sie abgenommen.

Marta wartete.

Mrs. DiCilia sprach mit jemand namens Clara, sagte, in Ordnung, sie würde ihn also übermorgen anrufen.

Auf dem Schreibtisch lagen Zeitungen und Artikel, die

sie aus Zeitungen ausgeschnitten hatte, Bilder aus der Zeitung und aus Zeitschriften, anscheinend Bilder von Mrs. DiCilia.

Mrs. DiCilia fragte, ob Clara die Telefonnummer von Vivian Arzola habe.

Marta sah auf die Bilder auf dem Schreibtisch und dachte: Es wird abgehört. Das Telefon. Roland wird kommen, um das Band zu holen, und – was sollte sie ihm sagen?

Kleine Schwarzweißschnappschüsse lagen auf dem Schreibtisch und Bilder von einer anderen Frau, nicht von Mrs. DiCilia, die wie Fotokopien aussahen und zerknickt und verblichen waren.

Mrs. DiCilia sagte, sie würde versuchen, Vivian im Büro anzurufen, und dankte der Frau namens Clara.

Mrs. DiCilia legte den Hörer auf und sah Marta an.

»Ja?«

»Ich möchte Ihnen bitte etwas sagen«, sagte Marta.

»Wo bekommt man so einen Cowboy-Hut?«

Roland drehte den Kopf und sah Maguire auf dem Barhocker neben ihm an. »Mitten in der Innenstadt von Miami«, sagte er. »Da gibt es einen Laden für Westernkleidung.«

»Und Westernausstattung«, sagte Maguire. »Wenn ich mich nicht irre, ist das wohl ein Ox Bow.« Wie er in Bill Bullocks Geschäft in Aspen im Schaufenster gehangen hatte.

»Richtig«, sagte Roland, berührte die geschwungene Krempe mit dem Finger und musterte Maguire erneut, einen Mann, der etwas von Hüten verstand.

»Aber den Anzug haben Sie nicht da gekauft«, sagte Maguire.

»Nein, der Anzug wurde in der Republik China für mich angefertigt«, sagte Roland.

Maguire schüttelte den Kopf. »Ehrlich?«

»Ja, drüben in Taiwan. Das kostet 'ne Kleinigkeit, aber wenn man es bezahlen kann ...«

»Ich weiß, was Sie meinen.«

»... dann hat man wirklich einen hervorragenden Anzug.« Rolands Kinn ruhte auf seiner Schulter, als er Maguire betrachtete. »Ich wette, ich weiß, woher Sie kommen. Aus dem Westen.«

»Woher wissen Sie das?« sagte Maguire und legte eine Spur von seinem heimischen Akzent in seine Stimme.

»Ich höre es heraus. Was meinen Sie, woher ich komme?«

»Na ja, ich würde sagen, auch aus dem Westen«, sagte Maguire. »Keine Ahnung. Mal überlegen ... Vegas?«

Roland richtete sich auf und sah die Bar mit ihren Flaschen und den Bullaugen mit dem beleuchteten Wasser dahinter entlang. »Barkeeper, würden Sie uns bitte noch ein Glas bringen.« Dann, zu Maguire: »Was trinken Sie?«

»Rum«, sagte Maguire.

»Eine Karibik-Pisse«, sagte Roland zu dem Barkeeper, »und einen Wild Turkey. Las Vegas, was? Scheiße, nein, ich komme direkt hier aus Florida.«

»Dann«, sagte Maguire, »sind Sie Viehzüchter? Diese Zebus mit dem Buckel?«

»Nee, ich war in der Baubranche, Landerschließung. Davor habe ich drüben in Big Cypress Touristen auf die Jagd und zum Fischen geführt. Diese Blödmänner, die von nichts 'ne Ahnung haben, die das eine Ende vom Boot nicht vom anderen unterscheiden können.«

»Drüben bei Miccosukee, wette ich«, sagte Maguire.

»Nahe dran, aber weiter im Westen, am Turner River.«

»Da bin ich mal durchgefahren«, sagte Maguire, »und ich habe an diesem Schuppen an der Tamiami gehalten, um eine Tasse Kaffee zu trinken.«

»Ach.«

»Dieses kleine Restaurant, ganz allein da draußen. Die Besitzerin war vielleicht fünfunddreißig und sah ganz gut aus. Sie bringt mir den Kaffee, ich sitze an der Theke, und sie zieht dann einen Stuhl vom Tisch weg und setzt sich.«

»Ach.«

»›Ich liebe Tiere‹«, sagt sie. ›Es zerreißt mir das Herz, wenn eins überfahren wird. Am meisten mag ich Kuhstare‹, sagt sie. ›Die haben die schönsten Augen.‹ Sie hat einen ganz verträumtem Ausdruck auf dem Gesicht, wie sie mir da gegenübersitzt. ›Ihre kleinen Köpfe gehen immer hin und her, genau so‹, sagt sie und zeigt mir, wie sie hin und her gehen. ›Immerzu picken sie; sie picken 'ne Menge Bremsen raus.‹«

»Das stimmt«, sagte Roland, »das machen sie.«

»Sie sitzt da, und ich sage zu ihr: ›Sind Sie ganz allein.‹ – ›Ja, ich bin‹, sagt sie. Ich sage: ›Wohnen Sie auch hier?‹ Sie sagt: ›Ja, ich wohne hier.‹ Ich sage: ›Wollen Sie mit mir ins Schlafzimmer gehen?‹ Und sie sagt: ›Ist mir egal.‹«

Roland schlug mit seiner großen Hand auf die Kante der Bar. »Ja, ich weiß, wo das war.«

»Wir gehen ins Schlafzimmer«, sagte Maguire, »und sie sagt die ganze Zeit über, während wir bumsen, kein Wort. Wir ziehen uns an, gehen wieder raus, sie gießt mir noch 'ne Tasse Kaffee ein und setzt sich wieder auf den gleichen Stuhl mitten im Café.«

»Ja.«

»Hat jetzt seit zwanzig Minuten kein Wort mehr gesagt.«

»Ich weiß.«

»›Wir haben mal einen kleinen Papagei gefunden, der von einem Auto überfahren wurde‹, sagt sie. ›Wir haben ihn aufgepäppelt und im Badezimmer gehalten, damit er es warm hatte. Aber er ist im Waschbecken ertrunken.‹«

Roland schüttelte den Kopf. »Jesus«, sagte er, »ich kenne sie, und hundert andere, die genauso sind.« Er öffnete die Augen, setzte einen nichtssagenden Gesichtsausdruck auf, drehte den Kopf, um sich gemächlich umzuschauen, und sagte mit hoher Stimme: »Ja, ich war mal unten in Monroe Station, mal überlegen, vor fünf Jahren war das, um da unten ein paar Welse zu jagen. Ein verdammtes Kaff ist das, drei Kilometer von der Straße entfernt. Mann, ich mußte da verschwinden, bevor ich Moos ansetzte.«

»Das ist nicht gerade die Goldküste«, sagte Maguire. »Da unten kann man doch nichts verdienen, oder?«

»Wenn man gut drauf ist, macht man da unten im Sumpf dreifünf das Jahr. Das verdient man hier in der Woche, und am Wochenende kann man sich noch ausschlafen.«

»Ich kann mir schon vorstellen, daß Sie wissen, was Sie tun«, sagte Maguire.

»Da können Sie Gift drauf nehmen«, sagte Roland. »Im Augenblick brüte ich gerade ein Geschäft aus, wenn das klappt, kann ich mich für den Rest meines Lebens zur Ruhe setzen.«

»Worum geht es denn, um Land?«

»Land, das könnte man sagen«, sagte Roland. »Land, ein Haus, ein Treuhandfonds.« Roland sah über seine Schulter und musterte die Gäste an den Tischen.

Maguire betrachtete das zerfurchte, wettergegerbte Gesicht des Mannes aus der Nähe und stellte sich dabei vor, wie er in dieses Gesicht trat und die Haut aufplatzte. Als würde er einen Alligator treten. Aber man mußte es anders machen, man mußte einen Freund draußen im Wagen warten haben. Man mußte den großmäuligen Roland beschimpfen, bis er sagte, komm, geh'n wir mal raus. Dann mußte er auf den Parkplatz vorgehen und abzischen, und wenn Roland dann rauskam, mußte der Freund den Wagen anlassen und ihn einfach überfahren.

»Erwarten Sie jemand?« sagte er.

»Ja, ich wollte mich mit ein paar Leuten treffen«, sagte Roland. »Irgend so'n Scheißkerl macht mir Schwierigkeiten. Aber wenn sie nicht bald aufkreuzen, bin ich verschwunden.«

Es wurde allmählich brenzlig. »Ich werde dann auch gehen«, sagte Maguire. »Außer, ich kann Ihnen noch einen ausgeben.« Er wollte allmählich hier raus.

»Na ja, noch einen«, sagte Roland und drehte sich wieder zu der Bar um. Als er die Bullaugen sah, das erleuchtete Wasser, grinste er. »Wissen Sie, was irre wäre? Man müßte eines dieser Fenster einschlagen. Stellen Sie sich mal vor, wie das ganze Wasser aus dem Swimmingpool hier reinfließt« – er grinste, hatte Spaß an der Vorstellung – »und die Leute springen auf, versuchen rauszukommen, und das Wasser strömt über ihr Abendessen.«

»Ja, das wäre irre«, sagte Maguire. »Allen Gästen wird das Abendessen naß.«

15

Als das Telefon klingelte, sah Vivian Ed Grossi an. Ed hatte ihre Privatnummer. Jimmy Cap hatte ihre Nummer. Ihre Mutter in Homestead hatte sie. Eds Anwalt . . .

Ed hörte, wie sie mit zögernder Stimme antwortete und einen Augenblick mit dem Anrufer sprach, wer es auch sein mochte. »Was?« sagte sie dann. »Wovon sprechen Sie? Ich habe sie Ihnen nicht gegeben . . . ich nicht.«

Ein energisches Mädchen. Sehr sanft und freundlich zu ihm, doch energisch, wenn sie andere Leute von ihm fernhalten wollte. Seit zwölf Jahren arbeitete sie für ihn; am Anfang war sie nur jemand, mit der man ins Bett gehen konnte, eine gutaussehende, junge kubanische Schnecke; aber zu intelligent, um ganz unten zu bleiben. Im Prinzip intelligenter als er selbst oder jeder andere in der Organisation; aber ein ziemlich schwaches Selbstvertrauen, weil sie als Landarbeiterin eingewandert war und sich manchmal von Leuten mit lauter Stimme einschüchtern ließ. Das mußte sie noch lernen: Lautstärke war nicht gleichbedeutend mit Stärke oder Macht. Obwohl sie selbst manchmal ziemlich laut werden konnte und es zu funktionieren schien.

Er kam ganz gern hierher, um ein paar Tage mit Vivian allein zu sein. Um einmal in Ruhe nachzudenken. Um mit Blumen bedruckte Hemden und Bermudashorts tragen zu können. Um Investmentgeschäfte mit ihr zu besprechen. Um ihr Dinge aus seiner Vergangenheit zu erzählen, die er sonst niemand erzählt hatte, ganz bestimmt nicht seiner Frau, Clara. Um mit Vivian ins Bett zu gehen. Gebratene Bananen zu essen. Dope mit ihr zu rauchen, was er nirgendwo sonst tat, nur hier. Erst seit zwölf Jahren. Und doch schien es schon eine Ewigkeit her zu sein, daß er Vivian kannte; wenn er zurückblickte, schien er einen ganz anderen Menschen namens Ed Grossi zu sehen.

Sie brachte ihm das Telefon zu seinem Lieblingssessel; er hatte seine dünnen, nackten Beine auf ein dazu passendes Sitzkissen ausgestreckt.

»Es ist Roland.«

Er sah ihr mißmutiges Gesicht, hörte dann Rolands sonnige Stimme: »Ed, he, ich hoffe, ich halte Sie nicht von irgendwas ab, Partner, aber ich habe hier ein kleines Problem.«

Er kam mit einem Problem, ließ es aber so klingen, als sei es gar nichts. Dann wurde er ernster, und in seiner Stimme schwang fast Schmerz mit; gottverdammt, er wisse nicht, wie er die Sache angehen sollte und wollte, daß Ed ihm helfen sollte, wenn er nicht zu beschäftigt war und sich eine Weile loseisen konnte.

Vivian blieb stehen, setzte sich nicht, versuchte, Eds Gesichtsausdruck zu deuten, der ihr nichts verriet, und etwas aus seinen kurzen Worten und Fragen zu erfahren. Es ging um Karen DiCilia. Als er schließlich sagte: »In Ordnung, ich werde da sein«, nahm sie das Telefon entgegen und legte auf.

»Wo sein?« sagte Vivian.

»In Boca. DiCilias Apartment.«

»Er hat mir gesagt, ich hätte ihm diese Nummer gegeben«, sagte Vivian. »Das habe ich aber nicht. Ich weiß, daß ich sie ihm nicht gegeben habe. Was hat er da zu suchen?«

»Er sagt, Karen sei betrunken gewesen, habe laut mit einer Reporterin gesprochen, versucht, eine Szene zu machen. Also hat er sie in das Apartment gebracht.«

»Was? Warte mal.« Vivian stellte das Telefon auf den Boden und setzte sich auf die Kante des Sitzkissens. »Wo war das, in Boca?«

»In einem Restaurant, sagte er. Roland ist ihr gefolgt – es sah so aus, als würde sie sich mit jemand treffen, und dann stellt er fest, daß diese Frau eine Reporterin oder Journalistin oder so was ist.«

»Ach?«

»Aber er meint, Karen sei schon betrunken gewesen, bevor sie in dem Restaurant eintraf.«

»Trinkt sie viel?«

»Keine Ahnung, vielleicht.«

»Ruf sie zu Hause an«, sagte Vivian.

»Was meinst du, ruf sie an? Sie ist in dem Apartment.«

»Woher weißt du das so genau?«

»Ich habe ihre Stimme gehört. ›Einen Moment, sie hat gerade was gesagt‹, sagte Roland. Dann sagte er, sie müsse sich übergeben und sei ins Badezimmer gegangen.«

»Was für ein Restaurant war das?« fragte Vivian.

»Das hat er nicht gesagt.«

»Du wirst langsam alt.«

Grossi sah sie an, ohne etwas zu sagen.

»Es tut mir leid«, sagte Vivian. »Rufen wir ihn zurück und finden das mit dem Restaurant heraus.«

»Warum?«

»Ruf dort an und frage nach, ob ihr Wagen dort steht. Er sagt, er habe sie in die Wohnung gefahren. Warum dorthin? Warum nicht nach Hause?«

»Er sagt, dort würde die Reporterin sie wahrscheinlich erwarten. Er sagt, Karen würde ihr alles erzählen, wenn ich nicht zuerst mit ihr spreche. Gott noch mal, Vivian, was ist das nur für eine Scheiße.«

»Rufen wir ihn zurück«, sagte Vivian.

»Es ist eine Geheimnummer. Ich kenne sie nicht.« Ed Grossi erhob sich aus dem Sessel und ging ins Schlafzimmer.

»Ich kann ins Büro fahren und sie holen«, rief Vivian ihm nach. »Vierzig Minuten.«

Nach einem Augenblick erschien Grossi ohne die Bermudashorts, in gestreiften Unterhosen, in der Schlafzimmertür. »Du kannst mich fahren.«

»Ruf bei ihr zu Hause an«, sagte Vivian. »Vergewissere dich, daß sie nach Boca gefahren ist.«

Grossi hatte Geduld mit Vivian, weil er sie verstand. »Ich habe am Telefon ihre Stimme gehört. Sie ist in der Wohnung, und wir fahren zu der Wohnung. Okay?«

»Ich habe ihm diese Nummer nicht gegeben«, sagte Vivian. »Ich weiß genau, daß ich ihm die Nummer nicht gegeben habe.«

Wenn Ed oder Vivian zurückrufen sollten, würde Roland ›Einen Augenblick!‹ sagen und die Hand über die Sprechmuschel halten. Dann würde er sagen: ›Scheiße, jetzt ist sie eingeschlafen.‹

Oder er würde wieder den Kassettenrecorder einschalten und ihnen einen der Sätze vorspielen, die er von der gestrigen Kassette überspielt hatte; das Gespräch mit der Reporterin, die angerufen hatte, war wie geschaffen dazu.

Roland schaltete den Recorder ein, um es noch mal zu hören.

»Warum stellen Sie mir ständig Fragen, wenn Sie doch wissen, was ich sagen werde? Lassen Sie sich etwas anderes einfallen.«

Roland würde zuerst sagen: ›Mrs. DiCilia, würden Sie bitte mit Mr. Grossi sprechen?‹

Dann würde er den Recorder einschalten und den Telefonhörer daran halten.

»Warum stellen Sie mir ständig Fragen, wenn Sie doch wissen, was ich sagen werde?«

Vielleicht würde er an dieser Stelle unterbrechen. Dann würde er zu ihnen sagen, ›sie will mit niemandem sprechen. Sie kommen besser selbst, vielleicht werden Sie mit ihr fertig.‹

Roland gefiel der Oceana-Gebäudekomplex. Alles moderner, größer als Arnolds Wohnung, eine hervorragende Aussicht und diese tiefe, in den Boden eingelassene Badewanne. Vielleicht lief ihm ja wirklich eine nette Cocktail-Kellnerin über den Weg. Er konnte sie hierher mitnehmen, wenn er nicht mit Karen beschäftigt war. Oder auch, wenn Karen hier war. In die Badewanne paßte man bequem zu dritt.

Roland ging zum Schrank neben der Eingangstür, in dem er die Anzugjacke aufgehängt hatte. Er nahm den großen .45er Smith aus der Innentasche und legte ihn auf die Hutablage des Schranks, schob ihn an die Rückwand. Er ließ die Anzugjacke dort hängen, behielt jedoch den Ox-Bow-Strohhut auf, schob ihn zurecht, daß er wie eine Soldatenmütze ein wenig schräg saß. Man hatte ihn schon des öfteren gefragt: »Nehmen Sie den Hut niemals ab?« Er sagte dann immer: »Mal überlegen. Ja, ich nehme ihn ab, wenn ich mir die Haare wasche.« Dann wartete er einen Augenblick und tat so, als würde er nachdenken, bis man ihn fragte: »Na ja, und sonst nehmen Sie ihn nie ab?« Und dann sagte er: »O ja, jeden Sonntag, wenn ich in die Kirche gehe.«

Im letzten März war es elf Jahre her, daß Roland ernsthafte Schwierigkeiten wegen seines Hutes bekommen hatte. Damals hatte er für einen Subunternehmer im Straßenbau gearbeitet, irgendwo am Fakahatchee-Strand an der Westküste, und war in dieses Restaurant in Naples gegangen, um einen Happen zu essen. Damals hatte er einen weißen Stetson getragen, der aussah wie die, die die Rodeoreiter immer trugen, an den Seiten hochgebogen, aber vorn ziemlich flach. Ein paar Jungs aus dem College, die dort ein Bier tranken, sahen zu ihm hinüber, wie er mit dem Hut auf dem Kopf aß. Er wußte, daß sie dumme Bemerkungen machten, kicherten und lachten, ein paar blöde Kerle, die Sweat-Shirts mit den Aufdrukken von Universitäten und Nummern darauf trugen. Als sie gingen, blieb Nummer 79 an Rolands Tisch stehen, stand dort mit seinen muskulösen Schultern und Armen, die Hände auf den Hüften, und sagte: »Hast du immer deinen Hut auf, wenn du ißt?« Die anderen hinter ihm kicherten sich noch einen. »Laß mich in Ruhe, Junge, oder du endest im Salat«, sagte Roland zu 79, ohne von seinem Essen aufzublicken. Nummer 79 griff nach Rolands Hut, bekam eine Gabel in den Unterarm und stieß ein Heulen aus, als Roland ihn in die Salatbar warf, wobei der Junge durch die Glasscheibe flog. Er mußte im Krankenhaus mit zahlreichen Stichen genäht werden, fast so viel, wie für sein völlig zerrissenes Sweat-Shirt nötig waren. Roland bekannte sich der schweren Körperverletzung schuldig, bekam ein Jahr auf Bewährung und bezahlte die Krankenhauskosten, 387 Dollar, aus eigener Tasche, als er erfuhr, daß seine Haftpflichtversicherung nicht dafür aufkommen würde.

Ein Jahr später war er in dem gleichen Gerichtssaal im Bezirk Lee, und diesmal hatten sie ihn am Wickel: Man sagte ihm, er solle den Hut abnehmen, und klagte ihn des Mordes zweiten Grades an; präsentierte Zeugen, die aussagten, Roland habe einen Bauunternehmer namens Goldman bedroht, von dem Roland angeblich noch Geld bekam, die gesehen hatten, wie Roland mit Goldman gestritten und eine Schlägerei provoziert hatte; wie man sie auseinandergebracht hatte; wie Roland dann mit

Goldman in dessen Lieferwagen nach Fakahatchee gefahren war, einen Tag, bevor man ihn erschossen in einem Entwässerungsgraben gefunden hatte. Diesmal gab es keine Bewährung. Roland bekam 10 bis 25 Jahre und saß sieben lange Jahre davon ab. Genug Zeit, um zu lernen, wie man seinen Grips benutzt und sich wichtige Verbindungen verschafft. Dann kam er raus und betrat den Sumpf nie wieder, abgesehen von dem einen Mal, als ein Hotelbesitzer mit seinen Zinsen in Rückstand geriet und Roland zu einer Anlegestelle für Luftkissenboote in den Everglades fuhr, die niemals fertiggestellt worden war, den Mann erschoß und in eine Materialgrube warf, in der sich ein paar Alligatoren eingenistet hatten. Wenn Roland jetzt solch einen Auftrag bekam, borgte er sich Lionel Olivas kleines schnelles Motorboot, fuhr den Fluß hinauf, warf sein Opfer über Bord und schoß auf es, bis es verschwand.

Mit Ed Grossi war das jedoch etwas anderes.

Wenn Vivian auf einer Sache beharrte, immer wieder von vorn anfing, dachte Ed Grossi bei sich: Ja, ja, rede nur. Sie war intelligent, aber sie war schließlich doch nur eine Frau. Sie hatte darauf beharrt, ihn nach Bota Raton zu fahren; also duldete er, daß sie ihn fuhr, gestand ihr soviel zu, sprach jedoch die ganze Zeit über, während sie die Interstate 95 entlangfuhren, kaum ein Wort.

»Warum bist du sauer?« fragte Vivian.

»Ich bin nicht sauer«, sagte er.

»Ich weiß, wann du sauer bist«, sagte sie, »ob du es nun zugibst oder nicht.«

»Wenn du weißt, daß ich sauer bin«, sagte er, »dann solltest du auch wissen, worauf ich nicht sauer bin.« Und er dachte: Gott im Himmel, zwei erwachsene Menschen.

Grossi war sauer – nein, eher wütend –, weil Vivian gesagt hatte, er werde langsam alt.

»Vergessen wir's«, sagte er nun. Was bedeutete, daß sie

nicht mehr darüber sprechen würden, ob er nun sauer war oder nicht.

Wenn man einer Frau den kleinen Finger reichte, würde sie versuchen, die ganze Hand zu nehmen. Man mußte sie in Schach halten. Als sie zum Oceana-Komplex abbogen und zum Parkplatz hinter dem Gebäude fuhren, sagte Grossi: »Setz mich am Fahrstuhl ab und warte auf mich.«

»Ich will mit dir gehen«, sagte Vivian.

»Ich sagte, setz mich am Fahrstuhl ab und warte.«

Das saß. Zack. Manchmal mußte man sie so behandeln.

»Vielleicht will sie, daß sich eine Frau um sie kümmert.«

Grossi stieg aus dem Cadillac und schlug die Tür zu. Er mußte auf den verdammten Fahrstuhl warten und spürte, wie Vivian ihn beobachtete. Dann war er in der Kabine, die Tür schloß sich, und er hatte sich wieder in der Gewalt. Er würde sich mal mit Vivan unterhalten, ihr ein paar ganz einfache Regeln klarmachen müssen. Zum Beispiel, die Klappe zu halten, wenn ein gewisser Punkt überschritten war; Schluß mit der Diskussion. Clara bereitete ihm keine Schwierigkeiten, doch er mußte sich ihr Geschwätz über den Garten anhören. Karen sprach über ihre Freiheit. Karen – er würde auf all ihre Forderungen eingehen und die Sache damit beilegen; dann mußte er sich keine Sorgen mehr machen. Lächerlich, hier vorbeifahren und sich mit Frauen abgeben zu müssen.

Grossi klopfte, und Roland öffnete fast augenblicklich die Tür. Er hielt ein Zierkissen in der Hand.

»Ich habe geschlafen«, sagte Roland.

Grossi trat ins Wohnzimmer. »Wo ist sie?«

»Sie ist im Badezimmer. Klingt so, als wäre ihr ziemlich schlecht.«

»Hat sie überhaupt geschlafen?«

»Ein wenig. Sie will nicht mehr mit mir sprechen.«

Grossi schritt durch den Gang zum Badezimmer. Die Tür war verschlossen. Er klopfte und sagte: »Karen?« Es kam keine Antwort, kein Geräusch aus dem Bad. Roland trat jetzt auf den Gang, noch immer das kleine Kissen in der Hand. »Sind Sie sicher, daß sie da drin ist?«

»Vielleicht ist sie wieder weg«, sagte Roland. »Sehen Sie lieber mal nach.«

Grossi drückte die Klinke; er erwartete, daß abgeschlossen war. Er öffnete die Tür vorsichtig; er wollte Karen nicht erschrecken oder sie überraschen, wenn sie auf der Toilette saß.

»Karen?«

Er sah sich in dem Badezimmerspiegel. Er blickte zur leeren Badewanne. Er sah wieder in den Spiegel und sah sich selbst und Roland hinter ihm. Er sah, wie Roland ihn im Spiegel musterte, zwar nicht grinsend, aber mit einem wachsamen, wissenden Ausdruck.

Im Geiste hörte Grossi in diesem Augenblick, wie Vivian sagte: ›Du wirst alt‹, er hörte seine Stimme, ›o mein Gott!‹, er hörte den dumpfen Schuß, der ihn hart traf, ihn durchschlug, und sah im Spiegel, wie Blut aus seiner Hemdbrust kam und auf den Spiegel spritzte, wie aus einer Düse sprühte es darauf, und er sah im gleichen Augenblick, wie das Glas plötzlich zersplitterte, mit seinem Bild darauf, wie sein Bild verschwand.

Roland hob Grossi auf, überrascht, wie leicht er war, und ließ ihn in die tiefe Badewanne fallen.

Er hatte nicht daran gedacht, daß der Spiegel zersplittern könnte. Er würde das Glas und das Blut aufwischen und den Spiegel ersetzen, morgen vielleicht.

Im Augenblick mußte er erst einmal Eds Wagen fortfahren. Ihn auf irgendeinem Parkplatz abstellen, der ein paar Kilometer entfernt war, abschließen und zu Fuß hierher zurückkehren.

Und warten, bis es richtig dunkel war. Dann kam der schwierige Teil: Ed aus dem Fenster in den Sand unten werfen. Das war besser, als ihn in einer Truhe in den Fahrstuhl zu zerren.

Ihn zum Internationalen Flughafen von Miami fahren

und in den Kofferraum von Arnolds Jaguar legen, Florida ARN-268, der auf dem Parkplatz der Fluggesellschaft Delta stand.

Und er durfte nicht vergessen, auch den Smith in den Kofferraum zu legen, den Griff und den Abzug abgewischt, so daß keine Fingerabdrücke mehr darauf waren; aber Arnies Teilabdrücke waren ja noch auf dem Lauf.

Dann Grossis Wagen nach Hollandale fahren, ihn vor Arnies Apartment abstellen.

Eine Menge Arbeit.

Am Morgen die Polizei von Miami anrufen. Die Stimme verstellen, daß sie wie die eines Schwulis klang, wie die von Arnies Exfreunden: Hallo, mein Hübscher. Sie wissen nicht, wer hier spricht, aber ich kann euch Jungs sagen, wo ihr eine Leiche findet. (Wahrscheinlich würde man ihn dann in ein Gespräch verwickeln wollen.) Hör nur zu, du Arschloch, oder ich lege auf und sage euch nicht, wer's getan hat und wo ihr ihn finden könnt.

Das mußte er noch ein wenig üben.

Was sonst noch?

Roland fiel etwas ein, und er sagte ganz laut: »Ach du verdammte Scheiße.«

Etwas, das er nicht einkalkuliert hatte; er wußte nicht, warum er nicht daran gedacht hatte, aber immerhin, großer Gott, die Möglichkeit bestand.

Was, wenn Vivian mit Ed hierher gefahren war?

Dieser Hurensohn, dachte Vivian. Sie setzte den Cadillac rückwärts bis zur Parkplatzauffahrt, bereit, jederzeit zu wenden und den Parkplatz zu verlassen.

Sie wartete dort und zwang sich zur Ruhe. Was konnte sie schon ändern? Genauso gut könnte sie mit dem Fuß aufstampfen oder Porzellan zerschlagen. Nichts würde es ändern. Du kannst ihn nicht beeinflussen, dachte sie. Er ist dreiundsechzig, und er ist, wie er ist. Sie legte den Leerlauf ein, und ohne, daß sie aufs Gas getreten hatte, rollte der Wagen die Auffahrt zur Fahrstuhltür hinab.

Er würde mit Mrs. DiCilia herauskommen, und sie würden sich um die Frau kümmern, sie nach Hause oder in ein Hotel bringen. Und er wird nicht mal merken, daß du wütend auf ihn bist, dachte Vivian. Dieser Hurensohn. Du fährst ihn die ganze Strecke von North Miami hierher, und er sagt kaum ein Wort. Aber jetzt, wo sie allen Grund hatte, sauer zu sein, würde der Hurensohn es nicht mal merken.

Vivian setzte den Wagen wieder rückwärts zur Auffahrt.

Fahr irgendwohin. Soll er doch warten, bis du zurückkommst, ›Oh, hast du lange gewartet? Ich mußte tanken; du tankst den Wagen ja nie voll.‹

Der Anzeiger stand auf halbvoll. Aber das würde er nicht merken. Oder sie würde eine Tasse Kaffee trinken, anstatt wie ein Chauffeur hier zu warten. Frag ihn doch, wann du die Mütze und die Uniform bekommst!

Sie sah die Auffahrt hinab, die vielleicht achtzehn oder zwanzig Meter lang war, und sah, wie der Cowboyhut aus dem Fahrstuhl kam.

O Gott, dachte sie.

Sie zögerte. Ed hatte Roland vielleicht runtergeschickt, um sie zu holen.

Roland sah sich um, schaute nun zu ihr. Er musterte den Wagen, war sich nicht sicher, ob es der richtige war. Dann winkte er – »Kommen Sie her!« – und trat mehrere Schritte auf die Auffahrt.

Vivian gab Gas, doch sie hatte den Rückwärtsgang eingelegt und trat auf die Bremse, um den Wagen anzuhalten. Roland kam jetzt auf sie zu. Sie mußte auf den Schaltknüppel schauen, um den ersten Gang einzulegen. Roland lief nun, winkte nicht mehr – »Kommen Sie her, was machen Sie denn?« – sondern schlug wild mit den Armen. Sie trat auf das Gaspedal, der Wagen machte augenblicklich einen Satz vorwärts, und sie mußte das Steuer heftig herumreißen, um nicht von der Auffahrt abzukommen. Der Wagen scharrte an der Hauswand entlang, und sie hörte, wie die Reifen kreischten und Roland etwas schrie.

Wenn sie sich geirrt hatte, konnte sie sich später bei Ed entschuldigen.

Aber sie wußte, daß sie sich nicht geirrt hatte. Sie wußte nicht, wieso, aber sie wußte es einfach – sie war sich sicher, Roland nicht die Telefonnummer gegeben zu haben. In diesem Augenblick hatte sie nicht die geringste Ahnung, wo sie sich verstecken konnte.

16

Karen las davon und sah die Berichte im Fernsehen.

Der Mord an Ed Grossi wurde als Bandenmord in der Drogenszene dargestellt. Man hatte seine Leiche auf dem Internationalen Flughafen von Miami gefunden, im Kofferraum des Wagen eines Mannes, den man für einen Drogenhändler hielt. Der vermeintliche Drogenhändler, Arnold Rapp, war geflohen; doch kurz darauf wurde er in Detroit von schnell handelnden FBI-Agenten festgenommen und der Polizei von Miami überstellt. Man hatte Arnold Rapp des Mordes ersten Grades angeklagt – die Kaution war auf einhunderttausend Dollar festgesetzt worden – und er erwartete seine Verhandlung vor dem Geschworenengericht des Bezirks Dade.

Karen lief instinktiv davon.

Sie flog nach Los Angeles zu ihrer Tochter Julie. Sie erzählte Julie von Ed Grossi, von der Absprache, von Roland. Julie schien ihr zuzuhören. Doch mitten in einem Gespräch sprang Julie plötzlich auf, um ins Studio zu fahren, wo sie gerade einen italienischen Film synchronisierte, oder ihrem Mann Brian, der sich bei einem Stunt, einer Verfolgungsjagd mit Autos, den Kiefer gebrochen hatte, Milkshakes ins Cedars-Sinai-Hospital zu bringen.

Nachts saß Karen im Wohnzimmer des Hauses am Mulholland Drive und sah auf die Lichter von Los Angeles hinab.

»Ich weiß nicht«, sagte Julie, »ich sehe da kein Problem.«

»Dann muß ich irgendwas ausgelassen haben«, sagte Karen. »Wenn Ed Grossi tot ist, kann er die Vereinbarungen nicht mehr ändern, die Sache mit dem Treuhandfonds. Es geht immer so weiter, wird den Rest meines Lebens so bleiben.«

»Na, dann soll ein anderer sie doch ändern.«

»Ich habe Angst«, sagte Karen. »Ich habe das Gefühl, daß die Sache jetzt in Rolands Händen liegt.«

»Ja? Na, dann bring Roland dazu, die Vereinbarungen zu ändern. Mein Gott, das klingt ja ganz nach Hollywood, wenn man sich mit diesen verdammten Produzenten rumschlagen und herausfinden muß, wer denn nun das Sagen hat.«

»Er wird die Vereinbarungen nicht ändern wollen«, sagte Karen. »Er weiß, daß ich dann sofort wegziehen würde.«

»Na ja, wenn es dir da gefällt . . .« sagte Julie. »Das ist doch eine ganz gute Adresse, oder?«

»Was meinst du? Daß es . . . chic ist, da zu wohnen?«

»Hier ist es doch genauso«, sagte Julie. »Wir sind in Los Angeles, nicht wahr? Aber man sagt nicht einfach, daß man in L. A. wohnt. Gott im Himmel, L. A.? Man sagt, man wohnt in den Hills. Oder man flechtet mal kurz die Postleitzahl ein, 90046.«

»Ich dachte, das sei Hollywood«, sagte Karen.

»Mein Gott, nein. Es gibt eigentlich gar kein Hollywood. Oder vielleicht 90069, da unten, wo all die Agenten ihre Büros haben, dazu sagt man Hollywood, aber es ist eigentlich der Bezirk Los Angeles. Schau, wenn man in Bel Air oder Beverly Hills wohnt, 90212, muß man nicht mal seine Postleitzahl nennen. Aber L. A. – Brian wollte nach North Hollywood ziehen. Ich sagte zu ihm, ›Brian, 91604 ist *okay*, aber es ist alles andere als 90046. Es ist, als ob man im Valley lebt, Brian. Sie fragen einen, wo man wohnt, und man sagt, Studio City, Sherman Oaks, irgend so ein verdammter Vorort, sonst halten sie dich noch für einen Maskenbildner oder einen Regieassistenten.‹«

Noch ein Versuch. »Ja, mir gefällt mein Haus«, sagte Karen. »Aber wenn mich jemand zwingt, dort zu wohnen?«

»Hast du ihn denn mal gefragt?«

Hatte sie das? »Ich habe dir ein bißchen über Roland erzählt«, sagte Karen. »Ich habe dir aber bei weitem nicht alles berichtet. Ich habe Angst, daß er mir was antun wird.«

»Na ja, du kannst doch zumindest mal mit ihm sprechen«, sagte Julie. »Der Regisseur dieses gewaltigen Spaghetti-Monumentalschinkens spricht nicht nur kaum ein Wort Englisch, er hat auch nicht die geringste Ahnung vom Geschäft. Er hat die Übersetzung für die Synchronfassung von einem Italiener anfertigen lassen, und ich muß Sätze sagen wie: ›Ich haßte ihn. Ich freue mich, daß man ihn umgebracht hat.‹ Ehrlich, solche Dialoge. Ich meine, wo ist denn das Problem, wenn du mit ihm reden kannst?«

Fünf Tage lang versuchte Karen, Vivian Arzola im Büro der Dorado Management zu erreichen. Tag für Tag sagte die Telefonistin, Vivian sei nicht da, und weigerte sich – sehr höflich – ihr Vivians Privatnummer zu geben. Am fünften Tag sah Karen einen kurzen Fernsehbericht über Ed Grossis Beerdigung in den Nachrichten. Sie sah Roland in einem blauen Anzug – er war einer der Sargträger – und hätte ihn ohne seinen Hut jedoch beinahe nicht erkannt. Von Vivian war im Filmbericht über die Trauerfeier in der St. Mary's Cathedral nichts zu sehen.

Später am Abend des fünften Tages rief Maguire an. Er sagte, er sei jeden Tag bei ihr vorbeigefahren, und schließlich habe Marta ihm die Nummer in Los Angeles gegeben.

»In den Hills«, sagte Karen. »Neun-null-null-vier-sechs.«

»Was?«

»Tu' mir einen Gefallen, ja? Sag Marta, sie soll die Zeitungen aufbewahren. Aber rufe sie nicht an.«

»Hältst du mich denn für blöd? Hör mal, wieso hast du mich nicht angerufen?«

»Ich hatte deine Nummer nicht. Aber da fällt mir was ein«, sagte Karen. »Weißt du, wie man Telefonnummern herausfinden kann?«

»Man sieht im Telefonbuch nach.«

»Geheimnummern. Ich brauche Vivian Arzolas Nummer. Oder vielleicht kannst du herausfinden, wo sie wohnt.« Karen buchstabierte ihm den Namen. »Sie arbeitet für die Dorado Management, ist aber die ganze Woche nicht im Büro gewesen. Es ist sehr wichtig. Okay?«

»Vivian Arzola«, sagte Maguire.

»Hast du Roland gesehen«, fragte sie dann.

»Nur im Fernsehen.«

»Ja, das habe ich auch gesehen.«

»Wann kommst du nach Hause?«

»Morgen«, sagte Karen. Sie schwieg einen Augenblick lang. »Vermißt du mich?«

Sie saß allein in der ersten Klasse, niemand auf dem Sitz neben ihr; sie trug die meiste Zeit über eine Sonnenbrille; trank drei Martinis und einen kalifornischen Rotwein zu ihrem Rinderfilet; war höflich zu den Flugbegleiterinnen, wenngleich sie einem Gespräch auswich; las ein Buch, *The Kefauver Story*, von Jack Anderson und Fred Blumenthal, das sie in Franks Büro gefunden hatte, und einen fotokopierten Artikel aus dem *American Mercury* vom Juni 1951 mit dem Titel ›Die Geheimnisse von Virginia Hills Erfolg‹, den sie sich in der Stadtbibliothek von Fort Lauderdale beschafft hatte. Sie dachte an Cal Maguire. Sag' ihm nichts, was offensichtlich auf der Hand liegt: zum Beispiel, nicht bei ihr anzurufen, oder wie er seine Arbeit machen soll. Sei freundlicher. Sie dachte an Roland Crowe und an Julies Dialogzeile in dem italienischen Film, veränderte die Zeiten und wandte ihn auf Roland an, so daß herauskam: »Ich hasse ihn. ich würde mich freuen, wenn man ihn umbringt.«

Die Frage, die sich Maguire nun immer häufiger stellte: Wie kam er aus dieser Sache raus?

Wenn er sich anstrengte, konnte er den Klang von Karens Stimme am Telefon hören. Fast unpersönlich. Nichts davon, daß sie sich über seinen Anruf freute. Dann fragte sie, ob er sie vermisse. Sie sagte nicht, daß sie *ihn* vermißte. »Darauf kannst du wetten«, hatte er gesagt. Er hätte sagen sollen: ›Na ja, ich glaube schon, aber ich bin mir nicht sicher.‹

Am Freitag, dem Tag, an dem sie nach Hause kam – sein freier Tag – fuhr er wieder zum DiCilia-Haus, stellte den Mercedes drüben vor den Garagen neben Martas Wagen ab und klingelte am Kücheneingang.

Marta schien überrascht. »Sie ist noch nicht zu Hause.«

»Ich bin gekommen, weil ich mit Ihnen sprechen wollte«, sagte Maguire. »Haben Sie vielleicht einen Kaffee?«

In der Küche, die wie die eines Restaurants aussah – über der Anrichte hingen Pfannen an einem Gestell – mußte er Marta bitten, sich zu setzen. Er merkte, daß es ihr unangenehm war, mit ihm allein im Haus zu sein. »Sie wissen, daß ich ihr Freund bin«, sagte er. »Sie wissen, daß ich ihr helfen will.«

»Ja«, sagte Marta.

»Und Sie wollen Ihr auch helfen.«

»Ja, aber sie hat gesagt, ich solle niemand die Nummer geben, unter der man sie erreichen kann.«

»Nein, das ist schon in Ordnung. Ich habe mit ihr gesprochen, und sie ist froh, daß Sie mir die Nummer gegeben haben. Sie hat nur vergessen, Ihnen zu sagen, daß Sie sie mir geben dürfen.« Nur vergessen – Gott im Himmel. »Sie hat ziemlich viel im Kopf« – er suchte nach einer Möglichkeit, zur Sache zu kommen – »aber Sie wissen ja, daß sie Ihnen sehr dankbar ist, weil Sie ihr das mit dem Tonband und so weiter gesagt haben.«

»Das mußte ich ihr sagen«, entgegnete Marta. »Es hat mich sehr bedrückt.«

»War Roland hier, seitdem sie fort ist?«

»Vor zwei Tagen war er hier. Er hat mich gefragt, wo sie ist. Ich sagte, ich wüßte es nicht.«

»Ja? Was hat er dann gesagt?«

»Er ging durch das ganze Haus, als würde es ihm gehören, und sah sich überall um.«

»Er hat nichts mitgenommen?«

»Nein, ich glaube nicht.«

»Aber Sie wissen es nicht genau?« sagte Maguire.

»Ja, er könnte etwas mitgenommen haben. Aber ich weiß es nicht.«

»Sie haben ihm gesagt, Sie wüßten nicht, wo Mrs. DiCilia ist. Was hat er dazu gesagt?«

»Er hat gedroht, mir was anzutun.« Marta zögerte. »Also habe ich ihm gesagt, in Kalifornien.«

»Das war okay«, sagte Maguire. »Wenn er die Telefonate abgehört hat, hat er sich denken können, daß sie zu ihrer Tochter geflogen ist. Das ist okay.« Er nippte an seinem Kaffee und lehnte sich zurück, zeigte Marta, daß er ganz gelassen war, sich keine Sorgen machte. »Ich würde gern mal mit Ihrem Bruder sprechen, wenn ich kann.«

»Mit meinem Bruder?«

»Wie ich es verstanden habe . . . Karen hat mir alles erzählt, was Sie ihr gesagt haben. Daß er aufgehört hat, nicht mehr für diese Leute arbeitet, all das. Aber ich frage mich, ob er mir nicht noch mehr über Roland berichten kann, über die Leute, für die er arbeitet. Wie Vivian Arzola. Sie kennen Vivian?«

Marta schüttelte den Kopf. »Nein, nur dem Namen nach.«

»Vielleicht kann mir Ihr Bruder auch etwas über Roland verraten, das uns helfen könnte. Man weiß ja nie.«

»Ich könnte mal mit ihm reden«, sagte Marta.

»Können Sie ihn anrufen? Ihn fragen, ob er sich irgendwo mit mir trifft?«

»Ich glaube, er ist nach Kuba gefahren. Oder will fahren, ich weiß es nicht.«

»Dann haben wir vielleicht nicht mehr viel Zeit. Wollen Sie ihn jetzt anrufen? Nein, das können Sie ja nicht, ihn von hier aus anrufen.« Maguire wartete, bis Marta mit der Idee herauskam.

»Ich könnte irgendwohin gehen und ihn anrufen. Vom Laden am Causeway aus.«

»He, würden Sie das tun?«

»Aber gleich kommt der Mann, der das Bett repariert. Er sollte eigentlich schon gestern kommen.«

»Ach was.« Maguire wartete, tat nachdenklich. Als er genug nachgedacht hatte, sagte er: »Dann bleibe ich eben hier und warte auf den Mann.« Er hielt inne, grinste. »Ich weiß, wo das Bett ist.«

Karen war an jenem Abend vom Patio ins Haus gegangen, war nur ein paar Minuten fort gewesen, und dann mit einer in Seidenpapier eingewickelten Pistole und 45 neuen Hundertdollarscheinen zurückgekommen.

Er ging davon aus, daß sie die Pistole wieder an Ort und Stelle zurückgelegt hatte; irgendwo im Schlafzimmer . . . (Er hatte daran gedacht, als er mit ihr in dem zusammengebrochenen Bett lag. In einem Nachttisch? In der Kommode? Oder in der Schrankwand mit der Spiegelfront?)

Und angenommen, es waren hier noch mehr neue Hundertdollarscheine versteckt ... (Als er im Bett lag, hatte er auch an das Geld gedacht und sich zum ersten Mal gefragt, was er aus der Sache wohl rausholen konnte.)

Maguire stand im Schlafzimmer; er war allein im Haus, Marta war gegangen, um ihren Bruder anzurufen.

Er hatte sich nicht vorgenommen, das Geld zu stehlen; denn zu diesem Zeitpunkt konnte er noch sagen: Welches Geld? Du weißt nicht einmal, daß es hier Geld gibt. Er hatte noch keine Entscheidung getroffen, überhaupt etwas zu stehlen. Er – so sagte er sich – nutzte lediglich eine Gelegenheit aus. Er vergewisserte sich, wo er stand. Checkte die Lage. Damit er, wenn er sich schließlich etwas Geld für die Reisekosten greifen und abhauen mußte, um zu überleben, etwas Tragbares hatte und nicht den Louis-seize-Bergere oder die Peachblow-Vasen, die er erst in Zeitungspapier hüllen und in eine Kiste packen mußte.

Wo würde sie so viel Geld aufbewahren?

In einem Safe.

Aber es gab keinen Safe im Schlafzimmer und auch nicht in der Schrankwand.

In der obersten Kommodenschublade fand er eine nicht verschlossene Schmuckschatulle mit einigen schönen Stücken, die wohl echt waren; aber mit Schmuck kannte er sich nicht aus.

Neben der Schmuckschatulle war die Beretta, noch immer in Seidenpapier gehüllt, geladen, eine Patrone in der Kammer. Er wickelte die Waffe wieder ein, legte sie in die Schublade zurück und sagte sich, okay, er wußte also, wo sie war, wenn er sie mal brauchte, wenn er jemals nach oben laufen und sich die Waffe holen mußte.

Doch er dachte hauptsächlich an 45 Hundertdollarscheine, 1975 gedruckt, mit aufeinanderfolgenden Seriennummern. Er ging davon aus, daß die Scheine sauber waren: Das Postamt hatte 30 davon ohne Probleme akzeptiert, als er die Postüberweisungen einzahlte. Neu, doch fast fünf Jahre alt. Sie stammten von . . . Frank DiCilia. Und er dachte an die Geschichten, daß die großen Nummern immer eine Menge Bargeld versteckt, aber griffbereit hatten, für den Fall, daß sie sich mal absetzen mußten. Vor längerer Zeit war da ein Bursche in Detroit gewesen, FBI-Agenten waren mit einem Durchsuchungsbefehl gekommen, sie hatten was ganz anderes gesucht, und im Keller, in der Werkbank des Burschen, hatten sie ein paar hundert Riesen gefunden. He, hatte André Patterson damals gesagt, stellt euch mal vor, wir machen einen Bruch und finden so was? Wir suchen uns das Haus eines dieser alten Itaker aus, die jetzt im Ruhestand leben. André hatte noch nicht mal Cochise dazu überreden können.

Aber dieser Mann hier war tot, und wenn er zufällig sein Reisegeld fand, war das was ganz anderes.

Nur – es konnte überall im Haus sein. Wenn es überhaupt im Haus war.

Maguire versuchte, die Tür zum Nebenzimmer zu öffnen. Abgeschlossen. Er trat auf den Gang und versuchte es mit der Korridortür zu dem Zimmer. Abgeschlossen. Nanu, dachte er, was ist denn das? Schmuck in einem nicht abgeschlossenen Schlafzimmer; aber das geheimnisvolle Nebenzimmer war zugesperrt. Er erinnerte sich an etwas, ging zurück ins Schlafzimmer, zu der Kommode, stocherte wieder in der obersten Schublade herum und fand ein halbes Dutzend Schlüssel, die meisten davon in Etuis; einer davon paßte zu einer Tür.

Er versuchte es damit, fühlte, wie der Schlüssel hineinglitt und sich drehte, und trat in Frank DiCilias ehemaliges Büro. Er sah den Schreibtisch, die Schreibmaschine, den Aktenschrank . . .

Er sah die Fotos an der Wand.

Fotos von Karen. Vergrößerte Fotografien oder Fotokopien, Vergrößerungen von Schnappschüssen, Vergrößerungen von Zeitungsfotos in hartem Schwarzweiß, die ganze Wand damit bepflastert.

Er war sich nicht sicher, ob es alles Fotos von Karen waren, doch dann sah er, ja, es handelte sich nur um Fotos von Karen, als sie viel jünger war und noch nicht so gutaussehend wie heute, aber mit dem gleichen ernsten, geheimnisvollen Blick. Karen mit Hut, Karen mit Sonnenbrille, Karen in Sommerkleidern, Bikinis, mit breitkrempigen Hüten und Sonnenbrillen. Wie eine viel jüngere Karen, die Feinmachen vor der Kamera spielte. Da war ein Foto einer schwereren Frau, bei der es sich, wie er nach einem Augenblick merkte, gar nicht um Karen handelte. Es war jemand anders. Eine Frau mit einem schwarzen, breitkrempigen Hut, einer Sonnenbrille, einem schwarzen Kleid und einer Pelzstola. Mit Sonnenbrille, obwohl das Foto im Haus aufgenommen worden war, da war er sich ganz sicher. Es gab mehrere andere Fotos von der Frau, die er zuvor nicht bemerkt hatte; sie hingen zwischen denen von Karen, grobkörnige Vergrößerungen wie das von Karen mit dem Sonnenhut und im Bikini, das an der Uferbegrenzung aufgenommen worden war. Karens Fotos und die der anderen Frau hingen wild durcheinander an der Wand, so daß man glauben konnte, es handelte sich um Fotos von ein und derselben Person. Von Karen.

Was ging hier vor?

Maguire wandte sich zum Aktenschrank. Der Schlüssel lag darauf. Dann musterte er noch einmal die Wand mit den Fotos.

Warum hat sie das getan, dachte er, ein Dutzend Fotos von sich und von einer Frau aufgehängt, die eigentlich gar nicht wie Karen aussah, ihr auf gewisse Weise aber doch ähnlich war, der Gesichtsausdruck, die Sonnenbrillen – versuchte diese Frau bewußt, Karen zu imitieren?

Hatte sie frühere Fotos gehabt und versucht, genauso auszusehen? Eine Marotte? Warum sollte jemand so etwas tun?

Er öffnete den Aktenschrank – er war nicht verschlossen – und wühlte Aktenstapel und Papiere durch. Er fand eine große, prallvolle Jiffy-Tasche, öffnete die Klammern, sah hinein und sagte laut: »Mann o Mann.« Er ging mit dem Umschlag zum Schreibtisch, der mit Zeitungsseiten, -artikeln und Negativen übersät war – Karen als Negativbild –, schenkte ihnen jedoch keine Aufmerksamkeit. Sechs Stapel neuer Hundertdollarscheine glitten aus dem Umschlag. Die ersten fünf Stapel mit jeweils fünftausend Dollar, der sechste mit fünfhundert. 25 500 Dollar, Scheine aus dem Jahr 1975, wie die, die Karen ihm gegeben hatte – direkt aus dem sechsten Stapel.

Ihm kam ein Gedanke. Das Zimmer war wegen der Fotos und nicht wegen des Geldes verschlossen. Er war sich dessen sicher.

Er dachte an etwas anderes: Es war an der Zeit, einen Entschluß zu fassen. Da lagen sie, 25 Riesen; soviel Geld hatte er noch nie auf einmal gesehen. Nimm es und lauf!

Oder lasse es liegen.

Oder lege es in den Kofferraum des Mercedes, was kein Diebstahl wäre, weil es ja ihr Auto war. Das war doch nur vernünftig: Das Geld vor Roland in Sicherheit bringen. Aber es auch griffbereit zu haben.

Scheiße, wenn er es klauen wollte, dann aber richtig.

Er hörte ein Geräusch, irgendwo unten; eine Tür schlug zu.

Marta kam aus der Küche und sah Maguire in der Halle am Fuß der Treppe.

»Ich habe ihn aufgetrieben. Mein Bruder ist einverstanden. Er wird Sie im Centro Vasco an der Southwest Eighth Street treffen. Wissen Sie, wo das ist? Ecke Twenty-second Avenue, in Miami.«

»Ich werde es finden.«

»Aber er weiß nicht, wie er Ihnen helfen kann.«

»Mir fällt nicht ein, wo ich Sie schon mal gesehen habe.«

»Bei der Delphin-Show.«

»Nein, vorher. Vor zehn Jahren«, sagte Maguire.

Er dachte darüber nach, sah an Jesus Diaz vorbei zu den Tischen mit den anderen Gästen, die im Centro Vasco zu Mittag aßen, fast alle davon Kubaner.

»Jetzt weiß ich es. Das Convention Center, drüben in Miami Beach.«

»Klar, da war ich ziemlich oft. Ich habe in dem Fitneßstudio an der Fifth Street trainiert.«

»Sie haben gegen einen Burschen namens Tommy Laglesia gekämpft. Er hat irgendeine Schweinerei durchgezogen, welche, weiß ich nicht mehr; alle haben es gesehen, nur der Schiedsrichter nicht.«

»Er hat mich mit dem Kopf gestoßen, der Hurensohn hat mich immer wieder ins Gesicht gestoßen, und der verdammte Schiri hat keinen Ton gesagt.« Jesus richtete sich auf und legte die Arme auf den Tisch. »Sie haben den Kampf gesehen?«

»Ja, komisch, was? Ich bin früher oft zum Boxen gegangen, in letzter Zeit aber nicht mehr.«

»Na ja, wen soll man sich denn heute noch ansehen?« sagte Jesus. »Aber Sie haben es gesehen, was?« Er trank einen Schluck von seinem Bier, lehnte sich wieder zurück. »Wissen Sie, wegen neulich ... ich wollte Ihnen nichts tun.«

»Ja, das weiß ich«, sagte Maguire. »Aber dieser andere Bursche – ich mußte versuchen, ihn auszuschalten, wissen Sie, um mir einen Vorteil zu verschaffen.«

»Mann, Sie haben ihn ganz schön getroffen. Er mußte genäht werden.«

»Ich wünschte, das wäre diesem – wie heißt er noch? – Roland passiert.«

»Ja, das wünschte ich auch.«

»Sie haben genug von ihm, was?«

»Mann, aber endgültig.«

»Wann haben Sie ihn zuletzt gesehen?«

»Letzte Woche. Dann noch mal im Fernsehen, aber das war's auch schon. Ich arbeite nicht mehr für ihn.«

»Wer arbeitet sonst für ihn?«

»Keiner. Er ist allein.«

»Ich frage mich«, sagte Maguire, »was jetzt wohl passieren wird, wo Grossi tot ist.«

»Was meinen Sie, was passieren wird? Mit wem?«

»Mit Mrs. DiCilia. Ob Roland sie noch belästigen wird.«

»Keine Ahnung. Er arbeitet nicht mehr für Mr. Grossi. Weshalb sollte er sie belästigen?«

»Na ja, er sieht eine reiche Lady, die ganz allein ist . . .«

»Sie hat noch die Freunde ihres Mannes. Mr. Grossi war nicht der einzige.«

»Ja, Vivian Arzola vielleicht. Wissen Sie, wo sie ist?«

»Nein, keine Ahnung. Sie hat eine Wohnung, nicht in Miami, irgendwo in Keystone, hab' ich mal gehört, aber wo, weiß ich nicht.«

»Haben Sie Ihre Telefonnummer?«

»Nein, die habe ich nicht.«

»Mrs. DiCilia würde gern mal mit ihr sprechen.« Maguire hielt inne. »Hat sie Familie in Miami?«

»Nein. Warten Sie, lassen Sie mich überlegen«, sagte Jesus. »Ja, ich habe Vivian mal einen Gefallen getan und ihrer Mutter etwas gebracht. Sie wohnt in Homestead. Vivian . . . Sie wissen schon, Vivian unterstützt sie.«

»Was für einen Wagen fährt sie?«

»Vivian? Einen weißen, mit einer Blume oder so was an der Antenne. Ein ausländisches Modell.«

»Wollen Sie mir helfen, sie für Mrs. DiCilia zu suchen?«

»Ich fahre wahrscheinlich nach Kuba.«

»Wenn Sie nicht fahren, meine ich. Sie wird Sie auch anständig bezahlen.«

»Vielleicht kann ich ihr helfen«, sagte Jesus.

»Klar, Kuba läuft ja nicht weg. Wissen Sie, wo Roland wohnt?«

»Miami Shores. Eine Wohnung an der Ninety-first Street, in einem Gebäude namens Bayview.«

»Wohnt er da allein?«

»Mann, glauben Sie, jemand würde bei dem wohnen wollen?«

»Würden Sie mit mir zu ihm fahren?«

»Ich glaube nicht. Nicht mal besoffen.«

»Und wenn Sie eine Pistole hätten?«

Jesus hatte nach seinem Bierglas gegriffen. Als er Maguire ansah, schien er das vergessen zu haben.

»Haben Sie so was schon mal gemacht?«

»Wenn es sein mußte.«

»Ach? Erzählen Sie mir auch nichts?« Jesus sah Maguire weiterhin an. »Mrs. DiCilia, sie will es, nicht wahr?«

»Sie will es, aber sie weiß nicht, was sie will, wenn Sie verstehen, was ich meine.«

»Sie will nicht daran denken.«

»So in etwa. Aber sie wird Sie bezahlen, wenn Sie ihr helfen. Anständig bezahlen. Wie wäre es mit fünftausend, auf die Hand? Es hängt von Ihnen ab.«

»Auf die Hand, was? Lassen Sie mich darüber nachdenken«, sagte Jesus Diaz.

18

Nach Ed Grossis Beerdigung hatten sich seine Verwandten und engen Freunde in Grossis Haus am Hurrican Drive in Key Biscayne zusammengefunden, um Clare ihr Mitgefühl auszudrücken und sich am kalten Büfett gütlich zu halten. Die Freunde und Verwandte, die noch nie dort gewesen waren, und auch viele von denen, die schon mal bei ihm gewesen waren, nahmen sich die Zeit, um ein Stück die Straße hinaufzugehen, zur Bay Lane Nummer 500, um zu sehen, wo Ed Grossis Nachbar, Richard Nixon, gewohnt hatte. Sie kamen zurück und sagten, Eds Haus ist größer.

Roland hatte für historische Stätten nichts übrig. Er nahm sich einen Teller Fettucini mit Muschelsoße, ein großes Glas Rotwein und ein paar Brötchen und setzte sich zu Jimmy Capotorto in das Florida-Zimmer, das voll von überhängenden Pflanzen war, wie ein Gewächshaus.

»Das ist doch eine Schande, was?« sagte Roland. »Na ja, man weiß nie, wie's einem morgen geht.«

Jimmy Caps Teller war leer. Er rauchte eine Zigarre und sah auf die Bucht hinaus, die sich fast zehn Kilometer südlich nach South Miami erstreckte. Er fragte Roland, ob die Bullen schon mit ihm gesprochen hatten.

Roland wollte das Thema schnell wechseln. »Machst du Witze?« sagte er. »Mann, ich war der erste auf ihrer Liste. Dieser Scheiß mit Coral Gables, diesem Supermarkt – Mann, sie hatten mich in der Mangel, bevor sie überhaupt an dich gedacht haben.« Er wollte Jimmy Cap daran erinnern, nur für den Fall.

»Sie meinten zu mir«, sagte Jimmy Cap, »da wurde was getürkt, und das wissen sie auch. Woher soll ich das denn wissen, sagte ich. Dieser Arnold Rapp, sagten sie, der erschießt Grossi, legt ihn in seinen eigenen verdammten Wagen und läßt ihn dann am Flughafen stehen? Na kommen Sie schon! Und ich sagte, ich wüßte nur, was ich im *Herald* gelesen hätte.«

»Die haben mir den gleichen Scheiß erzählt«, sagte Roland. »Ich hab's ihnen nicht gesagt, aber ich sag's dir; aber du weißt es wahrscheinlich sowieso schon von Ed. Dieser Arnie war ein Schwuler. Ich meine, man mußte ihn nur mal schief ansehen, und er hat sich schon in die Hosen gepinkelt. Ich fuhr mal zu ihm, um das Geld einzutreiben, und mußte ihn ein wenig durchschütteln. Er brach in Tränen aus. Ich sagte, Gott im Himmel, du Mistkerl, hör auf zu flennen und bezahl, mehr hast du nicht zu tun. Schau, er war nicht nur schwul, sondern auch ein nervöser kleiner Köter. Es überrascht mich gar nicht, daß er durchgedreht ist und Ed in seinem Wagen liegen gelassen hat. Er dachte nur noch daran, möglichst schnell abzuhaun.«

»Wer hat ihn verpfiffen?«

»Ich weiß es nicht genau, aber ich glaube, es war so ein Scheißer namens Barry, der für Arnie gearbeitet hat. Er hat was abbekommen und war vielleicht sauer, dachte, Arnie hätte derjenige sein müssen, der den Kopf hinhalten muß. Na ja, man kann sich nur schwer reinversetzen, was diese Schwulis denken.«

»Mache keine Geschäfte mit College-Boys«, sagte Jimmy Cap.

»He, das habe ich auch Ed gesagt, genau die gleichen Worte. Kleine Jungs, wenn es Schwierigkeiten gibt, zerbrechen sie sofort.«

»Na ja, ich mache mir keine Sorgen darüber«, sagte Jimmy Cap. »Was hast du sonst noch?«

Na also, dachte Roland.

»Nichts Wichtiges. Na ja, diese DiCilia-Sache, wenn du die mitzählen willst.«

»Gott im Himmel, ich will nicht mal was davon hören«, sagte Jimmy Cap. »Das regelst du. Laß sie in Ruhe, vergiß die Sache. Mir ist es scheißegal, was sie macht.«

»Ich kümmere mich drum«, sagte Roland. Er drehte Fettucini auf die Gabel und wartete ab, ob Jimmy Cap sonst noch was zu sagen hatte. Nein, es sah nicht danach aus. »Vivian hat sich in letzter Zeit komisch benommen«, sagte Roland dann. »Ist dir das auch aufgefallen?«

»Ich habe sie nicht bei der Beerdigung gesehen«, sagte Jimmy Cap.

»Du hast sie hier nicht gesehen?«

»Ich weiß nicht. Ich glaube nicht.«

»Sie ist in Trauer oder versteckt sich«, sagte Roland. »Seit ein paar Tagen hat sie keiner mehr gesehen. Hat sie dich nicht angerufen?«

»Weshalb sollte sie mich denn anrufen?«

»Ich meinte ja nur. Ich weiß nicht, was mit ihr los ist. Sie benimmt sich seltsam.«

»Verdammte Kubaner«, sagte Jimmy Cap, »wer kennt sich mit denen schon aus? Die sind doch alle verrückt.«

»Ich hab' mir überlegt«, sagte Roland, »daß sie die Di-Cilia-Sache vielleicht auffliegen läßt. Ich meine, wenn sie erfährt, daß ich mich darum kümmere.«

»Wirf sie raus«, sagte Jimmy Cap. »Ich hab' sowieso nie verstanden, was Ed an dieser Schnecke findet.«

»Na ja, mal sehen«, sagte Roland. »Wenn es sein muß, schaffe ich sie mir vom Hals.«

Marta konnte Rolands Gesicht durch die Milchglasscheibe der Tür nicht erkennen, aber sie sah seinen Hut. Sie wollte die Tür nicht öffnen. Doch wenn sie nicht öffnete, würde er auf die Hofseite gehen und ein Fenster einschlagen, um ins Haus zu kommen. Sie wollte ihm nicht sagen, daß Mrs. DiCilia heute nach Hause gekommen war und auf ihrem Zimmer den Koffer auspackte. Doch das würde er selbst herausfinden, wenn er wollte. Man konnte ihn nicht aufhalten. Es war zu früh, um das Tonband abzuholen. Um ihre Fassung ringend, öffnete Marta die Tür.

Roland grinste sie an.

»Weißt du«, sagte er, »als ich hier draußen stand, dachte ich an eine andere Kubanerin, die ich gern mal besuchen würde. Sie wohnt draußen an der Tamiami, im Nuttenviertel. Ich sagte immer zu ihr: ›Schätzchen, ich brauch' nur dein Straßenschild zu sehen, dann steht er mir schon.‹ Wie geht's denn so, Marty?«

»Mrs. DiCilia ist sehr beschäftigt.«

»Oh, sie ist zu Hause? Na ja, wir wollen sie doch nicht stören«, sagte Roland und kam herein. »Ich kann mir genausogut mit dir etwas die Zeit vertreiben.«

»Ich habe in der Küche zu tun.«

»Warum gehen wir statt dessen nicht in dein Zimmer?«

Sie waren jetzt beide in der Halle. Marta war zurückgewichen, hatte sich umgedreht und wußte nicht, wohin sie gehen sollte. Roland stand hinter ihr, faßte sie von hinten und zerrte sie weiter. Dann blieb Roland stehen und schaute die Treppe hoch.

»Bitte«, sagte Marta, und Roland sagte: »Hmmm, es wird dir gefallen.« Schwere Arbeiterhände bewegten sich über ihre Uniform, über ihre Brüste. »Haben wir einen BH da drunter?« sagte Roland. »He, nein, wir haben keinen BH an, was? Wir haben's gern, wenn unsere kleinen Tittchen frei stehen.« Die Hände rieben wie alte Baumwurzeln über den weißen Stoff, arbeiteten sich zu ihrem Bauch und den Schenkeln hinab. »Mal sehen, ob wir ein Höschen anhaben.« Er grinste, als er sah, wie der Schnauzer Gretchen über den Fußboden zu ihm schlitterte. »He, Gretchie, ja sag mal, wie geht's dir, Mädchen? Wie geht's meinem Mädchen, he? Willst du mitmachen, Gretchie? Nein, das willst du nicht. Das ist nichts für kleine Hundchen, das ist was für ... Scheiße, wo willst du hin? Schnapp sie, Gretchen!«

Roland bückte sich, um den Schnauzer zu streicheln, brachte ihn dazu, vor Freude zu knurren, und setzte dann Marta nach, in der Hoffnung, sie würde in das große Wohnzimmer laufen, wo er sie auf das weiße Sofa werfen konnte. Doch statt dessen lief sie in das kleine Wohnzimmer mit den Antiquitäten und hatte beinahe die Glastür erreicht, als er sie von hinten am Saum ihres weißen Rokkes zu fassen bekam, ihn hochzerrte und hörte, wie der Stoff riß. Marta stieß ihn zurück, und Roland prallte schwer gegen eine Wand mit Regalen, warf einen Arm hoch und zerstörte Toby-Krüge und englisches Porzellan im Wert von mehreren tausend Dollar. Er griff nach einer Ralph-Stevenson-Suppenterrine (›Blick auf das Taubstummenasyl‹), und drei weitere Riesen waren dahin ... Marta stürzte halbnackt durch die Tür auf den Patio.

Karen hörte das Geräusch, splitterndes Glas. Sie dachte an ein Fenster, an die Glastür zum Patio. Sie dachte an Roland. Dann hörte sie, wie erneut Glas zersplitterte. Oder Porzellan. Im kleinen Wohnzimmer. Sie hörte Stimmen, deren Klang nun schwach von draußen kam, und den Schrei und wußte, daß es Marta war. Karen wandte sich von der Wand mit den Fotos ab und sah sie draußen, unter dem Fenster. Marta lief, im weißen Höschen und mit sonst nichts bekleidet, über den Patio und am Swimmingpool vorbei. Roland folgte ihr, winkte mit etwas Weißen und rief etwas, doch sie konnte die Worte nicht verstehen. Karen öffnete das Fenster. »Ich kriege dich, ja, ich kriege dich, meine Süße, und dann werde ich dich fressen.« Roland blieb stehen, als Marta draußen auf dem Rasen stehen blieb und ihn vorsichtig umkreiste, die Hände ausgestreckt; sie ging jetzt rückwärts zum Haus zurück, kam Roland dabei näher und schrie erneut auf, als er plötzlich vorstürzte und auf sie zusprang.

Karen wandte sich vom Fenster ab, als wolle sie davonlaufen, fliehen. Sie ging vom Büro ins Schlafzimmer, griff zum Telefon auf dem Nachttisch, wählte und sagte: »Vermittlung, hier spricht Karen Hill. Es tut mir leid, Karen DiCilia, Isla Bahia Nummer eins. Würden Sie bitte die Polizei anrufen und bitten, sofort zu kommen? Es ist ein Notfall ... ja, in Fort Lauderdale ...«

Als Roland das Heulen der Polizeisirene hörte, trat er vom Swimmingpool zurück und ließ sich auf einen Gartenstuhl fallen. Marta blieb im Pool, stand leicht gebückt in dem etwa einen Meter zwanzig hohen Wasser da. Beide sahen zu, wie Karen mit den beiden Polizisten in dunkelbraunen Uniformen und mit Sichtschutzhelmen aus dem Haus kam, zwei junge Burschen, die gut in Form zu sein schienen, mit ernsten drohenden Gesichtern. Einer von ihnen nahm seine Sonnenbrille ab und hakte sie an der Hemdtasche fest. Keiner sagte etwas. Karen hob ein Handtuch von einem Liegestuhl auf, ging damit zu den breiten Stufen am flachen Ende des Pools und breitete es für Marta aus. Roland und die Polizisten warteten.

»Komm schon, es ist alles in Ordnung«, sagte Karen.

Roland und die Polizisten sahen zu, wie Marta aus dem Pool und vor das Handtuch trat, sich darin einwickelte.

»Sag es ihnen«, sagte Karen.

Die beiden Polizisten traten auf den Patio, sahen die beiden Frauen an, warfen Roland einen Blick zu.

»Tag, die Herren«, sagte Roland.

Sie gaben ihm keine Antwort. »Ist das der Mann?« sagte der eine zu Karen.

Karen nickte.

»Würden Sie mir bitte Ihren Ausweis zeigen?« sagte der Polizist zu Roland.

Roland schüttelte den Kopf. »Sie haben keinen Grund, meinen Ausweis zu verlangen.«

Beide Polizisten wandten sich mit ihren grimmigen Gesichtern Roland zu und bauten sich vor ihm auf. Der, der mit ihm gesprochen hatte, sagte: »Stehen Sie auf und drehen Sie sich um.«

»He, hören Sie mit dem Scheiß auf«, sagte Roland. »Liegt Ihnen eine Beschwerde vor? Sagen Sie mir, worum es geht.«

»Stehen Sie auf«, sagte der Polizist. »Sofort.«

Der andere legte die Hand auf seine Pistole oder seine Handschellen, Roland war sich nicht sicher. Er sah zu Marta hinüber, schüttelte den Kopf und hob die Hand. »Kommen Sie schon. Sie haben nichts gesehen, bevor Sie auf den Hof kamen und unverschämt wurden. Von wem liegt denn eine Beschwerde vor?«

»Sag es ihnen«, sagte Karen zu Marta.

Marta sah von den Polizisten zu Roland.

»Sag es ihnen«, wiederholte Karen.

»Irgendwer muß da wohl eine falschen Eindruck bekommen haben, schätze ich«, sagte Roland. »Es ist schon gut, Marty, sag es ihnen. Zum Teufel, wir haben doch nur ein bißchen herumgemacht, oder?«

»Ist dieser Mann ein Freund von Ihnen?« sagte einer der Polizisten zu Marta.

»Man könnte sagen, wir sind ein bißchen mehr als nur Freunde.« Roland sah zu Karen hinüber und blinzelte ihr zu. »Wir alle hier. Wir sind alte Kumpel. Ich und Marty und Karen. Ich und Martys Bruder, wir stehen uns sehr nahe. Wir sind ständig zusammen. Ich sorge dafür, daß er keinen Ärger kriegt.«

»Er bedroht sie«, sagte Karen.

»He, Marty, bedrohe ich dich?« Er musterte sie unter der tiefen Hutkrempe hinweg. »Na los, sag's ihnen schon.«

»Nein, er bedroht mich nicht«, sagte Marta.

»Wollen Sie eine Anzeige gegen diesen Mann machen?« sagte der Polizist.

»Nein«, sagte Marta.

»Hat er Sie in irgendeiner Hinsicht belästigt?«

»Nein.«

Der Polizist sah Karen an. Roland sah sie auch an. »Kann ich eine Anzeige machen?« fragte sie.

»Wie alt sind Sie?« sagte der Polizist zu Marta.

»Zweiundzwanzig.«

»Wenn dieser Mann hier Sie belästigt hat, wie die Lady behauptet, dann müssen Sie die Anzeige machen«, sagte der Polizist zu Marta. »Haben Sie Angst vor diesem Mann? Hat er Sie bedroht?«

»Nein«, sagte Marta.

»Oder bedroht er jemanden aus Ihrer Familie?«

Marta schüttelte den Kopf. »Nein.«

»Und Sie haben nur so . . . herumgemacht?«

»Ja.«

Der Polizist musterte sie noch eine Weile, dann wandte er sich an Karen. »Wenn Sie eine Anzeige machen wollen . . . Oder vielleicht sollten Sie uns mal sagen, was hier vorgeht.«

»Wollen Sie das wirklich wissen?« fragte Karen.

Das gefiel Roland. Er grinste, schob seinen Hut zurecht, spielte damit herum. »Na also«, sagte er zu Karen. »Sie wollen hören, wie du schmutzige Wäsche wäschst.« Rolands Blick bewegte sich zu den Polizisten. »Wissen Sie, wer diese Dame da ist, Mrs. DiCilia? Sie war mit Frank DiCilia verheiratet, einem guten Freund von Ed Grossi, der neulich verstorben ist.«

(Klar, sie wußten es. Wenn das ein anderer Hof gewesen wäre, hätten sie Roland schon einen Kinnhaken versetzt und abgeführt.)

»Hören Sie, wir haben unsere Meinungsverschiedenheiten, streiten uns wie alle anderen Menschen auch«, fuhr Roland fort, als gehöre er hierher, als sei er Teil der Familie. »Aber wenn wir Ihnen alles *erklären* wollten, dann würden Sie bis spät in die Nacht und noch an Ihrem freien Tag an Ihrem Bericht schreiben . . . nicht wahr?«

Roland wußte, daß er den Nagel auf den Kopf getroffen hatte. Die Polizisten standen da und sagten nichts. Was hatten sie denn gesehen? Ein Bursche jagt das Dienstmädchen in den Swimmingpool, und der Dame des Hauses paßte das nicht. Die Dame hatte nicht geschrien und auch keinen Wutanfall bekommen. Die Dame war wütend, ja, doch sie schien die Lage unter Kontrolle zu haben. (»Wollen Sie das wirklich wissen?«) Sie war ziemlich gelassen. Das hatte die Polizisten aus der Fassung gebracht, und Roland rieb sich deshalb die Hände. Die Dame erkannte genau, in welcher Lage sie sich befand. Die Polizei rufen, und was dann? Jeden Tag die Polizei rufen?

Roland beobachtete von der Türschwelle aus, wie der weiße Polizeiwagen von Lauderdale mit seinem roten Licht über die Brücke zum Harbor Beach Parkway fuhr. Er hatte die Sache durchgezogen, seinen Standpunkt klargemacht.

»Ich wußte, daß Sie uns von da oben beobachten«, sagte Roland über die Schulter. »Hat es Ihnen gefallen?«

Sie antwortete nicht.

Die Bullen hatten sich seinen Cadillac angesehen und riefen im Augenblick wahrscheinlich die Zentrale, um sein Kennzeichen durchzugeben. Die Burschen würden sich in die Hosen scheißen, wenn sie den Bericht bekamen; aber sie würden nicht mehr ohne ausdrücklichen Befehl und Verstärkung zurückkommen.

»Wollen wir reden?« sagte Karen, die hinter ihm in der Halle stand.

Roland drehte sich um und schloß die Tür. Er musterte Karen, versuchte, sich Klarheit zu verschaffen.

»Sie sind jetzt ganz anders als vorher. Wissen Sie das? Sie sind viel ruhiger. Ich will damit nicht sagen, daß Sie vorher nervös waren, aber jetzt sind Sie ganz anders. Beschäftigt Sie etwas, das Sie mir nicht verraten?«

»Sie schwätzen viel«, sagte Karen, »aber Sie kommen nie zur Sache.« Sie drehte sich um und ging ins Wohnzimmer.

Roland folgte ihr und blickte zu der Decke mit den Balken hinaus; jedesmal, wenn er den Raum betrat, beeindruckte ihn dessen Höhe.

»Ich glaube, ich schulde Ihnen ein paar Eier. Ich habe ein paar Teller zerbrochen.«

»Sagen Sie mir, was Sie wollen«, sagte Karen. Sie blieb neben dem Kamin stehen. Sie hätte sich gern bewegt, wollte aber nicht vor ihm auf und ab gehen.

Roland ließ sich in einen Sessel fallen. Die Hutkrempe berührte den Bezug der Rückenlehne, und er beugte sich etwas vor.

»Was bieten Sie mir?«

»Wie wäre es mit fünfundzwanzigtausend?«

»Bar? In neuen Hundertdollarscheinen?«

Karen starrte ihn an.

Roland starrte zurück. »Was haben Sie mit all den Bildern da oben vor?« sagte er. Er schob den Ox Bow tiefer in die Stirn, damit er den Kopf gegen die Rückenlehne legen konnte.

»Haben Sie das Geld genommen?«

»Nein, es ist noch da. Das ist wohl für Zigaretten und Vogelfutter, was?«

»Ich höre«, sagte Karen. »Raus damit. Was wollen Sie?«

»Ich will mich nicht brüsten oder so«, sagte Roland, »aber das haben mich Damen schon öfter gefragt. ›Was willst du?‹ sagen sie, ›du kannst alles haben.‹«

»Das habe ich nicht gesagt.«

»Noch nicht. Die Tatsache, daß Sie gewissermaßen vier Millionen Mäuse haben – die Erträge davon –, macht Sie nicht anders als die anderen Damen, die mich gefragt haben, was ich will. Und es war mir nicht möglich, so nett zu denen zu sein, wie ich zu Ihnen sein kann. Schaun Sie, Ed Grossi ist gestorben, bevor er etwas ändern konnte, und raten Sie mal, wem sie die Sache jetzt übergeben haben.«

»Ich glaube Ihnen nicht«, sagte Karen.

»Rufen Sie Jimmy Cap an. Jimmy ist jetzt der oberste Boß.«

Karen machte einen Schritt vom Kamin fort. Sie ertappte sich, wie sie sich bewegte, nur um sich zu bewegen, blieb ruhig stehen und legte die Hand auf den Balken, der als Kaminumrandung diente. Warum fiel Roland alles so leicht? Wie er mit dem Polizisten umgesprungen war, sich geweigert hatte, aufzustehen oder sich ihnen auszuweisen. Ed Grossis Tod, genau im richtigen Augenblick. Sie wollte nachbohren, Fragen stellen, ihn aushorchen . . .

Und stellte fest, daß das nicht nötig war. »Sie wissen

nicht genau, ob Ed etwas geändert hätte, Sie vom Haken gelassen hätte, auch wenn Sie das neulich behauptet haben«, sagte Roland. »Nein, ich glaube, er wollte alles so belassen, wie es ist. Sie können also von Glück sprechen, daß sich die Dinge so entwickelt haben, nicht wahr? Jetzt haben Sie jemand, mit dem Sie von Angesicht zu Angesicht sprechen können.«

»Wie es sich zufällig ergeben hat«, sagte Karen.

»Ja. Das soll nicht heißen, daß wir wegen Eds Tod jetzt die Korken knallen lassen, aber es vereinfacht die Sache für die Betroffenen etwas.«

»Daß er zufällig starb«, sagte Karen und beharrte auf dem Thema.

»He, sie haben den Burschen«, sagte Roland. »Versuchen Sie nicht, mich da hineinzuziehen. Nein, ich sage nur, man arbeitet schwer, und manchmal hat man Glück. Und da sind wir nun, wir beide.«

»Sie hatten etwas mit seinem Tod zu tun«, sagte Karen.

»Ich kenne den Jungen, der es getan hat, mehr nicht. Fragen Sie die Bullen. Ich habe schon mit ihnen gesprochen.«

Und Vivian, die auch damit zu tun hat, wollte Karen sagen. Wo ist Vivian? Doch sie beherrschte sich, war sich bewußt, daß sie am Kamin stand, allein mit dem Mann, der im Haus den Hut aufbehält, den Gangster aus den Hinterwäldern, den Glückspilz aus Miami Beach, den altmodischen Burschen, der die Stiefel auf den Tisch legt, mein Gott . . . Sie zwang sich zur Ruhe, während es in ihr brodelte, und sie dachte, wie beim ersten Mal, als er hierher gekommen war: Du wirst mit ihm fertig. Spiele das Spiel mit, wie er es will. Du kannst mit ihm fertig werden.

»Sie haben es noch immer nicht gesagt, oder?« sagte Karen. »Was Sie wollen.«

»Doch, ich habe gesagt, Damen haben mir Angebote gemacht, wollten nett zu mir sein.«

»Wieviel ist nett?«

»Nein, es muß etwas sein, das Sie geben *wollen.* Sie verstehen nicht, nicht wahr?«

»Ich habe Schwierigkeiten damit«, sagte Karen.

»Hören Sie, Sie haben vier Millionen, die Erträge davon. Sie haben alles, was Sie wollen oder brauchen. Aber wenn Sie von hier fortziehen, ist es aus damit, hören die Zahlungen auf.«

»Dessen bin ich mir bewußt.«

»Ich rufe uns nur in Erinnerung, wie es aussieht. Ich kann mir nicht vorstellen, daß Sie wegziehen und vier Millionen aufgeben.«

»Ich auch nicht«, sagte Karen.

»Aber auch mit Ihrem ungezwungenen Liebesleben ist es aus, was?«

»Diesen Anschein hat es.«

»Wenn wir beide, Sie und ich, nicht was in die Gänge kriegen.«

»Sie meinen, ich muß nur mit Ihnen ins Bett steigen?«

Roland grinste. »Sie müssen nur davon sprechen, und ich werde geil. Aber ich will Sie nicht zwingen. Wie ich Ihnen schon gesagt habe, als ich zum ersten Mal hier war: Ich bin Ihr Mann, weil ich der einzige bin, den Sie kriegen.«

»Ich gehe also mit Ihnen ins Bett«, sagte Karen. »Und dann?«

»Sie *bitten* mich, mit Ihnen ins Bett zu gehen.«

»Na gut, ich bitte Sie. Und was passiert danach?«

»Dann leben wir glücklich und zufrieden.«

»Sie ziehen hier ein?«

»Morgen, wenn Sie wollen.«

»Dann ist es nicht nur Geld. Selbst eine Menge Geld.«

»Geld?« sagte Roland. »Scheiße, ich will das Geld und alles, was damit zusammenhängt: Sie, die ganze Erbschaft.«

»Aber Sie werden keine Gewalt anwenden, mich nicht einschüchtern.«

»Nur Ihre Schlappschwänze von Freunden davonjagen, damit Sie geil auf mich werden.«

»Wenn es nur eine Sache zwischen Ihnen und mir ist«, sagte Karen und hielt inne. »Dann haben Sie keine Chance.«

Da blitzte wieder Rolands Grinsen auf, verriet, daß er seinen Spaß hatte und die Situation genoß. »Wir haben vielleicht falsch angefangen und so weiter«, sagte er. »Aber Sie werden noch herausfinden, daß ich eigentlich ganz nett bin.«

Maguire sah den Cadillac Coupé de Ville auf der Auffahrt, als er auf die Isla Bahia bog. Er fuhr am Haus vorbei, sah die Sackgasse am Kanal und blieb stehen.

Er konnte sich nirgendwo verstecken. Er wußte, daß es sich bei dem Wagen auf der Auffahrt um den von Roland handelte; den gleichen, in den er Roland hatte einsteigen sehen, als sie aus dem Yankee Clipper gekommen waren. Maguire zog den Mercedes ein Stück vor, damit Roland ihn nicht sah.

Wenn er ihn nicht schon entdeckt hatte. Vielleicht sah er in diesem Augenblick aus dem Fenster.

Na ja, er konnte schnell drehen und von hier verschwinden. Oder er konnte ins Haus gehen . . . Haben wir uns nicht schon mal gesehen? Er wußte nicht, wie er es anstellen sollte. Er wußte nicht, wie Roland reagieren würde. Aber er war im Haus; was, wenn Karen in diesem Augenblick Hilfe brauchte? Scheiße. André Patterson hatte gesagt, er hätte gute Nerven; aber gute Nerven hieß, ins Haus zu gehen, zu wissen, was er tun würde, sich vorstellen zu können, wie Rolands Reaktion aussehen würde. Das war etwas völlig anderes. Dieser verdammte Roland – er wußte nichts über ihn, bis auf die Tatsache, daß er wie ein Zweimeterbaum gebaut war, riesige Hände, eine gewaltige Reichweite und eine Haut hatte, die man nicht einbeulen konnte, wenn man nicht gerade mit einem Brecheisen auf ihn einschlug. Von hinten.

Er konnte fühlen, wie sie ihn beobachteten. Roland und Karen. Scheiße. Er setzte den Wagen zurück, das ganze Stück bis zur Auffahrt, und fuhr hinauf.

Marta hatte sich das Haar gekämmt, aber es war noch naß, als habe sie es sich gerade gewaschen. »Jemand zu Hause?« sagte Maguire.

»Er ist hier«, sagte Marta.

»Ich weiß. Wo sind sie?«

»Ich glaube, Sie kommen besser nicht herein.«

»Ist schon in Ordnung«, sagte Maguire. »Ich werde ihm nichts tun.«

Beide beobachteten, wie Maguire auf der Schwelle erschien und darauf wartete, ins Wohnzimmer gebeten zu werden. Karen stand am Kamin, und Roland saß in einem Lehnstuhl; er hatte den Hut auf.

Gretchen kam zu Maguire, schnüffelte an seinem Bein und lief zu Roland zurück, der sich bückte, Gretchen die Hand vors Maul hielt und sagte: »Du riechst den toten Fisch an ihm, was, Gretchen? Riechst du ihn? Schlimm, wie der stinkt, was?«

Karen sah zu, ohne sich zu bewegen, obwohl sie nicht angespannt wirkte. Ihre Blicke folgten Gretchen zu Roland, kehrten dann mit dem Ausdruck leiser Überraschung zu Maguire zurück. Was, wenn das mit dem Hund ein Test war, dachte Maguire, und er hatte es verpatzt? Vielleicht waren Hunde ja dafür da. Vielleicht wäre das der richtige Augenblick, um sich zu bücken, mit Gretchen zu spielen und sich mit ihr zu unterhalten. Er fragte sich, was Karen davon halten, was sie sagen würde . . .

Doch es war Roland, der ihn in das Zimmer bat. »He, kommen Sie rein, setzen Sie sich. Sie Mordskerl, Sie wußten neulich in der Bar, wer ich war, was?« Roland grinste. »Haben Sie ihr die Geschichte von der Frau mit dem Papagei erzählt?«

»Die hat er mir noch nicht erzählt«, sagte Karen ein wenig überrascht.

Roland winkte mit der Hand. »Kommen Sie her und setzen Sie sich, Partner.«

Maguire ging um die Couch herum, die vor dem Kamin stand, und setzte sich auf das von Roland weiter entfernte Ende. Er sah Karen an: Ihr Blick ruhte auf ihm, verriet ihm jedoch nichts. Vorsicht, nur eine Spur Neugier. Dann ergriff Roland das Wort, und er sah zu ihm hinüber.

»Diese Frau hatte einen kranken Papagei, den sie im Badezimmer hielt«, sagte Roland. »Mein Gott, wochenlang hat sie ihn gepflegt, und der Papagei wurde wieder gesund, und wissen Sie, was er dann gemacht hat? Er wollte Wasser aus dem Klo trinken und ist ertrunken.«

»Das ist die Geschichte?« sagte Karen.

»Er hat sie nicht richtig erzählt«, sagte Maguire. »Sie haben gesagt, er wollte Wasser aus der Toilette trinken.«

»Was wollte er denn sonst«, sagte Roland, »pinkeln?«

»Nein, es kommt darauf an, wie die Frau es erzählt hat«, sagte Maguire. »Das war ein bewegendes Erlebnis, und sie wartet darauf, daß jemand kommt und sie es erzählen kann. Aber als sie es dann erzählt, erzählt sie es genau zur falschen Zeit. Sie wissen, was ich meine?«

»Gott im Himmel, ich kenne die Frauen besser als Sie.«

»Das bezweifle ich nicht. Ich spreche aber von dieser einen Frau. Ganz allein, hat niemand, mit dem sie sich unterhalten kann.«

»Sie wartet auf einen, der sie mal ordentlich durchbumst«, sagte Roland. »Ich weiß genau, wovon Sie sprechen. Aber was hat der Papagei dann in der Toilette gemacht?«

Karen sah von Roland zu Maguire.

»Wahrscheinlich wollte er trinken«, sagte Maguire, »aber darauf kommt es nicht an.«

»Wenn der verdammte Papagei trinken wollte, dann sagen Sie das auch«, sagte Roland. »Sonst versteht doch keiner, was der Papagei in der Toilette wollte.«

»Sie erzählen es, wie Sie es wollen, ich erzähle es, wie ich es will«, sagte Maguire.

Karen blickte von Karen zu Roland.

»Scheiße, ja, ich erzähle es, wie ich es will«, sagte Roland. »Sie lassen den besten Teil aus. Oder man könnte sagen . . . ja, man könnte sagen, der Papagei *wollte* pinkeln und ist dabei ertrunken. Das wäre ein noch besserer Witz.«

»Sie verstehen nicht, worum es geht«, sagte Maguire.

»Ich verstehe nicht, worum es geht – Sie Scheißkerl, ich habe mein halbes Leben mit diesen Leuten verbracht.«

»Das glaube ich Ihnen«, sagte Maguire.

»Was soll das heißen, diese Bemerkung?«

»Wenn Sie sagen, Sie hätten da draußen gelebt, glaube ich Ihnen das. Mehr nicht«, sagte Maguire und musterte den stämmigen Hurensohn, der dort saß, als sei es sein Haus, wie er die Füße auf den Tisch gelegt hatte und mit dem Hund spielte. Ganz ruhig, dachte Maguire. Nimm's leicht. Doch Karen sah zu, und er mußte etwas sagen.

»Nehmen Sie Ihren Hut im Haus nie ab?« sagte er.

»Paßt Ihnen das etwa nicht?«

»Ich habe Ihnen eine einfache Frage gestellt, mehr nicht.«

»Wollen Sie, daß ich ihn abnehme?«

»Nein, er steht Ihnen gut. Verrät, was Sie sind.«

Hinter Karen hingen schwarze Metallzangen und ein Schürhaken am Kamin.

»Und was verrät er über mich?« sagte Roland.

»Mal sehen. Sie tragen einen Westernhut und Cowboystiefel«, sagte Maguire. »Und diesen Anzug . . .« Er war sich bewußt, daß Karen zuhörte. »Man müßte annehmen, daß Sie bei einem Zirkus sind.«

»Da vermuten Sie richtig«, sagte Roland, erhob sich

langsam aus dem Sessel und ignorierte Gretchen, die um seine Beine herumsprang. »Und wissen Sie, was ich im Zirkus bin?«

Karen könnte jetzt etwas sagen. Das wäre jetzt genau der richtige Augenblick für sie, die Sache zu unterbinden. Doch Karen beobachtete sie, ohne ein Wort zu sagen.

Maguire überlegte.

Drei Schritte zu dem schwarzen, eisernen Schüreisen – wenn er es rechtzeitig vom Haken bekam.

»Mal überlegen«, sagte er. »Sind Sie ein Clown?«

»Nein, ich bin kein Clown«, sagte Roland. Er stand nun drei Meter von Maguire entfernt. »Ich bin der wilde Mann aus dem großen Sumpf, und wollen Sie wissen, was ich da mache?« Er trat auf Maguire zu. »Ich nehme kleine Klugscheißer, reiße ihnen den Arsch bis zur Luftröhre auf und werfe sie in die Ecke.«

»Warum setzen Sie sich nicht?« sagte Karen. Aber viel zu spät.

Maguire erhob sich vom Sofa, trat zum Kamin. Roland erreichte ihn mühelos, stieß ihn mit der Hüfte ab, nahm Maguire in den Schwitzkasten und hielt ihn fest. Roland zog die Hände zusammen, um den Druck zu verstärken, und Maguire verspürte einen Brechreiz, bekam keine Luft mehr.

»Lassen Sie ihn los«, sagte Karen mit leiser, ruhiger Stimme. Maguire hörte es und dachte: Mein Gott, *sag* es ihm! Zwinge ihn! Er konnte sich nicht bewegen; er versuchte, auf Roland einzuschlagen, um ihn herumzugreifen, die Hüften des Mannes zu fassen zu bekommen; doch Roland drückte, und Maguire fühlte, wie er allmählich ohnmächtig wurde.

»Das ist also der Delphin-Mann«, sagte Roland. »He, Partner, was machst du da, spielt du den ganzen Tag mit den Delphinen? Hast du Spaß dran, ihnen zuzusehen? Da kommt der kleine Scheißer und schlägt mit dem Kopf hin und her.« Roland hielt Maguire mit einem Arm um seinen Hals fest und rieb mit den Knöcheln der anderen Hand über Maguires Kopf. »He, du Scheißer, wie fühlt sich das an? Das ist 'ne Knöchelmassage. Und wenn ich dich noch mal hier sehe, gibt's 'ne Knöchelabreibung. Wie fühlt sich das an, he? Brennt ziemlich, oder?«

»Das reicht«, sagte Karen. »Hören Sie auf.«

Roland nahm Maguires rechten Arm, als er ihn losließ, und bog ihm den Arm hinter Maguires Rücken hoch, zerrte ihn hoch, riß sein Gesicht hoch, das gerötet war und brannte, und Maguire versuchte, nicht zu schreien, doch mein Gott, gleich würde ihm der Arm aus den Schultergelenken springen.

»Da lang«, sagte Roland. »Na los, in den Flur.«

Karen sah zu, stand noch immer am Kamin, und ihr fiel etwas ein, das sie vor langer, langer Zeit gesehen hatte: Karen Hill beobachtete auf dem Schulhof zwei Jungs aus der siebenten Klasse. Der Schwitzkasten; das holländische Reiben, wie sie es nannten; den Arm hinter demRükken hochgebogen ...

»Na los, verpiß dich.« Roland war jetzt in der Halle und gab Maguire einen Schubs, als er ihn losließ.

Maguire ging zur Eingangstür weiter. Er sah Marta auf der Schwelle zum zweiten Wohnzimmer; sie betrachtete ihn voller Mitleid. Oder nicht mal das. Vielleicht dachte sie nur: Das war also Maguires großer Auftritt gewesen ...

»Laß ja den Wagen stehen!« rief Roland ihm nach.

Maguire öffnete gerade die Tür, als er noch »Moment mal!« rief.

Maguire wartete, sah hinaus in das schwache Licht des frühen Abends, drehte sich nicht um. Roland kam zu ihm.

»Ich wollte dich noch was fragen«, sagte Roland, und seine Stimme klang wieder ganz freundlich. »Wenn du da drüben die ganze Zeit bei den Delphinen bist – hast du schon mal gesehen, wie sie's machen?«

»Was machen?«

»Du weißt schon, *es* machen.«

»Jeden Abend«, sagte Maguire.

»Scheiße, ehrlich, jeden Abend? He, meinst du, ich könnte mal vorbeikommen und zusehen?«

»Ich weiß, daß er gleich nach Hause kommt«, sagte Jesus Diaz zu der Frau auf der Schwelle, hinter der laut der Fernseher dröhnte. »Ich weiß, wo er ist. Er hat mich gebeten, auf ihn zu warten.«

»Ich habe nichts dagegen, daß Sie warten«, sagte Tante Leona. »Setzen Sie sich, wohin Sie wollen.« Sie deutete auf ein paar alte Gartenstühle.

»Ich meine, ich soll in seiner Wohnung warten.« Im Falle, daß Roland Maguire aus irgendeinem Grund folgen würde, wollte Jesus nicht gerade, daß Roland sah, wie er hier vor dem Casa Loma saß. Bevor das passierte, würde er nach Kuba fahren.

»Na ja, ich weiß nicht«, sagte Tante Leona.

»Hören Sie, wir sind alte Freunde. Ich werde schon nichts stehlen.«

Mann, dieser ganze Aufwand, nur um in seine Wohnung zu kommen. Wenn es dunkel gewesen wäre, hätte er sich selbst Zutritt verschafft. Es wurde dunkel, und er saß noch immer vor Maguires Schwarzweißfernseher und trank ein Glas von Maguires Rum. Ein gutaussehendes Mädchen in einem roten T-Shirt kam herein. Jesus stand auf und sagte, er warte auf seinen Freund. »Na dann viel Glück«, sagte das Mädchen und ging wieder. Als Maguire schließlich kam, wirkte er zwar überrascht, aber mehr betrunken als überrascht.

»Ich habe die beiden Wagen vor dem DiCilia-Haus gesehen«, sagte Jesus Diaz. »Aber Sie sind doch in Ordnung, oder? Wollen Sie wissen, wen ich davor gesehen habe?«

Maguire goß sich einen Rum über Eis ein. »Keine Ahnung, woher soll ich das wissen?«

»Ich habe Vivian Arzola gesehen. Ich hab' mich den ganzen Tag über in Keystone umgesehen. Ohne Erfolg. Ich fuhr zu der Wohnung ihrer Mutter in Homestead. Da ist sie.«

»Ist ja toll«, sagte Maguire. »Erzählen Sie das der Lady. Strecken Sie die Hand aus, und sie wird Ihnen ein Trinkgeld geben.«

»Zuerst war Vivian fürchterlich erschrocken, als sie mich sah. ›Immer mit der Ruhe‹, sagte ich, ›ich werde Ihnen nichts tun. Ich will Ihnen nur sagen, daß Mrs. DiCilia mit Ihnen sprechen möchte. Sie sieht mich an, als würde sie mir nicht vertrauen. Irgendwas ist komisch mit ihr. Verstehen Sie? Ich gehe, aber ich warte um die Ecke in meinem Wagen. Kurz darauf kommt sie mit einem Koffer heraus. Ich folge ihrem kleinen ausländischen Wagen zurück nach Miami zu einem Haus auf der Monegro. Sie wissen, wo das ist? In Coconut Grove, ein kleines rosa Haus. Sie geht rein, kurz darauf gehe ich auch zu dem Haus, klingle. Nichts rührt sich. Scheiße, ich weiß, daß sie da drin ist. Was ist nur los mit ihr? Hören Sie mir überhaupt zu?«

Jesus Diaz musterte Maguire, wie er sich auf dem Bett ausstreckte, das Glas in der Hand. »Ich drücke noch mal auf die Klingel. Nichts. Also öffne ich die Tür mit diesen Schlüsseln, die ich habe, verstehn Sie? Ich sehe mich im Haus um. Sie versteckt sich im Schlafzimmer, Mann, im Schrank. ›Bitte, bringen Sie mich nicht um‹, sagt sie. ›Weshalb sollte ich Sie denn umbringen?‹ sage ich. ›Ich werde nicht reden, ich verspreche es Ihnen‹, sagt sie. ›Worüber werden Sie nicht reden?‹ sage ich. Hören Sie mir zu? Wir unterhalten uns also noch was, sprechen miteinander, und ich bin sehr nett zu ihr, wir sprechen über unsere Mütter, ich sage ihr, daß ich ausgestiegen bin, daß ich nach Kuba fahre. ›Ich will mit Ihnen fahren‹, sagt sie. ›Warum?‹ sage ich. Wissen Sie, vor wem sie solche Angst hat? Natürlich, vor Roland. Wissen Sie, weshalb sie solche Angst hat? He, hören Sie mir zu? Weil sie weiß, daß Roland Ed Grossi umgebracht hat.«

»Ich höre ja«, sagte Maguire.

20

»Dieses kleine Loch dort oben auf dem Kopf von Misty und Gippy heißt Nasenloch«, sagte Lesley ins Mikrofon. »Es hat die gleiche Funktion wie Ihre Nase. Wenn Wasser in dieses Loch kommt, können sie Lungenentzündung oder Pleuritis bekommen oder sogar ertrinken. Also spritzen Sie sie bitte nicht naß. Abgesehen davon – wenn Sie sie doch naßspritzen, werden sie zurückspritzen.« Pause. »Und noch kein Mensch hat beim Naßspritzen gegen einen Delphin gewonnen.«

Lesley sah zwar gut aus, dachte Karen, als sie von dem Delphinbecken zurücktrat, aber sie war ein wenig ungehobelt. Und wahrscheinlich auch nicht sehr intelligent.

Sie schaute noch einmal beim Becken vor der Haupttribüne vorbei, ging zum Erfrischungsstand weiter, und da war er dann. Er saß an einem Gartentisch und trank Kaffee.

»Warum arbeitest du heute nicht?«

Maguire sah auf. »Ich will, daß sie mich feuern.«

»Ich glaube, ich habe dich das schon einmal gefragt. Warum kündigst du nicht?«

»Ich werde bald kündigen.«

»Es tut mir leid wegen gestern«, sagte Karen.

»Ja, das konnte ich sehen, wie du dagestanden und zugesehen hast.«

»Was hast du denn von mir erwartet? Sollte ich auf ihn losgehen?« Karen setzte sich an den Tisch. Maguire rührte seinen Kaffee mit einem Plastiklöffel um und blickte nicht auf. Karen beobachtete ihn. »Ich habe gerade etwas herausgefunden, das du mir nicht sagen wolltest. ›Das sind Flaschennasen-Delphine beziehungsweise Große Tümmler aus dem Atlantik. Der Tümmler ist viel kleiner, nervös und reizbar, praktisch nicht zu dressieren‹«, sagte Karen und ahmte Lesleys Ohio-Akzent nach. »›Aber wir nennen sie Tümmler, damit Sie sie nicht mit dem Delphin-*Fisch* beziehungsweise der Goldmakrele verwechseln, die Sie auf den Speisekarten einiger der besten Restaurants von Florida finden. Machen Sie sich also keine Sorgen‹ – Sie alle – ›wenn Sie den bestellen, essen Sie keinen Flipper.‹ Ich glaube, ich könnte mich hier um einen Job bemühen.«

»Sprich mit Brad. Sag ihm, du brauchst das Geld.«

»Sind wir heute ein wenig mürrisch? Du hast dich doch alles in allem sehr gut geschlagen. Zumindest bist du ihm mutig gegenübergetreten.«

»Ach ja?«

Karen griff nach seinem Kaffee und nippte davon. »Zu viel Zucker.« Sie setzte den Becher wieder ab. »Ich habe dir den Wagen mitgebracht – wenn du mich zurückfahren kannst.«

»Was kann ich sonst noch für dich tun?«

Karen beobachtete ihn, wartete darauf, daß er sie ansah. »Warum läßt du deine Wut an mir aus? Ich konnte nichts tun.«

»Ich habe das Gefühl, daß es dir ziemlich egal war«, sagte Maguire, »so oder so.«

»Hätte es was genützt, wenn ich geschrien oder ihn gegen das Schienbein getreten hätte?«

»Vielleicht.«

»Die Polizei war schon mal da und hat nichts unternommen.«

»Weshalb? Hast du sie angerufen?« Maguire blickte interessiert auf.

»Roland wollte mir etwas klarmachen. Daß er mich in meinem Haus belästigen kann und die Polizei nichts dagegen tun wird. Er hat so getan, als wolle er Marta vergewaltigen, und ich wurde nervös und habe die Bullen angerufen.«

»Du wurdest nervös?« sagte Maguire.

»Ich hatte Angst, er würde ihr etwas antun. Ich wußte nicht, daß er nur so tat.«

»Und als du es gemerkt hast«, sagte Maguire, »da warst du wieder ganz die coole Karen?«

»Was willst du damit sagen?« Sie runzelte leicht die Stirn, doch sie drückte nicht allzuviel Betroffenheit aus.

»Dieser Bursche belästigt dich«, sagte Maguire, »doch du scheinst dir keine großen Sorgen mehr zu machen. Warum? Was ist los mit dir? Ich weiß nicht, ob du aufgegeben hast oder es dir auf einmal egal ist.«

»Rate mal, was er will«, sagte Karen. »Er hat es mir endlich gesagt. Alles, einschließlich mich.«

»Siehst du? Das habe ich ja gesagt. Hältst du das für komisch oder was?«

»Er sagte, er würde mich noch so weit bringen, daß ich ihm alles *geben* wolle, weil er meine einzige Chance sei.«

»Und das glaubst du?«

»Nun ja . . . er ist selbstbewußter als jeder andere Mann, den ich jemals kennengelernt habe.«

»Er ist bescheuert, und er wird dich fertigmachen. Er sucht nach einer Möglichkeit, an das Geld heranzukommen, läßt dich fallen und nimmt, was er kriegen kann. Und wenn du dir das wehrlos gefallen läßt, bist du selbst schuld.«

»Er mag mich.«

»Vielleicht, aber das hat nichts damit zu tun.«

»Aber verstehst du denn nicht, sein Selbstvertrauen, das ist seine Schwäche«, sagte Karen und beugte sich über den Tisch zu ihm. »Worauf beruht es denn? Auf nicht viel. Hinter Mr. Roland Crowe steckt beträchtlich weniger, als er glaubt. Als ich euch gestern beobachtet habe – weißt du, wie das war? Wie zwei kleine Jungs, die ein Mädchen beeindrucken wollen. Dieser Streit um den Papagei – ich konnte es nicht glauben.«

»Du hast es nicht kapiert.«

»Nein, ich dachte, du wolltest ihn aufziehen, aber er hat es ernst genommen. Ich habe mir Roland angesehen. *Der* soll mir Schwierigkeiten machen? Mir fiel etwas ein, das Ed Grossi mir mal gesagt hat . . ., daß man sich über Leute Sorgen macht, die sich dann als Leichtgewichte erweisen.«

»Ed Grossi hat dir das gesagt, was?« sagte Maguire. »Willst du noch einen Rat?«

»Welchen?«

»Vergiß Ed Grossis Ratschläge. Sprich mit Vivian Arzola.«

»Wie kann man in so 'nem Dreckloch leben?« sagte Roland zu Lionel Oliva. »Das Ding ist ja nicht größer als ein Pferdeverschlag.«

»Wir kommen zurecht.«

»Schaff sie hier raus.«

Lionel drehte sich zu der Frau um, die auf dem winzigen Herd etwas für ihn kochte. Sie drängte sich an ihm vorbei, ohne Roland anzusehen, und verließ den Wohnwagen. Roland bückte sich, um ihr durch das Fenster nachzusehen – ein breiter kubanischer Arsch, der von einer Seite zur anderen schwappte, als sie von dem Wohnwagenplatz Tall Pines auf die S.W. Eighth Street ging.

»Wollen Sie das Boot?« sagte Lionel Oliva. »Jemand rausschaffen?«

»Noch nicht.« Roland streckte sich und setzte ein ernstes Gesicht auf, als er Lionel ansah. »Du trinkst zuviel, weißt du das?«

»Klar, manchmal trinke ich gern einen.«

»Und dir gefällt es, in diesem Gestank zu leben?«

»Ich rieche nichts.«

»Mein Gott, sieh dich doch mal um. Wenn du für mich arbeitest, mußt du dir was Besseres suchen.«

»Ich arbeite jetzt für Sie?«

»Ich will sehen, ob du Vivian Arzola finden kannst. Sie und du, ihr habt doch mal zusammen Apfelsinen gepflückt, oder?«

»Mann, das ist schon lange her.«

»Na ja, besuche doch mal ein paar alte Freunde. Finde heraus, ob jemand sie in letzter Zeit gesehen hat.«

»Wie kommt es, daß ich jetzt für Sie arbeite?« sagte Lionel Oliva. »Haben Sie Jesus nicht mehr?«

»Er ging nach Kuba, du Scheißer. Du warst dabei, als er es mir gesagt hat.«

»Nein, er ist gar nicht nach Kuba gegangen. Ich habe gesehen, wie er sich gestern mit einem Typ im Centro Vasco unterhalten hat.«

»Wenn du ihn noch mal siehst, sagst du ihm, er soll mich anrufen«, sagte Roland. »Sag ihm, daß ich ihm seine kleinen krummen Beine verbiegen und um den Kopf wikkeln werde, wenn ich nichts von ihm höre und ihm mal zufällig über den Weg laufe.«

Roland sah zu, daß er aus dem stinkenden Wohnwagen herauskam. Er würde sich noch ein wenig nach Vivian umsehen; und mal eben bei Karen vorbeischauen, damit sie ihn ja nicht vergaß. Zuerst jedoch würde er nach Hause fahren und sich eine Pistole holen, die er am Körper tragen oder in den Wagen legen würde. Es tat sich jetzt zu viel, als daß man nicht auf das vorbereitet sein mußte, was man am wenigsten erwartete.

»Ich muß darüber nachdenken«, sagte Vivian Arzola zu Jesus, als er am Morgen zurückkam.

»Worüber nachdenken? Sie will Ihnen helfen.«

»Wie denn? Wenn ich jemand davon erzähle, bringe ich mich nur selbst in Gefahr.«

»Vertrauen Sie ihr«, sagte Jesus.

»Also gut, aber nur Mrs. DiCilia. Wenn sie die Polizei mitbringt, weiß ich gar nichts mehr.«

»Sie und noch einen, einen Freund, der ihr hilft. Das ist seine Idee, und ich kann nichts daran ändern.«

»Aber Sie können mich auch nicht zwingen, ihm etwas zu sagen. Einverstanden, die beiden. Und Sie«, sagte Vivian. »Wenn noch mehr kommen, muß ich mir Stühle borgen. Sehen Sie, was sie mit dieser Wohnung gemacht haben? Haben sich vor dem Monatsersten einfach davongeschlichen und den ganzen Dreck zurückgelassen. Sehen Sie sich das doch mal an, diesen ganzen Unrat. Seit fünf Jahren gehört mir diese Wohnung, und ich habe noch keinen Cent daran verdient.«

»Um wieviel Uhr?« sagte Jesus.

»Später, wenn es dunkel ist. Keine Ahnung, um neun? Sie setzen sie ab – mit was für einem Wagen kommen Sie?«

»Das weiß ich noch nicht.«

»Vergessen Sie die ganze Sache«, sagte Vivian.

»Warten Sie, lassen Sie mich nachdenken. Ein grauer Mercedes-Benz.«

»Sie setzen Sie ab. Ich will nicht, daß der Wagen vor dem Haus steht.«

»Und was noch?«

»Sagen Sie ihnen, daß ich nicht zur Polizei gehen werde. Wenn sie das wollen, verschwenden sie ihre Zeit. Keine Polizei. Wenn ich einen Polizisten sehe, weiß ich nichts mehr davon, worüber wir gesprochen haben.«

»Wenn Sie es so wollen. Noch was?«

»Eine Pistole«, sagte Vivian.

»Was für eine?«

»Was für eine, eine, mit der man schießen kann. Mir ist es egal, was für eine es ist. Eine große.«

»Immer mit der Ruhe«, sagte Jesus. »Sie müssen sich über nichts Sorgen machen.«

Jesus, der den Mercedes fuhr, ließ sie um eine Minute vor neun vor dem rosa Stuckhaus an der Monegro Avenue heraus und sagte ihnen, er würde etwas durch die Gegend fahren und um genau halb zehn zurückkommen.

Maguire fragte sich, ob das alles nötig war: zum Beispiel, ihr Uhren aufeinander abstimmen, die grimmigen Gesichter, Karens Sonnenbrille – warum? Damit man sie nicht erkennen konnte? –, sagte aber nichts. Kein einziges Wort, nicht einmal eine harmlose, spöttische Bemerkung zu Vivian, als sie ihnen die Tür aufmachte. In der ganzen Wohnung war das Licht ausgeschaltet; sie führte sie in die Küche und schloß die Eingangstür, bevor sie die Küchenlampe wieder einschaltete. Maguire war froh, daß er nichts gesagt hatte. Obwohl er Vivian zum ersten Mal sah – ganz und gar nicht die elegante Frau, die Karen im Wagen beschrieben hatte –, erkannte er, wieviel Angst sie hatte. Vivian sah aus, als hätte sie seit mehreren Tagen getrunken; sie hatte sich vielleicht das Haar gekämmt, aber das Make-up vergessen. Er hatte noch nie einen so angespannten Menschen gesehen wie in diesen ersten Minuten, da sie in der Küche waren. Maguire schenkte Kaffee ein. Er zündete Vivian drei Zigaretten an, während sie ihnen erzählte, wie sie Ed Grossi nach Boca Raton gefahren, Roland gesehen habe und ihm gerade noch entkommen sei.

»Warum gehen Sie nicht zur Polizei?« fragte Karen sie.

»Weil er mich umbringen wird«, sagte Vivian. »Was denken Sie denn?«

»Aber er wird im Gefängnis sein.«

»Man wird ihn auf Kaution freilassen, und er ist nicht mehr im Gefängnis.«

»Nun ja . . . die Polizei wird Sie schützen.«

»Entschuldigung«, sagte Vivian, »aber ich habe zwölf Jahre für Ed Grossi gearbeitet. Wenn sie wollen, daß jemand stirbt, stirbt der Betreffende auch. Das ist Rolands Job, das macht er laufend.«

»Menschen töten?« sagte Karen.

Maguire beobachtete sie. Die Vorstellung schien sie eher zu faszinieren als zu verwirren oder schockieren.

»Ja, natürlich«, sagte Vivian. »Wenn er im Gefängnis ist, bezahlt er einen anderen, um mich zu töten. Wenn er es unbedingt selbst tun will, wartet er, bis er herauskommt. Wissen Sie das nicht? Wenn er verurteilt wird, geht es mir zehn Jahre lang gut. Und dann?«

»Sie haben einen anderen wegen des Mordes angeklagt, den er begangen hat«, sagte Karen.

»Arnold Rapp, ich weiß«, sagte Vivian. »Das ist traurig, aber für Arnold Rapp werde ich nicht mein Leben aufs Spiel setzen.«

»Es ist gleich halb zehn«, sagte Maguire.

Karen, die neben Vivian saß, sah vom Küchentisch zu ihm auf. »Geh runter zu ihm. Kommt um zehn zurück.«

Warum? Worüber würden sie sprechen? Er konnte Karens Augen hinter den Brillengläsern nicht sehen. Sie saß in der schmutzigen Küche eines Hauses an der Monegro im Kubanerviertel und heckte etwas aus. Als ob sie das ständig täte.

Maguire ging auf die Straße. Als der Mercedes hielt, stieg er ein.

»Wo ist sie?«

»Wir sollen in einer halben Stunde zurückkommen.«

Jesus fuhr los. »Ich bin zur Eighth Street gefahren. Ich hab' dort einen Burschen getroffen, und der meinte, Roland würde nach mir suchen. Scheiße, Mann, ich muß nach Kuba oder sonstwo untertauchen.«

Maguire sagte nichts, betrachtete die Leute, die vor ihren Häusern saßen oder auf dem Bürgersteig gingen und dem silbergrauen Mercedes-Benz nachsahen.

»Was halten Sie von Vivian?« sagte Jesus.

»Ich glaube, sie hat Angst.«

»Nein, ich meine, ob sie uns bezahlen würde, wenn wir den Mund halten? Warum nicht, eh?«

Sie holten Karen um zehn Uhr ab. Maguire glitt hinter das Steuerrad, und Jesus fuhr auf dem Rücksitz bis zur S.W. Eighth mit, wo sie ihn absetzten.Maguire fuhr zur Interstate 95 hinüber und dann in Richtung Norden nach Lauderdale. Karen hatte ihre Brille abgenommen. Sie hielt sie schweigend in der Hand.

»Nun?« sagte Maguire.

Karen sagte nichts.

»Was hast du sonst noch herausgefunden?«

»Eigentlich nichts.«

»Sie will noch immer nicht zur Polizei.«

»An dem Tag, da Roland stirbt, geht sie zur Polizei. Wenn der andere dann noch im Gefängnis ist. Er bringt Leute um«, sagte Karen.

»Du meinst Roland.«

»Ja. Er bringt Leute um.«

»Soll ich heute abend bei dir bleiben?« sagte Maguire.

Karen ließ sich mit der Antwort lange Zeit. »Heute abend nicht, ja?« sagte sie dann. »Ich würde gern mal in Ruhe nachdenken.«

»Wenn es nur das ist«, sagte Maguire leichthin, doch tief innen spürte er einen kleinen Stich. Irgendwas ging hier vor.

Sie fuhren schweigend weiter; verließen die Autobahn und fuhren in östlicher Richtung weiter, durch den leichten Abendverkehr, über den 17th Street Causeway und an Seascape vorbei, Maguires anderer Welt, die nun in Dunkelheit lag. Maguire stellte sich vor, wie die Delphine allein herumschwammen, sich im Mondschein in ihren Becken und Bassins an der Oberfläche treiben ließen.

»Als ich vor zehn Jahren unten in Marathon war und mit Delphinen gearbeitet habe«, sagte er zu Karen, »da wurde ich wegen mutwilliger Sachbeschädigung verhaftet. Das habe ich dir gar nicht erzählt, oder?«

Karen sagte nichts.

»Hörst du mir zu?«

»Du wurdest wegen mutwilliger Sachbeschädigung verhaftet.«

»Die Zäune«, sagte Maguire. »Sie hatten da unten keine Becken, sondern Maschendrahtzäune vom Strand aus ins Wasser gelassen. Wie Verschläge, in denen sie die Delphine hielten. Mehrere aneinanderhängende Verschläge. Eines Abends schwamm ich mit einer Drahtschere raus und habe die Zäune aufgeschnitten.«

»Du hast die Delphine befreit?« sagte Karen.

»Ja. Sie schwammen aufs Meer raus.«

»Das ist bemerkenswert.« Sie sah ihn nun an.

Maguire schüttelte den Kopf. »Bemerkenswert ist«, sagte er, »daß sie in die Verschläge zurückschwammen, als sie Hunger bekamen, und freiwillig dageblieben sind . . . Sie wollten nicht befreit werden. Sie wollten nur spielen.«

22

Jesus Diaz brachte seinen Anzug und ein paar Hosen in die chemische Reinigung; er bereitete sich auf seine Reise vor, wohin auch immer sie führen würde. Er ging gerade an dem Schuppen an der Ecke Eighth Street und Forty-second Avenue vorbei, in dem man sich Horoskope und spiritistischen Rat holen konnte, als der Wagen um die Ecke bog, abrupt stehenblieb und die Stimme sagte: »He!«

Jesus hätte beinahe die Kleiderstücke fallen gelassen und wäre davongelaufen. Doch es war nur Lionel Oliva, der ihm bedeutete, zum Wagen zu kommen.

»Ich dachte, du wärest nach Kuba gefahren.«

»Bin fast schon unterwegs.«

»Ich habe deinen Job. Mann, das ist ja 'ne Menge Arbeit.«

»Behalte ihn ruhig«, sagte Jesus.

»Was will er von Vivian Arzola?« fragte Lionel.

Jesus trat näher zum Wagen, legte die Kleidungsstücke auf die staubige Motorhaube und steckte den Kopf durch die Fensteröffnung.

»Er sucht nach ihr?«

»Er kam gestern zum Wohnwagen, hat mich runtergemacht und mir dann den Auftrag gegeben, sie zu suchen. Was zahlt dir der Zuhälter für so einen Job?«

»Kommt drauf an. Wie er gerade Lust hat«, sagte Jesus. »Hast du Glück gehabt?«

»Kann man wohl sagen«, meinte Lionel. »Du weißt doch, daß ihr ein paar Häuser gehören, die sie vermietet. Ich sprach mit diesem Burschen, der sie gut kennt, unten in Grove. Ja, sagte er, Vivians Haus an der Monegro stand 'nen Monat leer. Aber dann sah er Licht darin, und er glaubt, er hat sie neulich mal reingehen sehen. Also fuhr ich hin, sah durchs Fenster, und da ist sie, im Flur, geht zur Küche oder wohin. Ich klopfe an die Tür, sie rührt sich nicht.«

»Sie will wahrscheinlich keinen sehen«, sagte Jesus.

»Wohnt in so 'ner Bruchbude, wo ihr doch die ganzen Häuser gehören«, sagte Lionel. »Verdammt, ich werde mich nicht mit ihr anlegen.«

»Würde ich auch nicht«, sagte Jesus.

»Soll Roland doch sehen, ob er mit ihr sprechen kann.«

»Hast du es ihm schon gesagt?«

»Ja, ich hab' ihn grad eben angerufen.«

Viertel nach zehn, noch fünfzehn Minuten bis zur Show. Brad Allen instruierte seine ›Truppe‹, Lesley, Robyn, Hooker, Chuck und Maguire, die auf den unteren Bänken der Haupttribüne saßen, während Brad, ganz in Weiß, zwischen ihnen und dem Becken stand. Die Delphine im Becken tauchten dann und wann an die Oberfläche und beobachteten sie von ihren Pferchen an der Seite aus.

Brad drehte sich um und zeigte über das Becken auf der Plattform, die als Bühne diente.

»Wir werden also folgendes machen, wir zünden Papier in einem flachen Metallbehälter an. Maguire, du bist noch hinter der Bühne. Warte dort, bis wir die Delphine vorgestellt haben. Dann betätigst du die Feuerglocke.«

Seascape öffnete um zehn. Es sahen sich schon Besucher auf dem Gelände um; sie kamen bis an das Seil vor dem Zugang zur Haupttribüne und fragten sich, weshalb da all diese Kinder in den roten T-Shirts saßen. Nein, das waren doch gar keine Kinder, oder?

»Brad, das ist eine tolle Idee«, sagte Robyn, »aber zündest du auch das Papier an und rufst dann ›Feuer!‹?«

»Nein, du hast recht«, sagte Brad. »*Du* zündest das Papier an. Du hast gut mitgedacht, Rob. Und ich lenke das Publikum ab; ich drehe dir dabei den Rücken zu.«

Maguire sah, wie sich Jesus Diaz der Kette vor dem Eingang näherte. Jesus sah das Schild an, das daran hing – VOR DER VORSTELLUNG *KEIN* ZUTRITT –, und sah dann zu der Gruppe hinüber, die auf der Haupttribüne saß. Maguire hob einen Arm. Er stand auf.

»Setz dich«, sagte Brad.

»Ich muß mal eben mit diesem Burschen da sprechen.«

Die anderen sahen zu Maguire hoch und dann zu dem Kubaner hinüber, der an der Kette wartete.

»Setz dich, bis wir das geklärt haben«, sagte Brad. »Ich drehe mich um, sehe das Papier in dem Behälter und rufe ›Feuer!‹ Das Stichwort für die Feuerglocke. Nein, warte, bis ich sage: ›Das ist eine Aufgabe für unsern Delphin Smokey.‹ Genau. Hooker? Du hast Dixie den Hut aufgesetzt, nicht wahr?«

»Richtig«, sagte Hooker.

»Maguire, setz dich.«

»Ich muß den Typ nur mal eben kurz sprechen.«

»Wenn wir fertig sind«, sagte Brad. »Okay, Hooker, du gibst Dixie das Zeichen.«

»Alles klar.«

»Sie schwimmt rüber, schlägt ein paarmal mit den Flossen . . .«

Maguire sah zu Jesus hinüber und versuchte zu deuten, was in dessen Kopf vor sich ging.

». . . und löscht das Feuer.«

»Er weiß, wo sie ist!« rief Jesus ihm zu.

Maguire setzte sich in Bewegung.

»Wohin willst du? . . . Maguire!«

Brad und die ›Truppe‹ beobachteten ihn, wie er über die Treppe sprang – er streifte das Schild mit dem Fuß, und es schepperte laut auf – und mit dem Kubaner davonlief.

»Habt ihr eine Ahnung, wohin er will?« fragte Brad.

»Das weiß er wahrscheinlich selbst nicht«, sagte Lesley. »Der spinnt doch.«

Virginia Hill war eigentlich Virginia Hauser, oder Virginia Hill Hauser; aber niemand nannte sie mehr bei diesem Namen. Sie war Virginia Hill, die dem Kefauver Crime Committee im Jahre 1951 gesagt hatte, diese Männer würden ihr Geld geben, weil sie ihre Freunde seien. Punkt. Sie wußte nicht genau, wieviel Geld sie besaß. Ja, sie kannte Bugsy Siegel, er war einer dieser Freunde. Nein, sie wußte nicht, womit er seinen Lebensunterhalt verdiente.

Karen trug ein weißes Kopftuch (im Nacken über dem Haar zusammengeknotet), eine Sonnenbrille und einen beige-blau gestreiften Kaftan, der bis auf die Fliesen des Patios fiel.

»Ich war viel länger Karen Hill, als ich Karen Stohler oder Karen DiCilia war«, sagte sie zu der Journalistin vom *Goldcoaster*, einem netten, gutaussehenden, aber starrsinnigen Mädchen namens Tina Noor. »Mehr will ich damit nicht sagen. Ich halte mich selbst für Karen Hill.« Und sie dachte nur an die andere Hill, erwähnte sie nicht. »Und für wen halten Sie sich?«

»Für Tina Noor.«

»Sie sind verheiratet?«

»Ja.«

»Aber Sie halten sich nicht für die, die Sie früher mal waren?«

»Doch, aber genau darauf kommt es ja an. Ich bin eigentlich nicht mehr diese Person.«

»Nun ja, wir sind eben verschieden«, sagte Karen. »Sie wollen Zeitschriften verkaufen, und ich will meine Identität behalten. Karen Hill. Finden Sie nicht, daß das besser klingt?«

»Das ist ein schöner Namen«, sagte Tina Noor, »aber niemand weiß, wer Karen Hill ist.«

»Ich weiß es.«

»Ich meine, niemand, der Karen DiCilia kennt. Als Ed Grossi ermordet wurde, standen Sie wieder in den Zeitungen. Die Leute interessieren sich dafür, was Sie davon halten ... wie es ist, mit solchen Menschen zu tun zu haben und ein normales Leben zu führen.«

»Ein normales Leben«, sagte Karen.

Sie trat zu dem Gartentisch, griff in eine Strohtasche und holte ein Päckchen Zigaretten hervor. Tinas Blick blieb einen Augenblick an der Tasche haften, die, nun geöffnet, auf der Seite lag. Dann sah sie zu, wie Karen die Zigarette anzündete und sich auf einen Stuhl setzte. Tinas Blick kehrte zu der Strohtasche zurück.

»Ist das da eine Pistole?« sagte sie. »In der Tasche?«

Karen nickte.

»Darf ich Sie fragen, warum Sie eine Pistole haben?«

»Warum haben alle anderen Leute eine Pistole?« sagte Karen.

»Na ja, um sich zu schützen; aber ich meine, befürchten Sie aus irgendeinem Grund, daß Ihr Leben in Gefahr sein könnte?«

»Ich bin Karen Hill, ich wurde in Detroit, Grosse Pointe, geboren. Ich bin vierundvierzig. Ich war fünfeinhalb Jahre mit Frank DiCilia verheiratet. Ich habe ihn nie nach seinem Beruf gefragt. Ich habe ihn nie gefragt, weshalb er eine Pistole hatte. Diese Pistole, um genau zu sein.« Karen hielt inne. »Aber jetzt weiß ich es.«

»Würden Sie es mir sagen?«

Karen zog an der Zigarette, und der Rauch trieb im Nachmittagslicht davon. Karen schien die Hitze nichts auszumachen, doch sie schwitzte unter dem Kaftan, und wenn die Journalistin fort war, würde sie in den Pool gehen ... wieder hinaussteigen, duschen, es war dann an der Zeit für einen Cocktail. Und darauf warten, daß jemand kam.

»Bis zu Ed Grossis Tod habe ich sechzehn Jahre lang keine einzige Zigarette geraucht«, sagte sie.

Tina wartete. »Und jetzt haben Sie das Bedürfnis?«

»Man hat etwas zu tun.«

»Sind Sie ... bei guter Gesundheit?«

»Warum fragen Sie?«

»Ich weiß nicht, nur eine Frage. Sie wirken etwas abgespannt.«

»Oder gelangweilt«, sagte Karen. »In einer Hinsicht gelangweilt. In anderer Hinsicht ... nun ja, das ist eine andere Sache.«

»Was für eine?«

»Warum fragen Sie mich nicht nach meinen Hobbys?«

»Was sind Ihre Hobbys?«

»Ich habe keine.«

»Was tun Sie denn so den ganzen Tag?«

»Nichts.«

»Sie haben Freunde ...«

»Ist das eine Frage?«

»Ja, haben Sie Freunde?«

Karen zog an der Zigarette, betrachtete sie und ließ sie auf die Fliesen fallen.

»Eigentlich nicht.«

»Nun ja, warum gehen Sie denn nicht öfter aus, unternehmen etwas? Sie könnten sich doch die Welt ansehen.«

»Es gibt Gründe dafür.«

»Was für Gründe?«

»Ich habe Ihnen doch gesagt, Sie würden von mir nicht viel für eine Story erfahren. Ich weiß nicht, warum Sie so beharrlich sind.«

»Weil hier etwas vor sich geht«, sagte Tina, »und weil ich glaube, Sie würden es mir sagen, wenn Sie nur etwas mehr Vertrauen zu mir hätten.«

»Das hat nichts mit Vertrauen zu tun.«

»Sie können mir vertrauen. Ich verspreche Ihnen, ich werde nichts schreiben, was Sie nicht enthüllen wollen.«

»*Enthüllen*«, sagte Karen. »Das ist genau das Wort, das ich nicht sehen will. Karen DiCilias Geheimnisse enthüllt.«

»Ich weiß nicht, warum ich dieses Wort benutzt habe«, sagte Tina, beugte sich auf ihrem Stuhl vor, hatte Mitgefühl mit ihrem Gegenüber und vergaß für einen Augenblick ihre beiläufige Reporterpose. »Man findet die Schlagzeile ziemlich oft in den Zeitungen, aber ich benutze sie eigentlich kaum. Mich interessiert Ihre Meinung, was Sie von gewissen Dingen halten, und nicht, welchen Eindruck Sie auf mich machen. Wenn Sie wissen, was ich meine.«

»Was meinen Sie denn? Wie sehen Sie mich?«

»Nun ja, ich bin mir nicht sicher. Ich meine, ich habe mir noch keine Meinung gebildet. Im Augenblick denke ich wieder an diese Schlagzeile. Karen DiCilias Geheimnisse *nicht* enthüllt. Eine sehr gutaussehende Frau, die zurückgezogen lebt, eine Pistole hat . . .«

»Erwähnen Sie das nicht.«

»Sie versteckt sich nicht gerade, wirkt aber wachsam, auf der Hut, scheint etwas zu wissen, worüber sie nicht sprechen will. Sie müssen doch einsehen, daß man sich Gedanken darüber macht.«

Karen sagte nichts. Sie saß da, die Beine übereinandergeschlagen, eine Hand am Bügel ihrer Sonnenbrille.

»Also gut, wenn ich einen Bericht über Karen Hill und nicht über Karen DeCilia schreibe«, sagte Tina, »hätten Sie dann ein paar ältere Fotos von sich?«

»Vielleicht«, sagte Karen. »Ich müßte nachsehen.«

Eine Frau namens Epifania Cruz, zweiundvierzig, hatte ihrer Tochter und ihrem Schwiegersohn einen Holzstuhl geschenkt, der über zweihundert Jahre alt war und ursprünglich aus dem kubanischen Ort Andalucia stammte. Der Stuhl und die kleine Alicia, ihre Tochter, waren am Abend des 27. April 1961, nach der Niederlage in der Schweinebucht, von Kuba nach Miami gefahren.

Es war ein einfacher, niedriger Stuhl, eher ein dreibeiniger Schemel mit Rückenlehne. Epifania hatte ihn Alicia und ihrem Schwiegersohn mit gewissen Befürchtungen geschenkt, denn der Mann ihrer Tochter war ihr ziemlich suspekt; er zog sich wie ein Disco-Tänzer an und hing immer im Centro Español herum, obwohl er nie einen Job hatte. Epifania war im Abbey-Krankenhaus, weil sie Probleme mit ihrem Dickdarm hatte, als sie erfuhr, daß Alicia und ihr Schwiegersohn, dieser Zuhälter, schnell ausgezogen waren, abgehauen waren, bevor sie vor Gericht geschleift werden konnten, und einen Großteil ihrer Besitztümer in dem gemieteten Haus an der Monegro Avenue zurückgelassen hatten.

Beinahe ein Monat war verstrichen; aber vielleicht war der Stuhl noch im Haus. Epifania hatte erfahren, daß noch kein Nachmieter eingezogen war. Vielleicht hatte sie ja Glück.

Sie ging eines Nachts dorthin. Wenn sie den Stuhl fand, wollte sie nicht, daß man sah, wie sie ihn fortschaffte, wenngleich sie den Stuhl für ihren persönlichen Besitz hielt. Sie nahm ihr großes Küchenmesser mit, um die Tür aufzubrechen, stellte aber fest, daß das überflüssig gewesen war. Die Tür war nicht abgeschlossen.

Da die Straßenlampen ins Fenster leuchteten, konnte

Epifania ziemlich gut sehen. Der Stuhl war nicht im Wohnzimmer. Er war auch nicht in der Küche. Sie öffnete die Schlafzimmertür und blieb auf der Schwelle stehen. Es war zu dunkel, um etwas zu sehen. Sie hob die Hand mit dem Küchenmesser und griff nach dem Lichtschalter. Eine Detonation erklang, und Epifania wurde auf den Flur zurückgeworfen, fast bis in die Küche.

Roland kam aus dem Schlafzimmer, das zwölfkalibrige Gewehr unter dem Arm, ging in die Küche, um das Licht einzuschalten, und sah auf die Frau hinab.

»Scheiße«, sagte er. »Du bist nicht Vivian.«

23

»Sag ihm einfach, daß ich flachliege«, sagte Maguire zu Lesley. »Wahrscheinlich habe ich mir etwas gefangen.«

»Das wundert mich nicht«, sagte Lesley. »Macht ihr drei es gleichzeitig, oder wechselst du dich mit dem Burschen ab? He, ist das André?«

»Ja, das ist André«, sagte Maguire, »und seine Frau. Wir haben uns seit 'ner ganzen Weile nicht gesehen. Deshalb will ich mir den Tag freinehmen und mit ihnen einen draufmachen.«

»Er hat dir doch erst vor einer Woche seinen Wagen geliehen, oder?«

»He, Lesley«, sagte Maguire, »du wirst zu spät zur Arbeit kommen. Sag es ihm einfach, ja?«

»Brad ist sowieso sauer auf dich, weil du gestern nicht zurückgekommen bist. Er will wissen, wo du warst.«

Maguire war es jetzt endgültig leid. »Sag ihm, was dir gerade einfällt«, entgegnete er. »Ist mir scheißegal.«

»Ca-al!«

Sie hatte ihn noch nie Cal genannt. Oder doch? Na ja, was spielte das schon für eine Rolle? Er ging in seine

Wohnung und ließ Lesley neben ihrem gelben Honda stehen. (Den Mercedes hatte er zwei Blocks weiter abgestellt.)

»Seht mal, das Haus an der Monegro«, sagte Jesus, der gerade vor dem Fernseher kauerte und das Bild einstellte. Eine mit einem Laken bedeckte Leiche wurde auf einer Krankenbahre die Vordertreppe hinuntergetragen, während die Stimme des Nachrichtensprechers etwas von geheimnisvollen Schüssen sagte, vom Mord an einer Frau namens Epifania Cruz. Der Nachrichtensprecher sagte, die Polizei suche nun nach der Tochter und dem Schwiegersohn der Frau, den letzten Mietern des Hauses.

Vivian Arzola, die eine Kaffeekanne in der Hand hielt, sah vom Herd aus zu. »Wißt ihr, wie das ist?« sagte sie. Weder Maguire noch Jesus sahen sie an; sie beobachteten, wie die Leiche der Frau nun in den Krankenwagen geschoben wurde. »Wie in einem Film. Die Leute laufen aus dem Haus, bringen sich gerade noch in Sicherheit, und das Haus explodiert.«

Jetzt lief ein Werbespot. Als Maguire es bemerkte, schaltete er das Fernsehgerät aus. Sonst würden sie sich noch Dinah Shore und Merv Griffin ansehen. »Wir machen es heute abend«, sagte er. »Wir überlegen uns, wie, und bereiten alles vor.«

»Wenn wir uns sicher sind, ob wir es machen«, sagte Jesus.

Sie hatten Vivian gestern aus dem Haus an der Monegro geschafft. Sie würden nicht hier herumsitzen oder sie von einem Versteck ins nächste bringen. Vivian hatte gesagt, sie wolle weit, weit fort. Es sei die Sache nicht wert, immer über die Schulter zurückblicken zu müssen. Sie würde woanders neu anfangen.

»Die Frage ist, *wie* wir es machen, nicht *ob*«, sagte Maguire. »Es muß im DiCilia-Haus passieren.«

»Warum?« sagte Jesus.

»Weil die Polizei dort schon war« – Maguire sprach

leise, er wollte, daß Jesus zuhörte und sich entspannte – »als Roland versuchte, deine Schwester zu vergewaltigen. Okay, er kommt zurück, um es noch einmal zu versuchen. Aber dann sind wir da. Du verteidigst deine Schwester, erschießt ihn.«

»*Ich*? Ich dachte, du würdest ihn erschießen.«

»Das ist doch ganz egal«, sagte Maguire. »Du kannst doch schießen, oder?«

»Klar kann ich schießen. Aber ich habe noch nie auf einen Menschen geschossen.«

»Denken wir mal darüber nach. Erstens ... wie bekommen wir ihn dorthin?« sagte Maguire. »Er kommt, weil er glaubt, Vivian sei in dem Haus.«

»Wenn Sie glauben, ich würde dort auf ihn warten, müssen Sie verrückt sein«, sagte Vivian.

»Sie müssen ja gar nicht im Haus sein. Ich sage ja nur, er glaubt, Sie wären dort, weil wir es ihn glauben lassen. Sagen wir mal, ich rufe Sie später von dort aus an. Ich sage: ›Okay, Vivian, wir haben alles vorbereitet. Wir holen Sie ab, Sie bleiben die Nacht über hier im Haus, und wir bringen Sie dann gleich morgen früh zur Polizei.‹ Sie sagen etwas, er hört Ihre Stimme und weiß, daß Sie es sind.«

»Ich verstehe nicht«, sagte Vivian und nickte dann. »Ja, das angezapfte Telefon. Ich kann nicht mal mehr klar denken.«

»Was, wenn er nicht kommt?« sagte Jesus. »Wenn er überall nach Vivian sucht und das Band nicht abhört?«

»Keine Ahnung«, sagte Maguire. Er fragte sich, ob er Karen davon erzählen mußte. Das wollte er nicht. Aber wenn sie ein paar Tage warten mußten, bis Roland das Band abholte – dann würde er ihr vielleicht doch davon erzählen müssen. Aber er wollte sie nicht in die Sache hineinziehen. Er wollte es hinter sich bringen und ihr dann alles sagen. ›Na also, du bist den Burschen los‹. Es sollte nicht aussehen, als wäre es gerade leicht gewesen, aber auch nicht besonders schwer. Na also. ›Hast du noch andere Probleme?‹

»Wie heißt der Bursche, der für ihn arbeitet?« sagte er zu Jesus.

»Lionel Oliva.«

»Okay, du sagst Lionel, du wüßtest, wo Vivian ist. Du sagst ihm, du hättest herausgefunden, Vivian würde heute abend dort sein. Deine Schwester hätte es dir gesagt.«

»Und was, wenn er fragt, warum ich ihm das sage?« fragte Jesus. »Er weiß, daß ich nicht mehr für Roland arbeiten will.«

»Sag ihm . . . wie wäre es, wenn du ihm sagst, daß du Roland eine Falle stellen willst?«

»Und was hat Lionel davon? Scheiße, wird er sagen. Wer wird ihn bezahlen, wenn er es Roland bestellt, und Roland geht drauf?«

»Sag ihm, du würdest ihn bezahlen«, sagte Maguire. »Was ist ihm die Sache wert?«

»Er wird Angst haben. Wenn du vorbeischießt, weiß Roland, daß man ihm eine Falle gestellt hat. Und dann besucht er Lionel.«

»Wie wäre es mit einem Riesen?«

»Bist du bescheuert? Für einen Riesen würde er es selbst machen.«

»Und müßte noch mal am Kopf genäht werden«, sagte Maguire. »Ich habe Lionel gesehen. *Dieser* Lionel? Nein, wir machen es. Aber er stellt ihm die Falle. Er muß Roland nur sagen, er wüßte, daß Vivian diese Nacht dort sein wird. Mehr weiß er nicht. Er hat es von dir, und du hast sehr geheimnisvoll getan und ihm gesagt, er soll es keinem erzählen. Glaubst du, daß er das schafft?«

»Ja, das schafft er.«

»Und daß er sich dumm stellen kann?«

»Kein Problem«, sagte Jesus.

»Dann holt sich Roland das Band, erkennt Vivians

Stimme und weiß, daß es stimmt. Selbst, wenn er sich das Band nicht holt, wird er sich selbst überzeugen wollen, nachdem Lionel es ihm gesagt hat. Aber es wäre besser, wenn er es sich holt, weil er dann Vivians Stimme hört, erfährt, daß sie zur Polizei gehen wird – so wäre es viel besser. Wir wollen nicht, daß Lionel ihm das alles sagt und die Sache verpatzt.«

»Na gut, aber welche Waffe benutzen wir?« sagte Jesus. »Ich will nicht meine nehmen, die müßten wir danach loswerden.«

»Nein, die müssen wir nicht loswerden«, sagte Maguire. »Ich habe es dir doch erklärt. Wir rufen die Bullen, und dann müssen wir ihnen auch eine Waffe zeigen können, klar?«

»Du willst die Bullen rufen?«

Jesus, dachte Maguire. »Hör zu«, sagte er. »Der Bursche will deine Schwester vergewaltigen. Du erschießt ihn. *Irgendeiner* erschießt ihn. Wir werfen seine Leiche nicht in den Kanal, sondern rufen die Bullen und geben ihnen die Pistole. So machen wir es. Also gut, dann liest Vivian in der Zeitung davon. Roland Crowe bei versuchter Vergewaltigung erschossen. Vivian geht zur Polizei, sagt ihnen, sie wisse, daß Roland Ed Grossi umgebracht hat. Die Polizei läßt den anderen laufen.«

»Aber glaubt mir«, sagte Vivian, »wenn er nicht tot ist, sage ich kein einziges Wort, nicht mal, wie ich heiße.«

»Er wird tot sein«, sagte Maguire. Er sah Jesus an. »Du willst also nicht deine Pistole benutzen. Na gut, sag deiner Schwester, daß oben in Karens Schlafzimmer eine Pistole ist, in der obersten Kommodenschublade. Sag ihr, sie soll sie herausnehmen und in ihr Zimmer schmuggeln. Wir schleichen uns nach Anbruch der Dunkelheit ins Haus, und sie gibt sie uns. Es war Frank DiCilias Pistole. Wenn sie jemand wegen unerlaubten Waffenbesitzes ranholen wollen, können sie ja Frank ausgraben. Doch bring deine trotzdem mit, nur für alle Fälle.«

»Und dann?« sagte Jesus. »Er kommt also – und wann machen wir es?«

»Was das betrifft, müssen wir abwarten, wie es sich entwickelt«, sagte Maguire.

Karen sah, wie er aus dem Haus kam. Sie stand am flachen Ende des Swimmingpools und trocknete sich leicht mit einem Strandtuch ab. Er setzte nun seine Sonnenbrille auf und musterte sie genüßlich.

»Bist du wirklich so dumm«, sagte Karen, »oder willst du es ihm zeigen?«

»Wieso dumm?«

»Das Telefon zu benutzen. Du weißt, daß er es hören wird. Hast du deine Stimme verstellt, oder was?«

»Er muß mich nicht nur hören, er muß mich erst mal kriegen.«

»Wen hast du angerufen?«

»Den Burschen, für den ich arbeite. Um herauszufinden, ob ich noch einen Job habe.«

»Spielt das eine Rolle?«

»Na ja, ich würde lieber kündigen als gefeuert werden. Er hatte gerade zu tun, also weiß ich es noch nicht.«

»Ich kann mir nicht vorstellen, daß du dir Sorgen um deinen Job machst«, sagte Karen.

»Ich mache mir keine Sorgen, ich will wissen, was er denkt.«

»Ich habe heute morgen die Nachrichten gesehen«, sagte Karen. »Das Haus . . . Komisch, die Frau war nicht Vivian.«

»Nein, wir haben sie da rausgeholt. Ich habe ganz vergessen, es dir zu sagen.«

»Irgend etwas geht vor«, sagte Karen. »Ich glaube, du hast mir eine ganze Menge nicht gesagt.«

Maguire sah zu, wie sie zum Tisch ging, um etwas aus einer Strohtasche zu holen. Der schlanke braune Körper. Mühelose Bewegungen. Der leise Tonfall. Er würde wetten, daß sie schnell und mühelos Auto fuhr; er sah sie beide, wie sie in dem weißen Alfa Romeo nach Südspanien fuhren.

»Ich habe genau das gleiche gedacht«, sagte er. »Daß du etwas weißt, was du mir nicht sagst.«

»Was ist Karen DiCilias Geheimnnis?« sagte Karen. »Lies die neuesten Spekulationen nächsten Monat im *Goldcoaster.* Obwohl das ein Artikel über Karen Hill sein wird.«

»Wer ist das?« sagte Maguire.

»Wer weiß«, sagte Karen.

»Gehst du heute abend aus?«

»Wohin zum Beispiel?«

Er wollte zu ihr sagen: Es wird nicht mehr lange dauern. Halte durch. Aber er sagte: »Ich sehe dich dann später, ja?«

»Schön. Jederzeit.«

Er ließ Karen in ihrer Welt zurück; sie setzte die Sonnenbrille auf und zündete sich eine Zigarette an. Maguire ging über die S.E. Seventeenth zum Strand, wo er den Mercedes abgestellt hatte. Er fragte sich, ob sie etwas wußte, was sie ihm nicht verraten wollte. Er fragte sich, was die Fotos von ihr in dem abgeschlossenen Zimmer zu bedeuten hatten. Wenn das vorbei war, würde er sie danach fragen.

Hatte sie sich eine Zigarette angezündet, als er ging?

Er fragte sich, wann sie zu rauchen angefangen hatte. Vielleicht hatte er ihr in letzter Zeit zu wenig Aufmerksamkeit geschenkt, irgend etwas übersehen.

Karen trank ein Glas Tafelwasser aus dem Kühlschrank. Marta putzte in der Küche Gemüse für das Abendessen. Karen ging durch den hinteren Flur, blieb stehen, schaute sich um, trat in Martas Zimmer und schloß leise die Tür. Der Kassettenrecorder war noch unter dem Bett, zusammen mit einer Kiste mit Bändern. Karen holte beides hervor und kniete nieder. Sie schaltete von ›Aufnahme‹ auf

›Rückspulen‹ um, drückte dann den Wiedergabeknopf und hörte nach einem Augenblick Maguires Stimme.

»Vivian? Hallo, ich habe alles vorbereitet. Wir holen Sie um halb zwölf ab und bringen Sie direkt hierher. Morgen früh fahren wir dann gleich nach Miami.«

»Ich habe solche Angst, daß er mich findet«, sagte Vivians Stimme. »Ich kann nicht mehr essen, ich kann nicht mehr schlafen. Mein Gott, ich kann nicht mal mehr *denken.*«

»Morgen früh ist alles vorbei«, sagte Maguires Stimme. »Die Polizei wird ihn festnehmen, Sie identifizieren ihn, und das war's dann.«

»Ich bin froh, wenn es vorbei ist«, erklang Vivians Stimme.

»Halb zwölf, Vivian«, sagte Maguire. »Wir sehen uns dann.«

Karen ließ das Band zurücklaufen und spielte es noch einmal ab, und noch einmal.

Sie war überrascht, verwirrt.

Dann verärgert.

Karen holte das Band heraus. Sie legte es auf den Boden, holte ein leeres Band aus dem Kasten, ließ es einrasten und schob das Tonbandgerät und den Kasten unter Martas Bett zurück.

24

Karen badete und zog sich an. Sie trank im Wohnzimmer einen Martini und sah sich die Nachrichten an. Um Viertel vor sieben ging sie in die Küche, unter dem Arm eine Handtasche und in der Hand den Schlüssel für Franks Seville, der in der Garage stand.

Marta sah sie überrascht an. »Ich wollte Sie gerade fragen, ob ich Abendessen machen soll.«

»Es tut mir leid, ich dachte, ich hätte es dir gesagt«, entgegnete Karen. Sie warf einen Blick auf den grünen Salat, den sie zum Trocknen auf die Anrichte gelegt hatte. »Du hast doch noch nicht angefangen, oder?«

»Nein . . .« Sie schien noch etwas sagen zu wollen.

»Was ist?«

»Ich will nicht allein sein«, sagte Marta, »wenn Roland kommt.«

»Ich dachte, dein Bruder holt die Tonbänder ab.«

»Erinnern Sie sich nicht, ich habe Ihnen doch gesagt, daß er das nicht mehr macht.«

»Nun ja, das ist deine Sache«, sagte Karen. »Aber wenn du nicht aufmachen willst, wenn er kommt, mach einfach nicht auf.«

»Das wird ihn nicht aufhalten.«

»Vielleicht nicht. Kommt es dir nicht komisch vor, daß ich dir jetzt sagen soll, was du tun mußt?« fragte Karen. »Ich habe versucht, dir zu helfen. Du hattest die Gelegenheit, ihn verhaften zu lassen, und hast es nicht getan.«

»Natürlich. Aus dem gleichen Grund will ich nicht mit ihm allein sein. Ich habe Angst, ich weiß nicht, was ich tun soll.«

»Und ich weiß nicht, was ich dir sagen soll«, entgegnete Karen. »Du hast Angst, ihn hereinzulassen, und du hast Angst, ihn auszusperren.«

»Ich wünschte, es könnte wieder so sein, wie es früher war«, sagte Marta.

»Wäre das nicht schön?« sagte Karen. »Also, willst du ihm nun das Band geben?«

»Ich glaube schon.«

Karen klingelte mit den Schlüsseln und suchte den für den Seville heraus. »Ich muß gehen«, sagte sie, blieb aber am Küchentisch stehen und sah Marta an. »An deiner Stelle würde ich das Tonband draußen vor die Tür legen und für eine Weile verreisen. Vielleicht für ein paar Tage. Verstehst du? Anstatt hier zwischen den Fronten zu sitzen. Eigentlich geht dich die ganze Sache doch nichts an, oder?«

»Wegfahren?«

»Warum nicht? Was hält dich denn hier?«

Gerade noch rechtzeitig.

Roland fuhr mit seinem Coupé de Ville auf die Auffahrt, als Marta gerade zurücksetzte, sah ihre Bremslichter aufblitzen und hing, bevor sie wußte, wie ihr geschah, hinter ihrer hinteren Stoßstange.

»He, fahr doch nicht meinetwegen«, sagte Roland aus dem Wagen heraus. »Wohin wollen wir denn?« Er sah zur geöffneten Garagentür und zum Haus, zu den Fenstern im Obergeschoß, als wolle er jemanden erwischen, der ihn beobachtete.

Roland hob den Umschlag mit seinem Namen darauf – ROLAND, in großen, blauen Buchstaben – von der Treppe auf und trat zur Seite, damit Marta die Tür aufschließen konnte.

»Es ist niemand zu Hause«, sagte sie.

»Sieht ganz so aus«, sagte Roland. »Ich will heute nicht mit dir herumspielen, Schätzchen, ich will nur euer Telefon benutzen.« Er ging zu dem in der Küche, wählte, wartete, sagte: »Hurensohn!« und legte auf. »Wo ist Karen?«

»Sie ist ausgegangen. Zum Essen.«

»Mit wem?«

»Mit keinem. Allein.«

»Wenn sie ihn nicht trifft, was? Gehen wir in dein Schlafzimmer und hören uns das an«, sagte Roland und hielt den Umschlag hoch. »Viele Gespräche heute?«

»Nur ein paar«, sagte Marta.

Kurz darauf sagte Roland, nachdem sie in Martas Zimmer das Band abgespielt und nichts gehört hatten: »Ich würde sagen, das sind weniger als nur ein paar. Oder das ist das falsche Band.«

»Ich habe es aus dem Gerät genommen«, sagte Marta.

»Und ich weiß ja, daß du mich nicht anlügen würdest«, sagte Roland, erhob sich von dem Stuhl und trat neben Marta. Der Recorder lag auf dem Bett, direkt hinter ihr. »Oder?«

»Ich habe keinen Grund, Sie anzulügen«, sagte sie.

»Du hast einen schönen Körper, weißt du das?«

Marta stand stocksteif da, den Kopf von seiner Brust abgewandt.

»Aber ich habe jetzt keine Zeit, dich glücklich zu machen. Dein Pech«, sagte Roland und ging in die Küche. Er griff wieder zum Wandtelefon und wählte erneut.

Diesmal sagte er: »Du Mistkerl, wo hast du gesteckt?«

»Ich war mal 'ne Minute auf'm Klo«, sagte Lionel.

»Wieder Bier getrunken, was? Wie viele?«

»Wenn ich hier rumsitze, muß ich was zu tun haben«, erklang Lionels Stimme. Durch das Telefon dröhnten lateinamerikanische Klänge.

»Bleib mal dran.« Roland sah zu Marta hinüber. »Geh ins Wohnzimmer.« Er wartete, bis sie im Flur war, und sagte dann zu Lionel: »Steig in dein Boot und schaffe es zum Bahia Mar.«

»Mann, es ist gleich dunkel«, sagte Lionel.

»Das will ich auch hoffen«, sagte Roland. »Ich treffe dich da in etwa einer Stunde an den Benzinpumpen.« Er wollte schon auflegen, sagte jedoch noch: »He, hat Jesus vielleicht gesagt, seine Schwester habe ihm etwas erzählt oder so?«

»Nein, er hat nichts über seine Schwester gesagt«, antwortete Lionels Stimme. »Er hat was über Vivian gesagt.«

Roland nahm den Telefonhörer vom Ohr, weil die karibischen Klänge aus der Jukebox hinter Lionel so laut waren. Verdammter Mist – das Geräusch eines anspringenden Motors, der auf Touren gebracht wurde, war draußen zu hören, dann ein Knall und das schreckliche Geräusch von Metall, das an Metall scharrte.

»Scheiße«, sagte Roland. »Sei pünktlich.« Er warf den Hörer auf die Gabel und lief aus der Küche zur Nebentür.

Marta hatte ihren Wagen auf den Rasen gesetzt; sie fuhr auf die Auffahrt zurück und raste davon. Der vordere linke Kotflügel von Rolands Coupé de Ville war völlig hinüber.

»Der Herr an der Bar würde Sie gern zu einem Drink einladen, wenn er darf«, sagte der Kellner vom Club Palm Bay zu Karen.

Karen blickte von der Nische, in der sie saß, zu einem Mann mit grau meliertem Haar und einer Strickjacke hinüber. Halb von der Bar abgewandt, hob er sein Glas, um ihr zuzuprosten.

»Weiß er, wer ich bin?« fragte Karen.

»O ja. ›Fragen Sie Mrs. DiCilia‹, sagte er.«

»Sagen Sie ihm, daß er sich geirrt hat«, entgegnete Karen.

Der Kellner lächelte. »Sie möchten kein Glas mit ihm trinken?«

»Ich sagte, sagen Sie ihm, daß er sich geirrt hat.«

»Sehr wohl«, sagte der Kellner.

Als der Mann mit dem grau melierten Haar herüberkam, sagte Karen: »Ich kenne Sie nicht. Ich habe nicht vor, Sie kennenzulernen. Würden Sie mich bitte in Ruhe lassen?«

»Wenn Sie allein sind, kann ein Drink und eine kleine Plauderei doch nichts schaden . . .«

»Verziehen Sie sich«, sagte Karen. Sie starrte zu ihm hoch, bis er eine Entschuldigung murmelte und zur Bar zurückkehrte.

Na also. Nichts dabei.

Der Anschein war wichtig. Eiskalt, unbeugsam; die Stimme gelassen, etwas gelangweilt. Vielleicht mußte sie noch ein wenig an der Stimme üben, noch etwas leiser sprechen.

Vielleicht würde noch einer kommen. Die Retter ...

Die Maguires.

Maguire würde sich bis zum Hals in die Scheiße reiten. Roland würde ihn fertigmachen, und man würde nie wieder von ihm hören. Der geborene Verlierer. Sie konnte versuchen, es zu verhindern, indem sie ihn warnte; doch wenn er darauf beharrte, den Retter zu spielen, konnte sie auch nichts daran ändern. Am Abend, als es geschah, war Karen Hill DiCilia im Club Palm Bay. Oder sie war zu Hause, doch es war nicht ganz ersichtlich, was geschehen war, welche Rolle Karen Hill dabei hatte. Karen Hill war hilfsbereit. Ja, sie kannte den Verstorbenen, eine oberflächliche Bekanntschaft. Doch Karen Hill wußte offensichtlich mehr, als sie sagte.

Der Kellner kam zu ihr herüber. »Wenn ich Sie noch einmal stören dürfte«, sagte er. »Der Herr dort drüben am Fenstertisch ...«

Karen sah zu ihm hinüber. »Weiß er, wer ich bin?«

Marta fuhr zu Jesus' Wohnung auf der Alhambra in Coral Gables, und der Hausverwalter ließ sie hinein, nachdem sie ihm bewiesen hatte, daß sie Jesus' Schwester war und nicht irgendein Mädchen, das ihn ausrauben wollte. Mein Gott, all die Dinge, über die sie sich den Kopf zerbrechen und Sorgen machen mußte – sie schritt in Jesus' Wohnzimmer auf und ab, ging in die Küche, trat zum Fenster, sah auf die Straße und die vorbeifahrenden Wagen hinaus; einige hatten die Scheinwerfer schon eingeschaltet, die Zeit verstrich so schnell, sie raste geradezu vorbei und ließ sie nicht zum Nachdenken kommen. Sie kramte die Telefonnummer aus ihrer Handtasche, das Casa Loma, und wählte, wartete dann, während das Telefon mindestens zwanzigmal klingelte. Als dann die Frau abhob, fragte Marta sie, ob sie bitte ihren Bruder sprechen könne, den Mann, der bei Mr. Maguire zu Besuch war. Marta konnte Stimmen hören, die sich laut unterhielten, und dann lachte und applaudierte Publikum, vergnügte sich, während Marta wartete.

Als Jesus ans Telefon kam, sagte sie: »Ich bin abgehauen. Und ich gehe nicht mehr zurück.«

»Wo bist du?«

»In deiner Wohnung, aber ich haue auch hier wieder ab.«

»Ist Roland gekommen?«

»Ob er gekommen ist – er wollte wieder was von mir, und ich bin davongelaufen. Ich gehe nicht mehr zurück.«

»Beruhige dich«, sagte Jesus. »Ich kann dich kaum verstehen, der Fernseher ist hier so laut.«

»Ich gehe nicht mehr zurück«, sagte Marta.

»Du mußt im Haus sein«, sagte Jesus. »Du weißt doch, daß du dort sein mußt.«

»Was habe ich denn davon«, sagte Marta, oder du? Das geht uns doch gar nichts an. Was bekommen wir dafür?«

»Hör mal, bleib dort«, sagte Jesus. »Ich komme, so schnell ich kann, und wir sprechen darüber. Einverstanden?«

»Ich muß sie holen«, sagte Jesus zu Maguire.

»Hat er das Band abgeholt?«

»Ja, aber er hat sie bedroht, und da ist sie davongelaufen und zu mir gefahren. Aber ich kriege das schon hin.«

»Bestimmt?«

»Wenn ich Vivians Wagen nehme« – er sah zu Vivian hinüber, die mit der Zeitung auf dem Schoß auf dem Bett lag und sie beobachtete – »kann ich Marta holen und mit ihr sprechen. Dann bringe ich sie ins Haus und treffe dich da. Ich brauche eine Stunde, vielleicht etwas länger.«

»Hat sie die Pistole in ihr Zimmer gelegt?«

»Ich habe sie nicht gefragt, aber ich weiß, daß sie es getan hat.«

Maguire gefiel das nicht. »Rufe Marta zurück«, sagte er. »Sie soll hierher kommen.«

»Das wird sie nicht. Ich muß zuerst mit ihr sprechen. Dann kommt schon alles in Ordnung.«

»Du kannst nicht mit Vivians Wagen zum Haus fahren.«

»Nein, wir lassen ihn vor meiner Wohnung stehen und nehmen Martas. Roland kommt, sieht Martas Wagen und denkt, oh, sie ist zurück. Das ist doch gut.«

»Sind Sie damit einverstanden?« sagte Maguire zu Vivian.

»Was habe ich denn schon zu sagen?« fragte Vivian. »Nichts. Ich will nur hören, daß er tot ist.«

»Einverstanden«, sagte Maguire zu Jesus. »Aber du mußt spätestens um halb zehn, Viertel vor zehn wieder zurück sein.«

»Das schaffe ich leicht«, sagte Jesus. »Keine Bange.«

25

Maguires Plan begann zu scheitern.

Vor einer Stunde war er ihm noch narrensicher vorgekommen. Bei Karen vorbeizuschauen, bis gegen zehn bei ihr bleiben. Dann sagen, er sei müde oder fühle sich nicht gut, und gehen. Am Strand parken und zu Fuß zurückgehen. Marta läßt ihn durch den Hintereingang herein. Er und Jesus warten in Martas Zimmer auf Roland. Roland kommt herein. Er sagt, hallo, wie geht's denn so? Marta schreit (mußte nicht sein), und er erschießt ihn.

Aber Marta war in Coral Gables, und Jesus mußte mit ihr sprechen und sie zurückholen.

Und Karen war nicht zu Hause. Das Haus war dunkel, die Garage für die drei Wagen leer.

Er konnte sich sagen: Nein, es wird klappen. Keine Angst. Halte die Augen auf. Wenn du siehst, daß es nicht klappt oder zu riskant ist, verschwindest du einfach. Du *mußt nicht* hierbleiben.

Doch trotzdem er sich dies immer wieder versicherte, wurde er das schlechte Gefühl nicht los, den Zweifel, der allmählich an ihm nagte.

Maguire fuhr den Mercedes in die Garage, schloß die Tür von außen und ging um das Haus herum, über den leeren Patio zur Glastür.

Er konnte in der Dunkelheit nur verschwommene Schemen ausmachen: die Hecken, den Pool, den Gartentisch; der Hof lag nebelhaft unter dem weichen, bleichen Mondschein. Auf dem Kanal bewegten sich vereinzelte Lichterpunkte, und hinter dem Hof war es völlig dunkel. Das Geräusch von Grillen. Und nun Gretchens Bellen, im Haus. Er mußte nicht unbedingt leise sein. Maguire zog den Ärmel seiner Jacke über die Hand hinab, hielt sie mit der Faust fest, schlug neben der Tür gegen das Glas, und er war im Wohnzimmer. Gretchen lief bellend zu ihm.

Er ging durch das Wohnzimmer; seine Hand ertastete die Rückenlehne des Stuhls aus der Epoche Louis XVI; er sagte Gretchen, brav zu sein, und fragte sich: Warum hatte Karen das Licht nicht brennen lassen, wenn sie doch wußte, daß sie erst nach Anbruch der Dunkelheit nach Hause kommen würde?

Weil Marta noch zu Hause sein mußte.

Warum hatte Marta ihnen dann nicht gesagt, daß Karen ausgegangen war? Und wenn sie es gesagt hatte, warum hatte Jesus es dann nicht erwähnt?

Weil sie keine Erfahrung mit solchen Dingen haben, deshalb, dachte Maguire. Und du schaffst deinen Arsch besser hier heraus.

Doch er ging durch die Halle über den Flur zu Martas Zimmer, ließ die Jalousien herab und schaltete eine Lampe ein. Also gut, Jesus hatte gesagt, er *wüßte*, daß Marta die Pistole aus dem Schlafzimmer geholt hatte. Aber wo hatte sie sie versteckt?

»Schau, ich will nicht mit dir streiten«, sagte Roland zu

Lionel. »Besauf dich, schlaf am Strand, wo, ist mir scheißegal, und hol das Boot morgen früh ab. Und jetzt gib mir die Tasche und stoß mich ab, verdammt.« Mann, einige Leute waren aber auch zu blöd.

Das Sechsmeterboot ratterte von der Anlegestelle los, schien dem schmalen Strahl seines Scheinwerfers zu folgen, vorbei an den fächerförmigen Schnäbeln der Motor- und Segelboote, die an ihren Anlegeplätzen vertaut waren, hinaus auf den Kanal. Roland ließ das Boot im niedrigen Drehzahlbereich fahren und hielt nach Steuerbord, während er die Karte der Küstenkanäle aufschlug, dieses kleinen Bereichs der Wasserstraßen. Er suchte sich nicht zum ersten Mal den Weg durch die natürlichen oder von Menschenhand geschaffenen Kanäle und Wasserstraßen. Hinaus aus dem Hafen und auf den Fluß – er hörte das Schiffshorn eines Motorbootes vor der Zugbrücke unten – und zur zweiten Landzunge und dem Haus darauf. Die Fahrt würde etwa fünf Minuten dauern. An der Ufermauer gab es überall Metallhaken; er würde das Boot an einem davon vertäuen. Und inzwischen – er schob die Hüfte gegen das Steuerrad und öffnete den Reißverschluß der Segeltuchtasche – konnte er das Gewehr zusammensetzen.

Maguire brauchte fast zehn Minuten, um jede Schublade zu durchsuchen, den Wandschrank und das Bett; dann wußte er, daß die Pistole, von der Jesus *wußte,* daß sie in Martas Zimmer war, nicht in Martas Zimmer war.

André Patterson würde ihn ansehen und den Kopf schütteln. Mann, mit wem hast du dich da nur zusammengetan? Und er würde zu André sagen: Na hör mal, was hatten die denn schon zu tun? Praktisch doch nichts. Und André würde sagen: Genau das haben sie auch getan. Nichts. Wo sind sie?

Sie werden noch kommen.

Doch er mußte ins Schlafzimmer hinauf und die Pistole

holen. Bevor Karen zurückkam. Wohin auch immer sie gefahren war.

Maguire schaltete die Lampe aus, ertastete sich den Weg durch den Flur und ging die Treppe hinauf. Gretchen hatte sich verzogen.

Als Roland sah, daß es im Haus völlig dunkel war, stutzte er einen Augenblick lang. Wieso das? Als er über den Hof zum Haus ging, wurde es ihm klar. Sie waren zu Vivian gefahren, deshalb. Beide.

Doch als er an der Patiotür den gummiüberzogenen Gewehrknauf durch das Glas stoßen wollte und sah, daß es schon eingeschlagen war, sagte er sich: Nein, sie sind nicht zu Vivian gefahren.

Jemand war zu Hause, und er wußte auch, wer. Noch jemand außer dem keuchenden Gretchen, das versuchte, an seinen Beinen hochzuspringen. Roland setzte sich in den Louis-seize-Stuhl, um die Cowboystiefel auszuziehen, und flüsterte: »Du willst an meinen Füßen riechen, was? Na, komm schon her, du kleines Ding. Ich tue es nicht gern, Gretchie, bestimmt nicht, aber ich muß es tun.« Er legte die Hand über Gretchens Schnauze, drückte sie fest auf Nase und Maul und hielt den kleinen, sich windenden Körper fest, bis er erzitterte und schlaff wurde.

Roland ging durch den Korridor zum anderen Wohnzimmer, sah hinein, ging an der Treppe vorbei und blieb stehen. War da oben ein Geräusch zu hören? Als würde man eine Schublade schließen? Roland ging weiter zu Martas Zimmer – keine Kubaner unter dem Bett versteckt – drehte sich um und ging in die Küche. Ein weiches, gelbes Licht verriet, wo das Telefon an der Wand hing. Roland hatte eine Idee. Er hatte sich einmal Frank DiCilias Privatnummer eingeprägt. Wenn sie ihm jetzt wieder einfiel . . .

Maguire schloß die oberste Schublade. Er öffnete, durchsuchte und schloß alle anderen Schubladen in der Kommode. Er sah in die Schubladen der beiden Nachttische. Er sah unter dem Kissen und unter der Matratze nach. Scheiße. Schaff deinen Arsch hier raus, Junge, würde André Patterson jetzt sagen.

Nein, ganz ruhig. Wo konnte sie sie versteckt haben?

Er ging zur Kommode zurück und holte den Schlüssel zum Nebenzimmer aus der Schublade. Das war eine Möglichkeit ... Vielleicht hatte sie die Pistole wieder zu Franks Sachen gelegt, zu seinen Papieren, seinem Geld. Maguire schloß die Tür auf und ging hinein. Im Fenster zeigten sich keine Lichter; die Vorhänge waren geschlossen. Er schaltete die Schreibtischlampe ein. Er richtete sich auf, und sein Blick fiel auf die Fotografien an der Wand, die Schnappschüsse von Karen.

Das Telefon klingelte.

Maguire machte einen Satz, und wenn André Patterson zusehen würde, hätte er »Siehst du?« gesagt.

Das Telefon klingelte.

Maguire ging zu dem Apparat auf dem Schreibtisch hinüber und warf einen Blick auf die Nummer in der Mitte der Wählscheibe. Nicht Karens Nummer, ein Privatanschluß.

Das Telefon klingelte.

Er wartete darauf, daß es aufhörte. Und dann dachte er: Was, wenn es Karen ist? Wenn sie irgendwie erfahren hatte, daß er im Haus war ...

Das Telefon klingelte.

Wenn sie nicht wollte, daß er ihren Apparat benutzte, weil er angezapft war ... Nein, beide Leitungen waren angezapft. Das war es also nicht.

Das Telefon klingelte.

Aber es konnte trotzdem Karen sein. Oder Marta. Es konnte jeder sein. Es konnte Jesus sein, der von Marta wußte, daß er nach der Pistole suchen würde. Nein ... nicht auf dieser Leitung.

Das Telefon klingelte.

Es wollte nicht aufhören

Das Telefon klingelte.

Und klingelte.

Scheiße, dachte Maguire und hob ab.

»Na, wie geht's?« erklang Rolands Stimme. »Willst du runterkommen, oder soll ich raufkommen?«

»Also ging dieser Papagei pissen und ist in der Toilette ertrunken. Wie geht's dir so?« sagte Roland und trat aus dem dunklen Schlafzimmer in das Licht der Lampe, das Gewehr unter dem Arm.

»Er wollte nicht pinkeln«, sagte Maguire, der auf dem Drehstuhl hinter dem Schreibtisch saß und versuchte, einen ganz gelassenen Eindruck zu machen. Was konnte er sonst schon tun?

»Mir gefällt das mit der Toilette besser. Wo ist Vivian?«

»Ich kenne keine Vivian. Vivian wer?«

»Scheiße«, sagte Roland, »wir wollen doch keine Fragestunde abziehen, oder?«

»Ich habe Ihnen nichts zu sagen«, sagte Maguire.

»Dann kann ich dich ja direkt umlegen, was?« Roland richtete das Gewehr auf ihn.

»Außer, Sie wollen mir ein paar Fragen stellen und sehen, was dabei herauskommt«, sagte Maguire.

»Ich habe eine Frage«, sagte Roland, »nur eine. Wo ist Vivian?«

»So kann ich Ihnen das nicht sagen. Dann hätte ich sie auf dem Gewissen.«

»Wie könntest du es mir sagen?«

»Ich suche noch nach einer Möglichkeit.«

»Dann stirb suchend, du blöder Scheißkerl. Es hängt von dir ab.«

»Wollen Sie wegen zwei Morden verurteilt werden, ist es das?«

»Wegen *zwei* Morden« sagte Roland. »Wenn ich mir für

jeden Mord Kerben in den Gewehrkolben schneiden würde, könntest du das Ding nicht mehr anfassen, weil du dir Splitter in die Hand reißen würdest, du blöder Hund. Mir ist es egal, wie viele es sind. Du bist nur noch einer.«

»Aber es geht doch um Geld, oder?«

»Was verdienst du so, zwei Mäuse die Stunde? Willst du mir vielleicht 'nen Hunderter anbieten?«

»Den hab' ich nicht mal, nein. Aber ich weiß, wo ich Geld auftreiben könnte.« Maguire blickte zu den Fotos an der Wand hoch.

Roland sah zu den Fotos, dann wieder zu Maguire und schließlich erneut zu der Wand mit den Fotos.

»Weißt du, was das zu bedeuten hat? Die hängt Schnappschüsse von sich selbst auf!« Roland trat näher heran. »Das ist ja noch eine andere, was? Als ich die Fotos zum ersten Mal sah, dachte ich, sie wären alle von ihr.«

»Ich glaube, sie kommt hier hoch und tut so, als ob«, sagte Maguire. »Verschafft sich ein wenig Ablenkung.«

»Tut so als ob? Als ob was?«

»Die geheimnisvolle Lady, glaube ich. Wie die andere da.«

»Wer ist das?«

»Ich habe ihren Namen vergessen.« Da hörte Maguire den Wagen.

Roland hörte ihn auch. Er kam mit dem Gewehr herum. »Hat sie Vivian geholt?«

»Oder die Bullen. Wollen Sie es herausfinden?«

»Rühr dich nicht«, sagte Roland. Er trat ins Schlafzimmer.

Maguire hörte, wie unten eine Tür geöffnet und wieder geschlossen wurde. Er konnte Roland nicht mehr sehen. Aber er hörte jetzt seine Stimme vom Flur im Obergeschoß. »Kommen Sie rauf, hier läuft 'ne Party.«

Er konnte aus dem Fenster raus – wenn er es aufbekam und er nicht mit Schlagläden herummachen mußte. Er schuldete Karen nichts. Es war genau umgekehrt, bei der Zeit, die er investiert hatte: Sie schuldete ihm mehr, als sie jemals wissen würde.

Aber er blieb auf dem Drehstuhl sitzen. Wahrscheinlich könnte er sowieso nicht durch das Fenster abhauen. Roland war sehr flink für einen so großen Mann. Was konnte er also tun? Nichts. Zum Teufel mit André Patterson, der zusah und den Kopf schüttelte.

Karen kam herein, sah ihn hinter dem Schreibtisch. Großer Gott, Karen schüttelte auch den Kopf. Roland kam hinter ihr herein. »Hoffentlich können wir jetzt klären, was hier vor sich geht«, sagte er.

Karen nahm eine Zigarette aus einer Packung in ihrer Strohtasche und legte die Tasche auf den Schreibtisch.

»Haben Sie Feuer?«

»Ich hab' mal gekaut, aber nie geraucht«, sagte Roland. »Rauchen ist schädlich.«

Karen nahm ein Feuerzeug aus der Tasche und ließ es mehrmals klicken. »Ich fuhr nach Miami, um zu Abend zu essen. Allein.« Sie legte das Feuerzeug auf den Schreibtisch und hob ihre Hüfte, um sich auf die Kante setzen zu können, während sie die Tasche auf den Schoß legte und hineingriff.

»Hast du Streichhölzer?« sagte Roland zu Maguire.

»Ich rauche nicht.«

»Das ist klug«, sagte Roland. Er sah Karen an. »Ich glaube Ihnen. Dieser Mistkerl hier stiftet den ganzen Unfrieden. Schaun Sie, er wollte Vivian hierher bringen – so reime ich es mir zusammen – und versuchen, Geld von Ihnen lockerzumachen, damit sie verschwinden kann.« Er hielt inne. »Und wissen Sie, warum?«

Karen sah von der Handtasche auf ihrem Schoß auf und überlegte. »Ja, ich weiß es.«

»Dann haben die es Ihnen gesagt.«

»Eigentlich nicht. Ich habe es selbst herausgefunden.«

Maguire sah sie weiterhin als, als Roland sagte: »Glauben Sie nicht alles, was Sie so hören. Muß ja nicht sein, oder? Also ist er hierher gefahren, um mit Ihnen zu sprechen, Sie zu fragen, ob er Vivian hier unterbringen kann, und Sie sind nicht zu Hause. Was macht er also? Er bricht ein.«

»Warum?« sagte Karen.

»Um auf Sie zu warten.«

Karen schüttelte den Kopf. »Um auf *Sie* zu warten«, sagte sie. »Darum.«

»Um auf *mich* zu warten? Warum sollte er denn auf mich warten?«

Gott im Himmel, dachte Maguire.

»Um Sie zu töten«, sagte Karen.

»Scheiße, er hat doch noch nicht mal 'ne Pistole.«

»Aber ich«, sagte Karen.

Ihre Hand kam mit der Beretta aus der Strohtasche hervor, und sie schoß direkt auf Rolands hellblaue Anzugjacke und schoß und schoß und schoß noch einmal, bis Roland gegen den Aktenschrank taumelte und auf sein Gewehr fiel, dann einen Liegestütz zu versuchen schien, schwer zu Boden sackte und sich nicht mehr bewegte.

Karen erhob sich, den Blick auf Roland gerichtet. Nach einem Augenblick legte sie die Pistole auf den Schreibtisch. »Wie bist du hier hereingekommen?« sagte sie zu Maguire, der sie anstarrte.

»Eingebrochen. Die Glastür im Wohnzimmer.«

»Nein, das war er«, sagte Karen. »Du warst nicht hier.«

»Hör zu, ich sage, was passiert ist, oder alles, was du willst. Ich habe keine Angst, in die Sache verwickelt zu werden.«

»Du warst nicht hier«, sagte Karen erneut. »Also gehst du besser, ja? Ich muß die Polizei anrufen.«

»Warte mal«, sagte Maguire und stand auf. »Das war doch meine Idee, oder? Die ganze Sache . . .«

»Die Idee war nicht besonders gut«, sagte Karen. »Wie wolltest du denn aus der Sache wieder herauskommen?«

Maguire war jetzt verwirrt, runzelte die Stirn. Machte sie Witze? Das konnte doch nicht sein. »Wie wir es die ganze Zeit über besprochen haben: Ihn dir vom Hals zu schaffen, fortzugehen, zusammen zu verreisen.«

Karen griff nach dem Feuerzeug, ließ es einmal aufklikken und zündete die Zigarette an. Sie sah ihn an und sagte: »Habe ich dir irgend etwas versprochen?«

»Alles, was wir besprochen haben . . .«

»Was haben wir denn besprochen?«

»Hör mal zu, ich habe Jesus fünf Riesen gezahlt . . .«

»Von meinem Geld. Glaubst du, ich hätte nicht nachgesehen? Mit euch beiden im Haus?«

»Gott im Himmel«, sagte Maguire. Er konnte es nicht glauben. »*Uns* beide . . . ich habe Lionel einen Riesen aus meiner eigenen Tasche bezahlt.«

»Und ich habe dir das Leben gerettet«, sagte Karen. »Aber ich werde dafür aufkommen, was du ausgelegt hast.« Sie trat über Roland hinweg zum Aktenschrank und öffnete ihn.

Maguire beobachtete sie. »Du willst überhaupt nicht aus dieser Sache raus, was?« sagte er. »Das macht dich irgendwie an . . . eine Rolle zu spielen. Wie die Delphine . . . sie hängen da in ihrem Pferch, man befreit sie, und was machen sie? Sie kommen zu dieser unechten Welt zurück, um ihre Spiele zu treiben. Du bist genau wie diese verdammten Delphine, weißt du das?«

»Hier sind deine tausend Dollar«, sagte Karen.

»Dein Bild ist wieder in der Zeitung, die geheimnisvolle Frau . . . hast du überhaupt noch Platz, um es aufzuhängen?«

»Hat mich gefreut, dich kennenzulernen«, sagte Karen. »Und jetzt verzieh dich. Okay?«